晚清余杭古城图

古镇记忆

陈冰兰 著

中国广播影视出版社

图书在版编目（CIP）数据

古镇记忆 / 陈冰兰著. -- 北京：中国广播影视出
版社，2022.7（2024.4重印）
　　ISBN 978-7-5043-8847-6

　　Ⅰ．①古… Ⅱ．①陈… Ⅲ．①散文集－中国－当代
Ⅳ．①I267

中国版本图书馆CIP数据核字（2022）第090469号

古镇记忆

陈冰兰　著

责任编辑	杨　扬	
责任校对	龚　晨	
装帧设计	东风焱	

出版发行	中国广播影视出版社
电　　话	010-86093580　010-86093583
社　　址	北京市西城区真武庙二条9号
邮　　编	100045
网　　址	www.crtp.com.cn
微　　博	http://weibo.com/crtp
电子信箱	crtp8@sina.com

经　　销	全国各地新华书店
印　　刷	永清县晔盛亚胶印有限公司

开　　本	880毫米×1230毫米　1/32
字　　数	178（千）字
印　　张	8.25
版　　次	2022年7月第1版　2024年4月第2次印刷

书　　号	ISBN 978-7-5043-8847-6
定　　价	40.00元

前 言

老余杭是秦王政二十五年（公元前222）置县、1958年迁县设镇的2180年的古县城。

古镇余杭①有日月经年的山水，有古道西风的苍凉，有秦砖汉瓦的记忆……是2000多年岁月积淀的精华，是沧海桑田的见证。

我一直生活、工作在余杭古镇，从小到大都泡在余杭街巷弄堂，对余杭有一种深情的挚爱，有一份难舍的情怀，身体里流淌着对故乡深情厚爱的热血。"老余杭"这个听起来有些古旧、带有沧桑感的名字，我听着却倍感亲切。

2011年我参加编写《老余杭文化丛书》，2018年又参加编写《禹航，追忆往昔时光》，在查阅相关历史档案、文史资料中，对古镇余杭的历史沿革、人文典故、街巷旧景、故事传说等有了更深层次的了解和知晓，犹如木刻，深一刀浅一刀地刻在心里。

余杭人才辈出，历史上出过许多知府、知州、知县等，更有在京都担任要职或官至尚书的官员。他们为官清廉，心系百姓，在近代还有许多为中国革命献出生命的先烈、志士。

---

① 本书所说的古镇余杭即余杭镇。1958年以前为余杭县治所在地，1958年县治迁出后为余杭镇，2012年拆镇建街为余杭街道。

　　近些年，我到一些老字号后人家中拜访，聆听他们的更多叙述，不但听到了许多鲜为人知的故事，更多地了解或分享了先辈们的甘苦，也更加详细地了解到了旧时商人的职业道德，他们对质量、信誉的重视，是真正自觉地恪守，他们把人品与家族声誉紧密相连。比如，开设于 1770 年的"董九房纸伞"，代代相传，经营时间长达二百多年，几十代人为事业呕心沥血。再比如制作酱酒、糕点的商家，都要精选上好的原料，道道工序严格把关，差、次材料绝不混用。因此，我们不但要了解传统老字号的声名、声望，更要传承、弘扬中华民族传统美德。

　　我沉浸在历史资料中，仿佛看到余杭先民在苕溪边、南湖畔躬耕渔猎，在河埠码头肩挑背驮，在古驿山路风雨前行；仿佛看到通济桥北的城墙，部伍桥头的士卒，农商货物的市集，安乐山下的城廓……

　　2012 年余杭撤镇建街；2016 年老街区旧城改造实施拆迁。出于对古镇余杭那份眷恋的情感，心里有很多话要讲，更有一份不舍之情，便有了写一本《古镇记忆》的念头。通过对老余杭历史遗痕的探索、寻访，对历史碎片的挖掘、拼接，对人文历史的足迹查考，对山川地理、商贸物产、街巷里弄、名门望族、名家老店、市井杂说等的探寻，表达对余杭这座古镇的一片挚爱、一种崇敬和一份责任，是弘扬、宣传、保护、传承古镇老余杭历史文化的一种行动。虽然我用文字记下的只是点点滴滴的、不甚全面的历史片断和粗线条的印象记忆，但这些难得留下的点滴遗痕弥足珍贵，让人感怀。如果这本书能有助于更多人了解余杭、热爱余杭，唤起人们对余杭这个历史古城的关注，将是我最大的欣慰和荣光。

禹航，余杭，从大禹治水到秦始皇建立郡县；从吴越钱镠创建清平都到南宋京畿地；从南湖挖出的黑陶到苕溪捡到的古钱币；从凌统部伍、钱镠造塔到左宗棠围攻太平军、杨乃武与小白菜冤案发生地等，余杭这个地方有太多的故事和传说。

余杭的历史源远流长，有些有文字记载，有些是建筑、实物遗存，更多的是民间故事流传，有点像沙漠中的胡杨，虽然没有往日的苍翠，但它那不屈的身躯和庞大的枝丫，一逢雨露就会青春再现，更加生机勃勃。古镇余杭这方被苕溪孕育的厚土是一个值得探讨的话题。

目 录

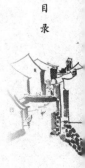

古镇记忆
GU ZHEN JI YI

目
录

古镇记忆
GU ZHEN JI YI

第八篇　乡贤名士

第九篇　经济新风

第一篇　古镇物语

相传，夏禹治水的舟船来到余杭时只见一片汪洋，唯有一座山可停泊舟船，这座山就是余杭的舟枕山。"杭"是"木"和"亢"的形声字，木形亢声，亢的本意是抵御，"杭"的本意为方舟并济或船渡、航行之意，大禹舍舟登陆，是"余杭""舟枕"地名之渊源。

余杭有浙江省重要的地质遗痕，据国家地质勘查，在余杭狮子山发现距今4.4亿年、奥陶纪末期的腕足动物、三叶虫化石。其中，腕足动物化石为全球已知地层中唯一实例。腕足动物、三叶虫属深海水底栖生物群，说明亿万年前的余杭是海洋。

沧海桑田古邑地

古镇余杭地处杭州西郊，是浙西天目山东南余脉延伸山地与杭嘉湖平原接壤地带。东南邻闲林、中泰等地，西倚径山镇、临安青山街道，北接瓶窑。镇内南湖波光粼粼，苕溪、南渠河穿城而过，是一片山清水秀的润泽之地。

在漫长的历史长河里，古镇余杭历经沧海桑田。据史料记载，夏商周时属扬州；春秋时是吴、越二国交错之地，后属越，战国属楚；秦皇政二十五年（公元前222）置县，属会稽郡；东汉永建四年（129）分会稽为吴郡，余杭属吴郡；东汉建安十六年（211）分余杭县西部置临水县；三国黄武五年（226）割吴郡富春、余杭、临水三县，置东安郡；黄武七年（228）废东安郡，复归吴郡；三国宝鼎元年（266）分吴丹阳为吴兴郡，余杭县属吴兴郡；晋及南北朝宋齐梁陈时期属吴兴郡；隋开皇九年（589）置杭州，州治最初在余杭；隋大业三年（607）改杭州为余杭郡；唐武德四年（621）复置杭州，余杭县属杭州；唐贞观元年（627）分天下为十道，杭州属江南道，领钱塘、富阳、於潜、余杭；唐垂拱四年（688）分於潜、余杭，置临安县，废临水县；唐开元四年（716）江南道新升望县，余杭为其一；唐天宝元年（742）复杭州为余杭郡，余杭县属之；唐乾元元年（758）复改余杭郡为杭州；五代吴越时，吴越国国治在钱塘县，余杭属吴越。吴越国王钱镠重筑余杭城，徙于溪南，号清平军城；宋太平兴国三年（978）复属杭州；宋至道三年（997）分天下为十五路，余杭县属两浙路；南宋建立后，分临安等四府为两浙西路；绍兴二年（1132）杭州为临安府，余杭县属临安府，并升为畿县；元朝，余杭县属杭州路；明洪武元年（1368）改杭州路为杭州府，余杭县属杭州府；清朝，余杭县属杭州府。

清末，余杭县城辖在城庄、东南一庄、东南二庄和西北庄四庄，民国期间改为在城镇、安云镇、东南镇和城西镇四镇，抗日战争胜利后，合四镇为在城镇。1958 年 10 月，余杭县并入临安县，原在城镇改为余杭镇，属临安县。1961 年 3 月，余杭县从临安析出，并入钱塘联社。1961 年 4 月，钱塘联社改为县建制，定名余杭县，县治设在临平镇，余杭镇为余杭县余杭镇。

1983 年 10 月，原石鸽公社宝塔大队、水产养殖场划入余杭镇；1991 年 5 月，原石鸽乡划入余杭镇；1994 年 4 月，余杭县撤县设市，为余杭市余杭镇；1996 年 5 月，原舟枕乡、永建乡划入余杭镇，同时，已划入余杭镇（原石鸽乡）的水塔、郭家、西舍、百亩四个村划还给中泰乡；2001 年 4 月，余杭市撤市设区，为余杭区余杭镇；2008 年，原仓前金星村划入余杭镇；2012 年，余杭镇撤镇建街，为余杭区余杭街道。

据史料记载，余杭建县之初，县城位置在苕溪南岸，具体大约在小珠桥南渠河北侧。小珠桥原名县桥，据传，小珠桥北埠至弯弄一带有数间石库台门为县署。古时，苕溪常遭洪水侵袭，溪水往往从苕溪南岸堤塘冲出而淹没南湖，殃及县城。东汉熹平初，余杭南湖又遭洪水，县令陈浑跨溪南北横架隆兴桥，即现在的通济桥，县署由溪南徙于溪北，在溪北建造城墙设置县城。后苕溪又常涨洪水，殃及溪北，县署

又数次从溪北徙于溪南。如此往复至宋雍熙年间才定址溪北。

通济桥北古县城东、南、西、北四面筑有城墙，有荣春、湖光、迎波、永丰四座城门。南城墙临苕溪，建有东、西两座水城门。东水城门在今太炎路浙江省军区教导大队正门所对的位置；西水城门在原余杭中学大门所对的位置，东、西水城门相距约二百米。

古镇余杭土地肥沃，物产丰富。早在新石器时代，就有先民居集，出现原始农业。汉唐以来，盛产粮食、蚕丝、茶叶、鲜鱼，素称"鱼米之乡、丝绸之府、瓜果之地"。又因地处平原与山区接壤的独特地理位置，苕溪、南渠河便利的水运航道，临安、於潜、昌化、富阳、新登、安吉、孝丰乃至皖南等毗邻地区的竹木柴炭、茶叶、笋干、土纸、药材等山货源源不断地从苕溪水运汇集余杭，经南渠河、余杭塘河入京杭大运河，运销杭、苏、沪等地；京沪闽广的百货、糖果、腌腊以及南北干货又经余杭销往浙西山区，成为一个商贸兴旺、商贾汇聚、百工云集、山货集散的商埠重镇。

古镇余杭的粮、棉、油、糖、酒、酱和竹、木、陶、铁、纸等作坊行业、蚕茧丝绸行业十分兴旺。余杭丝绵、余杭蚕种、余杭土纸、余杭纸伞、余杭笔管、余杭草刀、余杭笋干等在杭嘉湖地区及全国都享有盛誉。

清末民国初，古镇余杭出现近代工业。光绪二十一年（1895），盘竹弄内开设余杭经华丝厂；民国八年（1919），葫芦桥西龙船头开设余杭普照电灯公司，后又开设米厂；宣统二年（1910），余杭县商会成立，地址在直街白家弄27号。商会的成立使古镇余杭商贸更趋繁华，绍兴、金华、宁波、安徽等地的商人纷纷来到余杭开工坊、经商贸，外埠人、财、物的充入使古镇余杭的经济臻于鼎盛。

新中国成立后，在党和政府的领导下，古镇人民克服困难，艰苦奋斗，鼓足干劲，发展生产，建设美好家园，古镇手工业、商业、运输业、工业成为主体经济。

党的十一届三中全会开启了经济建设新时代，各行各业百废待兴。随着改革开放的深入进行和城市化建设的推进，余杭镇区域经济发生深刻变化，经济格局、产业结构在发展中逐步调整、变革，新兴产业不断涌现，工业、农业、交通、金融、商贸、旅游、教育和城镇建设稳步发展。

改革开放后，余杭镇城区建设布局逐渐向南扩展，凤都苑、凤凰家园、碧景园、圆乡名筑、方汇花园、禹丰家园、大华海派风范、同城印象、金都西花庭、西城时代家园、紫竹人家、御兰湾、世贸西西湖等多个大型居民住宅区雄起城南，形成新的城镇格局，通济街、直街、南渠街等都逐渐冷落，成为老城区。

2016 年，余杭老城区旧城改造拆迁启动；2021 年 4 月，杭州市部分行政区划调整，原余杭区分设余杭区、临平区，余杭区区政府驻地暂设余杭街道文一西路 1500 号，双千年古镇开启新篇章。

水运驿道兴城邦

古邑余杭，山川秀丽，泽地丰沃；天目余脉逶迤西南，千岩万壑，迢遥百里。古县城西南、西北群山环抱，东临杭

嘉湖平原，成为浙西北山区与浙东南平原连接之地，造就得天独厚的地理环境。

秦建县之前余杭就有民间市集，秦汉以后物资贸易已十分兴旺，为山货集散地。苕溪、南渠河水路是余杭与外埠连接的水运航道；东南西北陆路通达，为余杭的商贸兴旺提供了条件。

水运

旧时，浙西北山区和皖南诸县的竹木、柴炭、茶叶、笋干、土纸等山货特产，均由苕溪竹筏、木排顺流而下运抵余杭。余杭苕溪南塘称凤仪塘，西门头至盘竹弄的凤仪塘上有数十处船埠码头。每年春汛，苕溪上游竹筏、木排顺溪而下，到余杭后泊船易货，常常覆盖半条溪面，西至七里殿，东至舒公塔，长达十余里。

据史料记载，唐天授二年（691），武则天诏令"钱塘、於潜、余杭、临安四县租税纲运迳取道于苕溪"，自此苕溪便为漕运要道。苕溪上游临安、於潜、昌化等地的竹木、柴炭及杂项山货大多由苕溪水运到余杭，由商贩、挑夫从瓦窑塘、凤仪塘盘入南渠河再转运他处，山货物资源源不断地运往杭嘉湖地区。南渠河连接余杭塘河后连通京杭大运河，杭嘉湖地区及余杭县东面水乡的粮稻果蔬从南渠河运抵余杭，在余杭南渠河的东门桥、油车桥、邵家桥、坝潭桥、小珠桥、葫芦桥等河埠头上船后，由各集市集散。苕溪、南渠河曾是余杭黄金水道，舟船济济，官府漕运、民间商旅往来不绝。

苕溪排筏货运胜景

余杭段苕溪水深河宽，竹筏、竹排、木船结集成队，穿梭来往，日行夜泊，终日繁忙。通济桥北是县城位置，从苕溪上岸有东、西两个水城门，从水路而来的商人、山客、农人，在水城门下拴排停船，船只多时一直要停到水城门西，逶迤三五里，船帆迎风扬。苕溪南岸瓦窑塘、凤仪塘上开的都是山货行、木行、柴行，揽排停船的木桩六七步一个、八九步一个。由毛竹、木头直接编扎起来的竹木排筏，有的到余杭后就拆散上岸，部分由苕溪人力过塘，经盘竹弄入南渠河去杭州松木场；有的在余杭稍作停泊继续沿溪顺流而下，去往各地。苕溪船筏中，从西顺水而下的，大都是竹木排筏，从东逆水而上的大都是木船。旧时苕溪有很多给逆水木船拉纤的纤夫，见证当年苕溪船筏之盛和县城水运热闹、繁忙之景象。

据 1950 年的商业调查，当年经余杭集散的物资主要是杉木、段料、毛竹、柴炭、笔管、茶叶、笋干等，运往湖州、嘉兴、常州、苏州、上海等地。

南渠河舟船聚埠

南渠河是古镇余杭的一条内河，上连木竹河，下通余杭塘河，自龙船头至东门头长约 1500 米。旧时河道内舟船穿梭来往、河岸上车水马龙，十分繁忙。

南渠河是古镇余杭的"秦淮河"，葫芦桥、小珠桥、坝潭桥、邵家桥、油车桥、部伍桥及至东门文昌阁等，沿岸都是山货土产、布帛百货、粮米油盐、瓷碗杂货等河埠码头，都由南渠河船载出入，遇菜市、农时或过年过节，满载甘蔗、红萝卜、大白菜的东乡农船在南渠河各河埠码头停船上岸，山客、水客、商人、农民都在各河埠码头聚散，船拥人济，热闹繁忙。

民国初年，南渠河开通余杭至杭州的邮运货船，也称信

班船。码头设在小珠桥、坝潭桥和东门桥，分快船和慢船两种，快船只停靠几个大站，慢船沿途小站全部停靠，一天一班，下午发船。

木竹河昔日旧影

木竹河是南渠河的上段，接石门塘小河。石门塘，旧名韩家荡。茫茫南湖，水映芦苇。小河中的小木船、小竹排，来来往往，穿梭不绝。后来溪流遂绝，河源耗竭，至清朝初年，木竹河淤塞滞重，干涸断流。

清康熙二十四年（1685），官府对河道淤塞悉行挑浚，知县龚嵘发民疏浚南渠河、木竹河，"疏南渠之浅阻以通商舟，开木竹之湮淤以溉田亩，诚一邑水利之攸关也。"龚嵘通河以后，木竹河数十年河畅水清，舟楫忙碌。民国以后，河道又淤，舟船无影。20世纪70年代以后，木竹河淤塞成杂地，河道了无痕迹。

余杭塘河樯帆蔽日

南渠河出东门连接余杭塘河。此处河面渐宽，从余杭载货东出的船只与抵达余杭的外来船只在此处交汇，舟船济济，樯帆蔽日。新中国成立后，东门码头成为煤炭、建材码头，山西等地燃煤源源不断运抵余杭，大量的沙泥、水泥、石子、木材、毛竹、草绳等又从余杭运往全国各地。

驿道

古时余杭县城的东、南、西、北都有古道，因东、西、北三路或设有税关、或有驿站，故有东驿道、西驿道、北驿道之称。南面多崇山峻岭，称南乡山路。

无论是青石板铺筑的官塘大道，还是鹅卵石砌筑的蜿蜒山道，或泥路小道、便道，常见官绅坐轿、骑马，农商行旅肩挑背驮，人来人往，川流不息。

东驿道

古时余杭县城出东门桥后，沿余杭塘路（余杭塘河堤塘）经横渎铺、灵源铺、老人铺等抵杭州观音关，为东驿道，也称官塘大道。余杭东门设有厘金局、河泊所，称东关，外埠人进入余杭要捐税，或捐银两、或捐贷物。杭州至安徽歙县的古道，东起杭州观音关，沿余杭塘河塘路，取道仓前至余杭东驿道，再沿南湖塘路西行抵临安，经於潜、昌化，出昱岭关至安徽歙县。

旧时东驿道上常见官商行旅骑马抬轿。清末民国初，余杭东门码头十分繁忙，是粮油布帛、山货果蔬、竹木柴炭等南北货物上仓下船之地，东驿道成为促进余杭古县城经济发展的商道。

西驿道

出余杭西门上苕溪北岸塘路，经丁桥铺、青山铺至临安。在公路未开通前，西驿道是余杭去临安的要道，也是浙皖古道的组成部分。苕溪风光秀丽，西驿道风景如画。

北驿道

东汉熹平二年（173），县令陈浑发民十万，修筑南上湖、南下湖，形成古县城最早的塘路；唐宝历年间（825 — 827），县令归珧发民砌筑甬道（石砌大道），成为古县城北出要道。

绍兴八年（1138），南宋正式定都杭州，北驿道成为杭州经余杭至湖州、南京古道，也称江宁陆路。

踏寻北驿道塘埂路迹桥痕

2021 年 12 月 24 日，《苕溪》编辑部五人和杭州画院

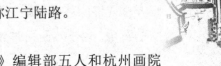

汪文斌副院长等一行，在义桥村新、老书记的带领下，从澄清巷北古莲花桥起至仙宅村新岭，踏寻北驿道塘埂路迹桥痕，在杂草泥路中探究古道往昔。

北驿道是余杭古县城北出要道，唐宝历年间归跳任余杭县令时筑建。从澄清巷北莲花桥起，经三里铺、石凉亭、五里塘、苎山畈、滕湖塘、新岭、麻车头、双溪、黄湖至独松关。沿途山道逶迤，层峦叠嶂；溪水淙淙，舟船竞水；山岭、桥梁、凉亭、古寺、村落等隐没在林涛竹海之中。近代历史上，北驿道发生过许多战事。民族英雄文天祥曾在北驿道一带组织勤王兵，用毛竹制弓弩抗击元兵南侵；1937年抗日战争全面爆发，国民党杭州市政府、余杭县政府撤经县北太公堂，北驿道上兵马急行；1939年浙江省委在祝家湾成立中国共产党特别支部，组织抗击日军侵略者，北驿道侧的上潘村村民潘良家南墙左上方还保留着当年新四军十六旅用蓝色油墨所写的"军民一致把鬼子赶出去！"的墙头标语。

莲花桥是出余杭县城北门上北驿道的第一座桥。据清康熙余杭县志记载："莲花桥，在县北半里郎王界，东汉熹平二年建。跨濠池，通铺路。每夏月，池莲盛开，故名。宋淳祐间重建。"岁月经年，河道淤积，我们找到的莲花桥已无往日面目，只是几块条石仍不负使命地支撑着。

莲花桥往北约两公里处有座环弄桥，桥边立有石碑介绍，但是史书上没有环弄桥的记载。听义桥村95岁老伯汪根全讲，环弄桥这个地方有个"沙龙与水龙"相斗的传说。我想环弄桥或许叫环龙桥吧？环弄桥北十米左右还有一座没有名字的石桥，也不知是何时建造。此两桥南北两头的塘路路基、路面保存完好，是旧时"五里塘"的塘路，也是北驿道主路。

原始的北驿道是石砌甬道，路面铺的是青石板，在一些荒僻的塘路上，拨开杂草还可看到残存的石板。

义桥村与仙宅村相邻处有座石和桥，据2006年出版的《余杭古桥》中记载，石和桥是民国年间建造的。在《康熙余杭县志》上，有"塍湖桥，在县北一十六里仙宅界，邑人因建在塍湖畈故名"的记载。石和桥与塍湖桥位置疑似，我猜想，石和桥应该就是塍湖桥吧。

《康熙余杭县志》中还有半畈桥的记载："半畈桥，在县北五里仙宅界，以去苎山畈半里，故名。"但是半畈桥早已无存。在仙宅村通往新岭的塘路上有座苎山桥，据《康熙余杭县志》记载："苎山桥，在县北一十四里仙宅界。因在苎山畈，故名。"苎山桥桥石、桥面保存完好。

过了苎山桥就是新岭，旧时此地山高岭深，新岭、中岭、乾岭相连的三个岭是北驿道上有名的山岭，翻过乾岭就是麻车头。据《康熙余杭县志》记载，新岭、乾岭上都有凉亭，乾岭上的凉亭是余杭董汝洲捐建。住在岭脚边的大妈和我讲，旧时新岭上有两个凉亭：南边凉亭是余杭人造，北边凉亭是黄湖人造。这样的细节在史书上可能是找不到的。

民国十四年（1925），"承筑余武省道汽车股份有限公司"筑造余杭至武康的公路，自余杭西门经彭公至武康上柏。同时，在潘板至双溪又建一条支路，为浙皖副线的一段。公路建成后翻山越岭的人少了，新岭、中岭、乾岭这条山道渐渐荒芜，北驿道慢慢退出历史舞台。而值得庆幸的是新岭古道还有一段尚有迹可循。

旧时十里一乡，北驿道出县城北门莲花桥后，经同化乡、孝行乡、常熟乡等。随着社会发展，行政区划不断变更，原

第一篇 古镇物语

来二三个乡，现在只有一二个村了，比如原来的同化乡、孝行乡，现在就是义桥村、仙宅村。在义桥村、仙宅村，仍能找到多处北驿道塘埂、路迹、桥痕，路径也很清晰。

北驿道是余杭古县城的"遗产"，除了塘埂路迹桥痕，还有人们的口口相传。汪文斌先生听他母亲讲，他母亲年轻时经常走北驿道去余杭，就是遇上下雨天，石板路上也很干净。

当我们一行在新岭山道上踏寻时，西北风呼呼而来，气温也急剧下降，这股冷空气像是为我们踏寻北驿道而赶来的。古道西风瘦马，北驿道就是要有这样的意境嘛。

南乡山路

现在中泰一带旧时称南乡，余杭县城有两条路通往南乡。一条是出南门头上南湖东面塘路，过石鸽、经汪家埠至临安等西南方向山路；另一条是过坝潭桥，往南走凤凰岭，经凤凰岭过石鸽、上由拳岭（俗称牛肩岭）至富阳。南乡多山多岭，牛肩岭、新阜岭、马岭、九曲岭、何岭、菖蒲岭等都是有名气的山岭，菖蒲岭与临安交界。

古时挑长篮担做小生意的人，来往于余杭、富阳、临安、於潜、昌化等地，均走南乡山路。抗日战争时期，泰山南涧是国统区和日占区共同的市场，老百姓称阴阳市场，曾经非常热闹。而日军占领余杭后，余杭人纷纷往南乡、富阳、临安方向逃难，南乡山路成为余杭人避难、逃难之路。

农商工贸皆繁华

余杭素称"鱼米之乡、丝绸之府、瓜果之地"，苕溪南北两岸有良田万亩。在农耕经济主导下，商业及手工业随之发展，秦汉时期，已有竹、木、陶、铁等手工业，特别是铁器铸造已有相当水平。汉元狩四年（公元前122），余杭已设置盐铁官，监督、管理盐铁经营。

南宋时期余杭为京畿之地，给余杭带来了巨大的商机。宋室及大量北方人南迁，人口激增，官需、军需、民需迅速增长，大量荒芜的田地被开垦、种植，农业出现前所未有的兴旺。各行各业商机来临，百业俱兴，大批商人和各类手艺工匠从各地来到余杭，县城更是物产丰饶、集市兴旺，居民稠密，商贸繁盛。南宋诗人胡仲弓称余杭是"山城丰富集，富庶如丰年"。

余杭的繁华有很大一个因素是有一个"保境安民"的吴越国。五代十国时期全国各地战乱不断，吴越国国君钱镠不与朝廷搞对抗，而是重视发展经济，使吴越国成为富庶之地，历史上对吴越国有"烽火遍天下，平安独此邦"之说。杭州是吴越国的都城，领有十一个县，余杭是其中之一，故北宋时期就有"余杭百事繁庶"和"地上天宫"之说。余杭不但是京畿之地，更是钱镠的一个"歇脚"之地，钱镠与余杭马家还有一层"亲上加亲"的关系。余杭宝塔山上的宝塔就是吴越国国王钱镠建造，成为余杭有名的古建筑及地标性建筑。

由于余杭的富饶和安定，宋元明以后，更多的安徽、宁波、金华、绍兴等地商人陆续来到余杭，他们在余杭开作坊、

开商号，做生意，大量资金涌入余杭。明清时期，余杭县城的主要商号、店铺大都是安徽、宁波、金华、绍兴等地商人开设。安徽、宁波、金华、绍兴商人还在县城东门建造会馆，成为余杭县城商贸兴旺的特别风景。手工百业兴旺，商家店铺林立，余杭成为杭嘉湖平原与浙西北山区重要的货物集散地，有"余杭胜钱塘"之说。余杭的丝绵、蚕种、土纸、纸伞、笔管、草刀、笋干等在杭嘉湖地区乃至全国都享有盛名，多种物品被列为朝廷贡品。唐宋以后商贸发展较快，糖、酒、酱、纸等作坊十分兴旺。

"物资集散地"这个概念除包括民间的货物交易外，还包括官方的管理和统筹。余杭管辖临安、於潜、昌化、富阳、新登、安吉、孝丰、武康等县的物资调控、调配。

清末受太平天国战乱影响，余杭商贸中落。在清末至民国中期的几十年时间内，余杭的经济在恢复中发展，银行业、工业萌芽出现。余杭古县城（在城镇）商贾云集，店家鳞次，名号涌出，街市熙攘。

1937年12月20日余杭沦陷，店铺关门，商号停业，百姓逃难，流离失所，田地荒芜，经济衰败，多处历史古迹和百姓民宅毁于一旦。古城余杭千百年繁荣兴旺遭受重创。抗战胜利后，工商各业逐渐恢复，经济慢慢复苏。

新中国成立后，国营工业、集体工业蓬勃发展，有仇山磁土矿、余杭航运站、余杭农机厂、余杭酿造厂、余杭米厂、余杭造纸厂、余杭印刷厂、余杭雨伞社、余杭竹器社、余杭铁器社、余杭木器社、余杭建筑社等。后来手工业发展为二轻工业，新工厂相继开办或老厂升级，如余杭塑料厂、余杭皮鞋厂、余杭化纤厂、余杭彩印包装厂、余杭环保厂等，成为余杭工业半壁江山。

改革开放后，乡镇企业、校办工厂、私营企业快速发展，余杭周边的吴山、仓前、闲林、和睦、石鸽、泰山、中桥、舟枕、永建、长乐等十个乡都相继办厂，甚至每个村都办起了小企业，当时的提法叫"村村办企业，消灭空白村"，乡镇企业兴办，促进余杭经济发展，但是带来的负面效应是搞乱了经济秩序，破坏了环境保护。乡镇企业退出历史舞台后，企业进入合并、兼并、转制等改革大潮，私营企业、股份制企业成为经济主体。随着社会发展，科技产业、新兴行业引领古镇经济腾飞。

蔡家弄老台门　　　　白家弄老台门

第二篇　街巷灯影

城墙根下县前街

太炎路旧时叫县前街，整条街都在县城城墙内。县前街东端是大操场和刘王弄。大操场内，旧时有庙、祠和书院等，西端至城墙西门。街面商店南北相对，北面街上有孔庙、澄清巷、县署等。

旧时孔庙占地二百余亩，坐北朝南，孔庙南大门前是空旷的青石板道地，叫磨坊道地。

县前街是余杭县城的主要街路，非常热闹。有酱酒店、南货店、药店、米店、茶楼、酒馆、烟店、锡箔蜡烛店、水果店等。著名茶楼"苕溪第一楼"就在孔庙大门西侧，政要、富商常常光顾。在西水城门东侧百米左右位置有座跨溪水泥平桥，余杭人称"洋桥"。

新中国成立后，县前街区块有较大变化。20 世纪 50 年代初，孔庙位置入驻浙江省军区教导大队，原县署为余杭中学校址。余杭中学门口有一个堆沙场，当时有四种人以沙为业：一种是挖沙船，常年在溪河中以挖沙为生；一种是在挖沙船上挑沙泥上岸的；一种是在沙场上筛沙泥，把沙子分成粗沙和细沙的，筛沙泥的大多是女工；一种是挑沙或人力车将沙泥拉到所需之处。人力双轮车大多是拉到东门码头的。

20 世纪 60 年代初，澄清巷南口西边办了福利厂，专做热水瓶竹壳，后来转产做开关，叫开关厂。20世纪70年代初，南湖农场在县前街西端办了药厂、奶粉厂。20世纪80年代初，在奶粉厂厂区内设余杭农垦局，是驻古镇余杭唯一一个局级机关。1986年，舟枕信用社在余杭中学对面、西水城门边上建造了总部，县前街上便有了金融机构。同时，上湖村在澄清巷内创办上湖仪表配件厂，澄清巷底开了校办工厂，大操场上办了余杭镇仪表成套厂，民居房屋占地搭建不少。这条城墙根下的县前街有了军队、工厂、学校、商店和金融单位等。

20世纪80年代后改名太炎路。随着余杭城镇建设往南发展，太炎路日渐冷清。

南北两桥通济路

通济路南连葫芦桥，北接通济桥，与直街呈"T"字型交界，长约300米。民国时期，观音弄以南称人和街，观音弄以北称大桥直街，后改中山路。与直街相对应，余杭人也叫为横街。20世纪80年代后统称通济路，是古镇余杭的主要商业街道。

在长不到1里、宽不足20米的街路上，商家聚集，店铺林立。百年老店、知名商号、钱庄银楼、酒肆茶楼、南北货栈、酱坊腌腊、京广百货等应有尽有。经查找资料及依据尚健在的老年人回忆，清末至民国时期，通济路商号、店家大致概貌如下：

从通济桥南堍往南，坐东朝西的店家大致为四丰馆、五昌南北货栈、博爱堂药店、怀德堂慎记药店、泰山堂仁记中药店、泰山堂全记西药房、苏聚昌绸布庄、同和典当、大来照相馆、华昌照相馆、九华银楼、大昌协南货店、汇成水果行门店、宏裕绸布庄、宏泰绸布庄、华兴绸布庄、公和东绸布庄等；坐西朝东的有中山纪念堂（后国营余杭旅馆位置）、王诚昌烟店、郑元茂南北货栈、永慎祥广货店、路家豆腐店、鼎和隆酱园、董家豆腐店、间阿龙经济饭店、金城广货店、万隆南北货店、元亨碗店、济民药店、国华绸布庄、立大米行、广新广货店、德新广货店、华新广货店、成太药店、聚贤茶店、聚福茶店，等等。

通济桥、葫芦桥和观音弄口是通济路北、中、南三处不同的市集。抗战以前，通济桥上东西两侧都是商店，主要有裁缝店、染坊店、钟表店、腌腊店、算命摊、水果店、茶店、刻字店、理发店、水粉店、百货店、脂粉店、药店等。这些店虽然规模不大，但开在桥上也是一个特色。1937年12月22日，日军侵占余杭后杀人放火，通济桥桥面商店全部被烧光，所幸通济桥桥骨坚固，在劫难中巍然屹立。

"观音弄口"是通济路的中心点，这个"T"字形交集点有余杭最大的蔬果行和路边菜场，工人上班、学生上学都要穿行这个路边菜场。还有裁剪、镶牙、刻章、配钥匙、卖棒冰、卖水果、卖卤菜、卖馄饨、卖炒货等各种摊位都来观音弄口占一席之地。傍晚后夜市登场，上街看热闹的灵事面的都聚集在观音弄口，张家长、李家短，市井气息浓厚，"马路消息"不断。所以，通济路上的"观音弄口"既是一个地理坐标，又是古镇余杭最热闹的地方。后来余杭人未约定而成俗，把"观音弄口"四个字用作"最热闹的地方"的代词了。

葫芦桥头是通济路的南面市集，也是古镇余杭的山货市集。来自山区的茶叶笋干、黄白土纸、锡箔纸祃等大多聚集在葫芦桥市集。早年葫芦桥南堍有个茶楼，四方商人、山客水客、本地农人、居民等，多爱集于葫芦桥茶楼打听消息，道听途说，各取所需。早年葫芦桥头人和弄内开有数家客栈，数童和尚的名气最大。人和弄弄口有药店、布店等，还有个修车铺生意很好，主要修理人力车、自行车。

新中国成立后，通济路在发展中变迁：一是通济路上开出数家国营商店，如布店、饭店、旅馆、药店、副食品店、食品厂、服装厂等，原来的老商店归类合并为合作商店，如水果店、杂货店、理发店等；二是通济桥南堍一大块地方划给浙江省军区教导大队；三是在李家弄口建造余杭手工业俱乐部和余杭食品厂；四是1953年余杭几位名中医开办通济联合诊所；五是镇政府在葫芦桥南堍东边开办了余杭普工队，为社会闲散人员介绍临时务工和劳务结算；六是20世纪80年代中后期，余杭房地产管理所在通济路葫芦桥南堍建造四层办公大楼，通济街成为一条军、工、商、医、政聚集的闹市街区。

通济路上有张家弄、李家弄、路家弄、玉台弄、观音弄、人和弄等，这几条弄堂内都有大户人家的石库台门。清光绪年间，知县路保和在观音弄内筹建育婴堂，人和弄内还有香泉坊、香泉井，香泉坊早已湮没，香泉井至今尚在。

旧时通济路以商店、作坊为主，民居较少。解放后人口激增，张家弄、李家弄、路家弄、玉台弄、观音弄、人和弄

第二篇 街巷灯影

等入住居民增多。20 世纪 70 年代初，余杭房管所在通济路观音弄口建造三层砖混结构住房，是古镇最早的公建私住（租）房。20 世纪 90 年代初，葫芦桥南堍道路拓宽，通济路南端从葫芦桥延伸至安乐路与新桥路交叉路口。

东西三里老直街

　　直街与通济路呈"T"字形，观音弄东口为直街西首，从西首 1 号到末尾 373 号，街长约三里，街宽却只有五六米，是一条又细又长的古老街路，也是古镇余杭的主要街道。

　　民国时期，直街自西往东有人和街、中正街、千秋街、牌楼街等几个街名。新中国成立后，分别改为人和街、新民街、新生街、千秋街、牌楼街、安民街等六个街名，20 世纪 80 年代后期统称直街。

　　千秋街是直街其中一段街路，位置就是现在直街禹航大桥南端东、西各 30 米左右路段。千秋街因古千秋岭而名，余杭戏院、雨伞社、泰昌栈、蔡恒升酱园等都在千秋岭街面上。牌楼街街名源于清末官府为严家所立牌坊得名。听叶华醒先生讲，他看到过这个牌楼，正中刻有"年高德劭"四个大字，牌楼是 20 世纪 60 年代初拆除的。

　　旧时余杭溪北为城，溪南为市。这"溪南"，指北濒苕溪、南临南渠河、西起通济路、东至部伍桥的东西长三里、南北宽半里的长方形地域，是古镇余杭商贸市集和百姓居住之地。直街是这一长方形区域的东西向"中轴线"，与北面的苕溪和南面的南渠河平行，像一个"川"字。直街又像是卧在水乡的一条鱼，直街像脊椎骨，两边两两相对的弄堂，就像一道道肋骨。这两两相对的弄堂设计得非常科学，1956年洪水暴发，冲毁苕溪大塘，直冲低处的南渠河，南北相通的弄堂成了洪水的孔道，大片街巷民居避开了洪水直接冲击，得保无恙。

直街商家店铺云集，鳞次栉比，有纸伞店、酱园、米行、茶行、药号、磁号、布庄、百货店、南货店、山货行、笔管庄、石灰行、铁匠铺、木匠店、染坊店、钱庄、典当、邮信、茶楼、旅馆、饭店、酒店等大小商户数百家，还有很多百年老店、名家商号。

20 世纪 80 年代前，直街木香弄口、白家弄口各有一个招宝台，这两个招宝台都是木结构，依托两边屋墙架起一根横梁，再安了几根行条，钉上几根檐子，盖了瓦片，铺了楼板，便形成了横跨弄口的小楼阁。招宝台的高度与边上房子屋檐齐平，深度约有七八米。招宝台中间放着一张用木板钉起来的神案，上面贴着一张五路财神的红纸条，便是五路财神的"神殿"了。招宝台临街一面是木栏杆，木栏杆上有环龙图案，这样的装饰有一种小舞台的感觉。

招宝台的管理按地段划分：从观音弄口到小珠弄口为一段，这一段的商店供奉木香弄口招宝台上的五路财神；从小珠弄口到孙家弄口为一段，这一段的商店供奉白家弄口招宝台上的五路财神。每到初一、十五，商店各自轮值到招宝台上点烛上香，以示虔诚。每年春秋两季，还有一种叫作"唱小唱"的戏班子在此唱戏。旧时余杭有人以吹鼓为业，到时由他集合一班子人，带着锣鼓胡琴来此唱戏。每逢这天，招

第二篇　街巷灯影

宝台两边煤气灯高悬，把街道照得如同白昼。台上红烛高照，还有祭品、供果供奉，台下锣鼓齐鸣，丝竹管弦合唱。这种"唱小唱"活动一般进行二三天，所费银钱由各商店分摊。大店多出，小店少出，事后收支明细张榜公布，以昭信实，公平合理。听戏的、看热闹的蜂拥而至，好不热闹。这是余杭除庙会以外的又一个民间活动。

1937年12月22日，日军在余杭放火，店家货物被抢劫一空，民众纷纷出逃，商业一蹶不振，招宝台从此被冷落，五路财神也偃旗息鼓，声息全无。因长时间没有人打理，招宝台积满尘埃，偶尔还有瓦片掉落，天长日久，招宝台风雨飘摇。20世纪八九十年代，两个招宝台均被拆除。

直街北面弄堂的弄底是苕溪堤塘凤仪塘，旧时开有多家竹木柴炭行，凤仪塘成为苕溪竹木排筏的水运码头。山区货物从临安、昌化、於潜下来，通过直街弄堂抵达南渠河，再由南渠河运抵桐乡、海宁、上海或更远。早年从东乡而来满载萝卜、胶菜、甘蔗等蔬果农船，来余杭换取日杂百货、盐糖腌腊以及干草、粪便等草料、肥料，也贩抵临安等山乡。这样，从南渠河段葫芦桥、龙船头到小珠桥河埠、坝潭桥河埠，直至东门头码头，舟船泊港，市集拥闹，形成了直街的"清明上河图"。

东门头是码头装卸业务作业区，有大量建材堆放，运输最繁忙的时候，常见二十来艘大船的拖船队，运进来的大多是煤，运出去的基本上是建材。码头装卸作业的劳工以前都是肩挑背驮，靠脚力运送，俗称"脚班"。新中国成立后，余杭搬运站承担全部码头作业。

大东门是直街的末尾，为什么叫大东门呢？因古时通济桥北县城有一个东城门，俗称"小东门"，所以直街东端就叫大东门了。古时，大东门是余杭县城的东关，明洪武十三年（1380），在东门设河泊所；清咸丰年间设厘金局，系征收税捐之所。清末民国初，绍兴、安徽、宁波、金华商人在东门一带建立会馆，有越郡会馆（绍兴会馆）、新安会馆（徽州会馆）、四明会馆（宁波会馆）、金华会馆。这四大会馆是绍兴、安徽、宁波、金华等地商人在余杭的联络议事场所，相当于现在的办事处。民国后期，会馆房屋曾被用作粮仓，新中国成立后因筑路、建厂房等因素，四家会馆中的三家被拆除，唯有直街373号那个会馆未拆。这幢老房子还在，只是墙残楼破，唯门口那个青石台门仍然矗立在残墙旧瓦之间。2018年余杭旧城改造拆迁时会馆房屋尚在。

直街是古镇余杭最早的工业区。20世纪50年代初，直街上的余杭印刷厂、余杭米厂、余杭酿造厂、余杭造纸厂、余杭航运站、余杭磁土矿等都是余杭重要的工业企业。大跃进时期大办工业，东门外炼钢厂、焦油厂、草绳厂等厂家聚集，非常热闹。生产合作化时成立的木器社、竹器社、雨伞社、扫帚社、铁器社、综索社等，在20世纪70年代初相继办起了余杭仪表厂（后来组建华立集团）、东风农具厂、红旗综合厂、余杭皮鞋厂、余杭塑料厂等，这些厂家后来成为二轻工业的骨干。乡镇企业大力发展的年代，余杭周边许多村、乡都创办为余杭厂家配套生产零部件的小企业，直街更是车水马龙，非常繁忙。

直街最繁忙、最热闹的时期大约是1966年至1996年这30年。主要特征是厂多、人多、事多。余杭镇的工业基本集中在直街区块，这一时期的人口也是历史以来最多的，原

因是 20 世纪 50 年代初"光荣妈妈"生的小孩都长大成人了，子女少的家庭是三四个，多的是七八个，跑来跑去到处是人。厂家多工人多，文化生活也丰富，直街上有文化馆、总工会、篮球场、戏馆等民众文化活动场所。

直街是一条古朴的街、劳动的街、生活的街；是一条聚满甜酸苦辣又生生不息的街。直街像一件祖传的物件，代代相传，也像一场刚刚散去的盛宴，热闹已去，场地还在，余温还有。直街虽然已从热闹繁荣走向冷落萧条，但她曾经的繁华总会被历史记住和流传。

南渠两岸旧街景

南渠河是古镇余杭的"市集河"，北岸南渠街和南岸渠前街是余杭旧时山货、蔬果等农商货物的市集码头，河两岸商号、店家聚集，是余杭一道繁忙景观。

先说南渠街，余杭人叫它"后河头"。从葫芦桥到坝潭桥，大约一里半路，有小弄、小珠弄、弯弄、混堂弄、留仙阁、坝潭桥、邵家桥等几个河埠头、码头，旧时农船、商船穿梭往来，人声嘈杂。临河街面和弄堂内开有米行、茶行、酱园、腌腊南北货店、山货行、笔管行、器皿行、纸行、竹木柴炭行、轿行、泥木工坊、水作坊等，非常热闹。

鼎和隆酱园在后河头葫芦桥北堍开出鼎和隆南号，鼎和隆牌子好，生意红火。小珠弄南口的保和楼茶店从清朝光绪年间一直开到 20 世纪七八十年代，经营近百年。弯弄南口的公懋茶行，是余杭制茶行业中规模最大的著名茶行。抗战时，曾一度为日本侵略者攫取。弯弄南口还有一家日昇昌纸行，是余杭纸行中数一数二的。

清末民国初，南渠河开通信班船，绍兴商人来到余杭经营船运，码头设在小珠桥头。每天一班，货、客同船，上午为客商装货，下午三点多，船老大开始吆喝："杭州！苏州！上海！""杭州！苏州！上海！"有时还要到街上去行游吆喝。信班船终点站是杭州武林门码头，去苏州、上海的在武林门码头换乘轮船。为了兜售生意，船老大就杭州、苏州、上海的一起吆喝。余杭许多笔管庄都把总部开在苏州、上海，经常在信班船带货。民国八年（1919）二月，余杭县开设普照电灯公司，在弯弄南口立了一根电线杆，开启余杭的电灯时代。

南渠街上的老字号商店、信班船、电线杆，增加了后河头商圈的人气和热度，是余杭与外埠连接的一个窗口。

20世纪90年代后期，南渠街旧城改造，从葫芦桥至坝潭桥建造了商业街，这一段的直街南面弄堂南端均被"拦腰截断"，直街南面弄堂只剩下北端半截弄堂，直街街弄相间格局被劈去一块。

新建造的南渠商业街的高房子挡住了阳光，北面变成一个"背阴"的街路。高房子南面的街面铺了仿青石板的水泥砖，并在葫芦桥、坝潭桥两个街口建造东、西两座牌楼，仿点古意。

再说渠前街。渠前街是南渠河南岸一个沿河街路，东起小珠桥南堍，西至葫芦桥南堍，与马家弄平行。渠前街东头是小珠桥市集，西头是葫芦桥市集，并与马家弄形成一个以

第二篇　街巷灯影

025

茶叶笋干、黄白土纸、锡箔蜡烛、笔管、米行、茶行等为主的货物集散市场。马家弄内开有多家茶楼、旅馆，有大小商户40多家，开于清中期的荣昌源米行也在马家弄内开出分号荣昌森米行。

渠前街东端是缸甏弄。缸甏弄紧接小珠桥，小珠桥南塊有小猪行，早年四邻八乡的农民养猪都要到这个小猪市场来买小猪。小猪行以东就是山川坛了，山川坛旧时是风雨雷电神的祭坛，还有屠宰房。山川坛一带民国时期比较热闹，邮局、报社等都曾经设在山川坛，新中国成立初期山川坛改为粮仓。20世纪60年代中期，在山川坛位置建造山川小学。后来在一些路牌、路名中，山川坛被写成山川台了。

渠前街紧贴马家弄。2000年前后，马家弄一带旧城改造被拆除，现在此区块是未来府居住小区。

竹木柴炭凤仪塘

凤仪塘是南苕溪（余杭段）南塘的一段塘路，西起通济桥南塊，东至盘竹弄北口，长约三余里。在这三余里的塘路上，有通济桥、木香弄、白家弄、杨家弄、孙家弄、上务弄、下务弄、盘竹弄等河埠码头，旧时沿塘都是竹木柴炭行，很热闹。凤仪塘也叫凤仪街，在民国三十六年（1947）的工商登记中，登记地址是凤仪街的商号、店家有三四十户。

旧时苕溪舟船排筏穿梭，山客、水客聚集，弄堂里还开有旅馆、茶店、酒店，为南来北往的生意人提供歇脚场所。

凤仪塘上除了做竹木柴炭的生意人，还有纤夫和肩挑背驮的搬运工。早些年余杭人都是吃苕溪水的，有专门挑水、卖水的"挑水倌"，一担水收 1 分、2 分钱，凤仪塘上曾经都有他们起早摸黑的身影。

民国时期余杭的笔管业很兴旺，苕溪河滩有很多给笔管行擦洗竹竿的人。山区运来的小竹要用沙子擦洗、晾干后才可做笔管，余杭段苕溪水清滩浅，是擦洗竹竿的好地方，擦洗好的竹竿晾晒在凤仪塘上，干得快又方便捆扎，这是凤仪塘的另一番情景。

1952 年，通济桥北的孔庙和通济桥南沿苕溪东西长三百来米、南北宽一百来米的区域划归浙江省军区教导大队，木香弄、王家弄内的数座石库台门都给部队做宿舍。部队干部上下班、士兵操练，进进出出都走凤仪塘，凤仪塘上多了部队官兵的身影。1955 年，余杭邮电局在杨家弄北口与孙家弄北口中间地段的塘边建造了民国风格的宿舍，青砖外墙，成为凤仪塘上最漂亮的建筑。

公路开通后水路运输逐步退出。1958 年，苕溪上游建造青山水库，苕溪水运基本终止，河埠码头日渐冷落，凤仪塘的商业属性也随之消失，凤仪塘由热转冷，后来余杭人直接叫凤仪塘为溪塘。

与抗洪相比，凤仪塘的商业属性只能是一笔带过的话题。在大禹治水时期，苕溪南塘已被称为西海险塘，现在叫西险大塘。西险大塘在防洪中非常重要，但不是汛期，西险大塘就是普通塘路。20 世纪七八十年代前，溪塘上曾经是年轻人谈情说爱的地方，天上有明月，溪中泛银光，令人陶醉。20 世纪 90 年代后期，塘上建造了防洪墙挡住了苕溪风景。

七十二条半弄堂

余杭素有七十二条半弄堂之称。在历史的长河里，有的弄堂湮没，有的只剩下名字，还有的连名字也消失了。但是对一个2000多年的老县城来说，这"七十二条半弄堂"未必只是数字上的概念，而是古镇余杭的框架和符号，是对余杭这方水土的历史文化积淀的一种认同。

至20世纪七八十年代，尚有40多条弄堂存在，是余杭居民主要的居住区域。这些弄堂像余杭的骨骼，曾经都是余杭繁华的见证。被称"半条"的玉台弄依然是旧时半条模样，弄底是民居房屋，走不通，为余杭撑住"七十二条半弄堂"之声名。

1958年以前，余杭县城在通济桥北，通济桥北被称为城里。城里有许多老弄，如城隍弄、澄清巷、玉带弄、方井头、高家弄、刘王弄、松杨弄、西陵五圣巷等。余杭是个2000多年的老县城，出过不少官商贵胄，便有不少以姓氏冠名的弄名，如张家弄、李家弄、路家弄、马家弄、钱家弄、任家弄、王家弄、董家弄、邵家弄、吴家弄、蔡家弄、白家弄、杨家弄、孙家弄、邹府弄、方家弄、劳家弄、陈家弄等。还有以行业、市集特点为名的，如铁匠弄、木香弄、烟筒头弄、鸡鹅弄、缸甏弄、盘竹弄等。有两条弄堂是以人名为弄名的，一条是杨利昌弄，一条是王金贵弄。

老余杭作为商埠重镇，不少弄堂里面开有店家、工场、作坊等，街巷里弄内有过多少商海往事，诞生过许多著名商号，弄堂成为货物进出的重要道路，在老一辈余杭人心里留下深刻印象。尽管沧海桑田时事更迭，但弄堂的路面自古就是这一隙土地，几百年上千年依然存在。这样一想，忽然感觉一百年、二百年或几百年的时间实在不算长。

近年余杭城镇建设和旧城改造逐步推进，有些弄堂两旁房屋拆除，弄堂自然消失。20世纪90年代末，因通济桥退堤扩孔工程、建造禹航大桥和大禹御景城、江南雅居两个住宅区，通济桥北太炎路一带和直街上务弄、下务弄一带房屋被征用，相关联的刘王弄、上务弄、下务弄、久和弄、方家弄等都被夷为平地。2016年开始，通济路、直街全面启动旧城改造，自通济桥南埭起至南门头及整条直街所涉区域内所有房屋全部拆迁，"七十二条半弄堂"也不复存在。旧城改造所涉区块将重新规划建设，可能会用一种"新造的老房子"形式复原一些老房子、老弄堂，但无法复原那种原汁原味的老味道了。

刘王弄

东起小东门，西至通济桥北埭太炎路东首。刘王弄曾是余杭的一条"官弄"，里面住着许多达官贵人，弄内曾有多座石库台门，白墙黑瓦，雕梁画栋。弄堂中段有座背靠苕溪的宅院，相传太平军到余杭后，汪海洋队部驻此。弄底有座深宅大院，新中国成立初期曾改为余杭中学学生宿舍，房子的进深约有百米，可见房屋主人非同一般。2002年前后通济桥退堤扩孔时，此院随刘王弄一并拆除。

方井头

在现太炎小学东面。旧时方井头周围有孔庙、县学、城隍庙、法喜寺、吴道台宅院等建筑。1958年后余杭城镇建设往南移，方井头一带逐渐冷清，但仍然有居民居住。

闻家弄

在吴道台府第东侧，早圮。

澄清巷

南起太炎路中段，北至通北路。旧时澄清巷内有澄清庵。"澄清"二字古时为"天下升平、时局清明"之意，与现代汉语"弄清事实"意思不同。说起澄清巷，有人以为是"杨乃武"冤案昭雪所名，实际并非如此。清张思齐于康熙十二年（1673）纂修完成的《康熙余杭县志》中就有澄清巷（澄清坊）的记载："澄清坊，在县东二百步许，大街北。内有按察分司。"这个按察分司于明洪武年间梁初任知县时建造。杨乃武案发生于同治十二年（1873），结案于光绪二年（1876），比张思齐纂修县志要晚203年。

澄清巷北口的古莲花桥是古北驿道起始之处。古莲花桥现尚在，只是桥况甚差，桥下小河已成小水沟。澄清巷内现住有居民数十户，生活气息很浓。

太平弄

东起澄清巷中段，西至原余杭中学（现文昌中学）。尚在。毕秀姑（小白菜）先是租住澄清巷南口杨乃武家，后租太平弄王家房屋。

玉带弄

西起澄清巷中段，东塞。尚在。

松杨弄

南起县前街（太炎路），北至城墙。早已消失。

天主堂弄

南起县前街（太炎路），北至城墙。早已消失。

城隍弄

东起方井头，西至城隍庙。早已消失。

西陵五圣巷

东起方井头，西至五圣庙。早已消失。

高家弄

东起方井头，西至孔庙。早已消失。

五昌弄

在通济桥南堍苕溪塘下，西起通济路，东至木香弄。旧时弄口有五昌南北货店，抗日战争后消失。

张家弄

在通济桥南堍西面街，东起通济路，西至中南村界。张家弄相传是老余杭西门外张姓大户的宅弄。张家在明清时期已是富商，开设客栈、马场等。从西面、北面来余杭县城的山农、客商，无论水路还是陆路，大多要到张家客栈歇脚宿夜。西门头有个河埠叫张家河埠头，繁忙时节舟船车轿来来往往，很是热闹。

李家弄

在张家弄南约 50 米处，东起通济路，西至中南村界。旧时郑元茂南北货栈占据半条弄堂，弄内李姓人家早年也是富商。李家弄内有座李宅，原余杭二院李秉彝医师就是李宅后人。1947 年 6 月 24 日，余杭县医师公会就在李宅成立。20 世纪 50 年代初手工业合作化时期，李家弄南边建造余杭手工业俱乐部。

路家弄

在通济路中段西面街，南侧是鼎和隆酱园，北侧是郑元茂南北货店。相传清中期有南乡路姓人来余杭开豆腐店，地

第二篇 街巷灯影

址就在路家弄口，店名就叫路家豆腐店。2018 年旧城改造，路家弄拆除。

玉台弄

在通济路观音弄往北约 30 米处，弄底为民居相堵，是余杭"七十二条半弄堂"之半条。旧时弄内有数幢石库台门，至民国时所剩无几，唯朱家台门保存较好。新中国成立时，弄内驻余杭区公所，后来余杭区公所搬到通济桥北塊，弄内房舍用作区公所食堂。再后来区公所食堂也搬出，该房为区公所宿舍。 2018 年旧城改造，玉台弄拆除。

观音弄

观音弄在横街居中、直街西首处，弄口为横街与直街呈 T 字形交界处，是老余杭的"轴心"。观音弄口昔日聚集商家旺铺、摊贩小商和民间市集，弄口左右两边有布店、碗店、南货店、药店、豆腐店、烟店、水果店等。观音弄内原有多个石台门大院，新中国成立初期被改作政府用房，现在还留有几间，但已是残墙断壁。驻足仰望这些年代久远的石库台门，还能看出些往日的气象。至 2018 年旧城改造拆迁时止，弄内有数幢石库台门一直保存完好。

人和弄

在葫芦桥北塊 10 米左右通济路西面街上，弄堂中间与观音弄中段有一条小弄相通，西至旧时杨家花园。弄内香泉古井尚在。民国时期弄内开有客栈，日军占领余杭时，弄内杨家花园是日军的中队部，另有一个台门是日军的慰安妇住所。2018 年旧城改造，人和弄拆除。

马家弄

在通济路葫芦桥南塊 10 米左右位置通济路东面街上，

西起通济路，东至尹家坝弄。整条弄与南渠河、渠前街平行。吴越五代时，余杭人马绰与钱镠同在董昌门下，后钱镠成为吴越国国王，马绰官至镇东军节度使、两浙行军司马、睦州刺史、检校太尉等。马绰世居余杭县城，我猜想马绰与马家弄应该是有渊源的吧。

旧时马家弄有茶叶、笋干、香烛、药材、粮食等货物的市集，河埠码头比较热闹，北弄口有茶楼。1952 年 11 月，中国粮食公司余杭支公司的办事机构在马家弄内，余杭人简称为中粮公司。2018 年旧城改造，马家弄拆除。

钱家弄

是马家弄中段南北向的小弄，弄内有钱家花园，实际上是进出钱家花园的一条通道。此弄早已堵塞不存。

任家弄

北起马家弄中段，折西至通济路。早已消失。

南湖弄

东起通济路与安乐路交叉 10 米左右位置，西南至新桥路，因在南湖塘下得名。2018 年旧城改造时拆除。

铁匠弄

北起任家弄，南至南门头。余杭南湖柴草茂盛，东面水乡及远至桐乡一带农人都来余杭拾柴割草，因大量使用锄头、草刀等工具，促进了余杭的打铁业，铁匠弄因聚集打铁作坊而名，此弄早已消失。

木竹弄

旧时余杭南渠河上游有条木竹河，上通石门桥苕溪入水，下接南渠河。木竹河因淤积断流，20 世纪六七十年代被填。原沿河小路叫木竹路，也叫木竹弄。2018 年旧城改造，木

竹弄拆除。

山川巷

旧名山川坛，在南渠河南面、今百汇广场位置。因古代建有祭坛得名。古时的山川坛有"风雨雷电之神""山川之神""城隍之神"三个神位，另外还建有神厨、神库各三间，宰牲房三间。神厨前，东有宰牲池、斋宿五间。每年春秋仲月日祭祀，以求风调雨顺。民国后无祭祀，宰牲房变成屠宰场。新中国成立后，余杭食品公司辟为生猪收购和宰杀用房。

山川坛区域较大，有山川坛粮仓、山川小学、食品公司等，旧时还有鲍家祠堂。在道路建设和房屋建造中逐步形成一条巷弄，称山川巷。20 世纪 90 年代末建造百汇广场时山川巷被拆除，但在凤山路北端，仍有山川巷门牌存在。

尹家坝弄

在南渠河小珠桥南西边，旧名尹家坝，因古代尹公堰得名。20 世纪 90 年代末在建造未来府小区时，弄北一段拆除。弄南区片后称尹家坝路，北起安乐路，南至山西园路，尚在。

缸甏弄

在南渠河小珠桥南面，北端弄口连接小珠桥。旧时，运河缸甏商船货到余杭，商家为图便利，把缸甏货物堆放在小珠桥南边空地上，由此而得弄名。

20 世纪 70 年代初，杭州公交 6 路通到余杭，车站设在缸甏弄南口（今安乐路与凤山路的交叉口）位置，缸甏弄成为车站连接居民区的一条要道。20 世纪 90 年代末建造百汇广场时被拆除。

山西弄

在安乐山西坝潭桥南，因清代鲍氏建有"怀榭山房"而得名。1922 年至 1924 年建造杭余公路、余临公路时，山西弄成为杭余公路末端、余临公路起点，并在山西弄位置建造了余杭汽车站。公路建造使余杭山西弄较有名气，《浙江公路史》有多处提及。

建造公路后，山西弄一带成为余杭主要道路。新中国成立后，余杭百货批发部、日杂批发部、五金交电批发部等都建在山西弄坝潭桥区块，每个批发部都建有仓库，车辆、人员进出很是繁忙。

20 世纪 80 年代初，山西弄已拓宽为 10 余米道路。宝塔村在南端路口西边开办宝塔饭店，宝塔饭店西侧是余杭信用社，仓前供销社在山西弄东端路口开设门市部，农行余杭县支行在山西弄中段坝潭桥南 50 米左右位置建造余杭办事处营业楼，这一地段十分热闹。

木香弄

在直街西头五六十米位置，南起直街，北至溪塘。旧时弄南口有个招宝台，招宝台供奉五路财神。木香弄内开有多家纸行、裁缝铺。

清末民初，木香弄内聚集十多位医家，是远近皆知的中医弄堂，名医叶熙春去上海前也在弄内行医。弄内有许多石库台门，相传丁宅在较早时期曾开办西医诊所。

1950 年下半年，浙江省军区教导大队入驻木香弄，还开办过浙江军区第九军分区枪械修理所。20 世纪七八十年代，弄堂南口是余杭税务所、余杭文化馆等。弄内"日新池"浴室开办于民国初年，是余杭县城第一家浴室。此浴室的经

营人一个接一个，一直办至 2018 年旧城改造时止，长达百余年。2018 年旧城改造时木香弄拆除。

工人弄

南起直街西头二三十米位置，中间折东转木香弄中段。工人弄原是一条便道，弄名是"文化大革命"时期叫出来的。2018 年旧城改造时拆除。

水弄

木香弄底沿溪塘小弄。早已消失。

王家弄

西起木香弄北端约 20 米位置，东至大夫第弄。旧时王家弄内非常热闹，开有多家纸行，有好几个石库台门，高墙壁垒，庭院深深。走进王家弄，让人感受到一种古朴和幽静。王家弄内还有浙江省军区教导大队家属宿舍。2018 年旧城改造时王家弄拆除。

小弄

北起直街，与木香弄对面对；南临南渠河，是南渠河与苕溪上、下码头的通道。小弄不小，实为要塞之弄。

民国二十四年（1935）九月，"浙江地方银行余杭县公库"在小弄四号的石库台门内设立，民国二十六年（1937）四月改为"浙江地方银行余杭县办事处"，小弄成为余杭历史上第一个银行设址之地。新中国成立后，小弄 4 号开办了印刷厂。

老余杭知名的刘仙芝药号就在小弄北弄口，常有名医坐堂诊病。 2018 年旧城改造时小弄拆除。

邵家弄

北起直街小弄东约 20 米位置，南至南渠街。2018 年旧城改造时拆除。

烟筒头弄

北起直街邵家弄边，南至邵家弄后段，是一条弄中小弄。早已消失。

幸福弄

北起直街 20 号左右位置，南至南渠街。2018 年旧城改造时拆除。

大夫第弄

南起直街 23 号左右位置，北至王家弄。大夫第弄内有苏家台门、金家台门、吴家台门等，著名漫画家陆秒坤先生居住大夫第 15 号。

20 世纪六七十年代血吸虫病防治时，大夫第弄内设过化验处，全镇各企事业单位、学校、居民区的大便都送此处化验。

大夫第弄内有大片住宅区域，2018 年旧城改造时拆除。

鸡鹅弄

南起直街 27 号左右位置，北至大夫第。旧时弄口为鸡鸭交易市场，故名。2018 年旧城改造时拆除。

蔡家弄

南起直街 31 号左右位置，北至王家弄。旧时曾叫过长生弄，弄内蔡家台门、韩家台门、邵家台门等保存较好，"怡怡堂邵姓墙界"石清晰可见。弄内有口古井，水源充足，在自来水尚未普及前是居民主要生活用水。听老年人讲，这口古井叫学堂水井，不知什么时候开过什么学堂。蔡家弄南口的点心店生意很好，我记忆深刻。

20 世纪 80 年代，余杭房管所建造房屋时，将蔡家弄南

面弄口封堵，要从别处借道进出，但弄内面貌保存较好。2018 年旧城改造时蔡家弄拆除。

劳动巷

南起直街 37 号左右位置，北至臭池头，旧时曾叫杨利昌弄。劳动巷西边是余杭豆腐社工场，东边是一家磁碗店。据说这家磁碗店是杨姓商人所开，经营盘碗磁器日杂，前店面后仓库。新中国成立后并入余杭日杂公司。弄中段东边有灯光球场，曾经非常热闹。2018 年旧城改造时劳动巷拆除。

小珠弄

北起直街 34 号左右位置，南至南渠街，接小珠桥，与南渠街市集相连。旧时小珠弄南弄口、北弄口和弄内开有茶楼、南货店、山货店、米店等。小珠桥是热闹的河埠码头，桥北是余杭搬运站，桥南是小猪行。

小珠弄北口是直街闹市，与直街街面形成一块三角形的空地小市集，旧时是香烛、黄烧纸、茶叶、笋干等货物集散地，也是小菜场。小珠弄北口直街上有水果店、五金店、点心店、文具店、杂货店、鞋店等。"文化大革命"时，小珠弄北口有个专贴大字报的墙面，余杭著名画家沈鸿宾在此墙上画了一幅伟大领袖毛主席的巨幅画像，此墙还是知识青年上山下乡时公布名单、张贴红榜的地方。

2018 年旧城改造时小珠弄拆除。

秀带弄

是小珠弄中段西侧的小弄，2018 年旧城改造时拆除。

吴家弄

北起直街 48 号左右，南至南渠街。弄堂两边是青砖砌筑的高墙，弄面很窄，却有几分古意。弄堂中间和弄底临南渠街有数幢宅院和连片房舍，相传唐朝时曾为县署，后多有坍塌。

吴家弄北口早年有药店、山货行等，对面直街 47 号左右位置早年是酱园，1958 年后改为总工会。直街 51 号是民国余杭县政府税务局。民国三十六年（1947）八月，此位置设立"余杭县在城镇信用合作社"，新中国成立前停业。有些事情总是会有巧合，1989 年，就在直街 51 号原址，余杭农村信用联社在这里开办了余杭信用社。

2018 年旧城改造时吴家弄拆除。

弯弄

北起直街 60 号左右，南至南渠街，因弄堂中间有几个成直角的转弯故名。弯弄南弄口西边旧时有公懋茶行，弯弄居中西边有高大的石库台门，相传是唐朝时期的县署。弯弄南弄口东边旧时有一家日昇昌纸行，生意做得很大。纸行边上有一家轿行，为官商人士出门备轿。

新中国成立后，原日昇昌石库台门房屋驻余杭县公安局。最早的余杭派出所在弯弄 2 号。1958 年县治迁出后，余杭在城镇改称余杭镇，镇公所就在弯弄内。我 6 岁以前住在弯弄北口，对旧时弯弄有些模糊的印象。

20 世纪 70 年代初，弯弄北面弄口是余杭煤球厂，一台煤球机，六七个女工忙忙碌碌，成为余杭一道别致的风景。20 世纪 90 年代末，南渠街旧城改造时弯弄拆除。

白家弄

南起直街 59 号左右位置，北至溪塘。白家弄是古镇余杭的一条"商弄"。所谓"商弄"，一是清宣统三年（1911），余杭县建立商务分会，会址在白家弄 27 号；二是民国至新

第二篇　街巷灯影

中国成立初期，余杭各同业公会会址大部分在白家弄内；三是白家弄南口有个招宝台，招宝台供奉五路财神，旨在保佑余杭商家店铺生意兴隆。除商会、招宝台外，白家弄内还有蒙童馆、诊所等，清末余杭第一个剧场也设在白家弄内。

弄内原有苕溪小学、余杭排运站等，20世纪90年代前后，余杭税务所在白家弄内建造宿舍。白家弄南口东边是余杭扫帚社，西边是草药店。20世纪七八十年代，草药店位置开了胜利饭店。

白家弄内有很多石库台门，至2018年旧城改造拆迁时尚有七八座。

杨家弄

南起直街75号位置，北至溪塘。旧时杨家弄南口开有数家木器店，合作化时组建木器社，后改为余杭木器厂，数年后改为余杭东风农具厂。杨家弄内有杨家道地，早年杨家道地是大片空地，20世纪70年代中期，余杭房管所建造了第一代砖墙民居房屋。20世纪80年代初，南弄口西边原是余杭民办小车队，后建造余杭邮电局大楼。2018年旧城改造，杨家弄拆除。

钱吉弄

北起直街76号左右位置，南至南渠街。北弄口西边早年有铁匠铺、木器店、油漆店、雨伞店、余杭废品收购站等。当时的废品收购站兼收兽皮、兔毛、羊毛和草药等。收购站前面是门店，后屋是堆场，占据大半条弄堂；北弄口东边早年是篾匠铺、圆木社，圆木就是水桶、脚盆、脸盆、锅盖等圆型木器。

20世纪70年代中期，钱吉弄内开办过幼儿园。20世纪

80 年代初，北弄口建造砖混房屋。2018 年旧城改造，弄堂及房屋全部拆除。

混堂弄

北起直街 90 号，南至南渠街。清中期的"董九房雨伞"就在混堂弄北口西边约 10 米左右的直街上。混堂弄内董家台门从直街到南渠街，房屋几十间。旧时，北弄口西边还有山货行、旅馆、酱园等。20 世纪 60 年代初，弄内一个老台门内开办了幼儿园。

2018 年旧城改造时混堂弄拆除。

董家弄

北起直街 110 号左右，南至南渠街，弄内都是董家房屋，是董家的宅弄。20 世纪 80 年代初余杭房管所建房时拆除。

孙家弄

南起直街 99 号，北至溪塘。《康熙余杭县志》中有"古为北闾坊，今呼孙家巷"的记载。相传吴越时期，富阳龙门孙氏三兄弟来余杭，后发家在孙家弄一带置地造房。

旧时，孙家弄内有公署、课税司、学校、笔管行、照相馆等。孙家弄内有个孙家台门，高墙头、大天井，石鼓粗柱，一进一进有好几进，还有木雕、砖雕的门、窗等，非常气派。孙家台门住过一位临安来的老太太，前后邻居大大小小都叫她"娘娘"，也就是"奶奶"的意思，从她穿着、举止来看，绝对是大户人家出来的。不知这位老太太与这个孙家台门有着怎样的联系？虽然她早已过世，但我至今仍清晰地记得她的音容笑貌。后来孙家台门成为"七十二家房客"的大杂院。

孙家台门西面是孙家道地，早年孙家道地很是空旷。民国时期有所民办小学，新中国成立后划归苕溪小学。孙家道

地的西北角上有一个坐北朝南的石库台门，有好几进。

20 世纪 70 年代中期，在"深挖洞、广积粮"政策号召下，余杭镇革命委员会组织新生街居民在孙家道地上开挖防空洞。负责挖防空洞的人很有水平，在开挖前先在边上挖了一口井，使地下水都流入水井。这个防空洞挖得很成功，我记忆中有很多人来参观。这口井也成为孙家道地上居民的饮用水源。

孙家道地上住有五六十户人家，农民、居民都有，还有很多菜园、空地。但是以前空旷的道地后来被私自搭建、家家蚕食，仅留下一条七转八弯的小路。

1964 年，我外婆用 70 元钱在孙家弄口买了一间旧房子，此后，我们全家就一直住在孙家弄口。因为对孙家弄有一份特别的感情，对"孙家弄始祖是孙权后人"这一传说我很感兴趣。2015 年夏天，我陪孙石林老师去径山平山村（原长乐斜坑村）的孙家查看孙氏家谱，令人欣慰的是，最早从富阳龙门来余杭的孙姓先祖也在家谱中找到。孙氏后裔多有知书通墨之人，孙石林老师是孙武第 78 世孙，他被评为 2015 年度"全国第二届十大书香人家"之一。听孙石林老师讲，他收藏的一部清《嘉庆余杭县志》就是清末住在孙家弄的孙氏后人手工抄写的。

孙家弄底是苕溪堤塘，因取水、洗涤方便，1965 年，观音弄内的丝绵加工场搬迁到孙家弄底，50 多位妇女制作余杭传统名产清水丝绵。后来余杭丝绵加工场更名为余杭镇丝厂，生产织锦缎等丝织产品，名盛一时。20 世纪 90 年代中后期，余杭镇丝厂经兼并、转制后为余杭印刷纸盒厂。

时至今日，孙家弄、孙家道地的名字依然存在，但往日旧貌烟消云散。2018年旧城改造时孙家弄拆除。

新成弄

西起孙家弄中段，东至原余杭造纸厂。新成弄内旧时有新成笔管行，天晴日，道地上晒满笔管。新成弄南半边从弄口至弄底是一座深宅大院，20世纪50年代初辟为余杭造纸厂职工宿舍。

2018年旧城改造时新成弄拆除。

邹府弄

南起直街113号左右位置，北至原余杭造纸厂。邹府弄是余杭邹家世居之地。邹济、邹干父子是明朝重臣，他们的人和事在清代的《余杭县志》中都有记载。但因年代久远，弄内已无邹府遗痕。

明清时期，邹府弄内还住过盐大使章锦，弄内古井为盐运司井。邹府弄南口原有复号典当，弄内有典当库房。1925年，萧山人张镛鑫在邹府弄内开办雨伞作坊。

2018年旧城改造时邹府弄拆除。

留仙阁

留仙阁与邹府弄面对面，原是一座楼阁，后来成为地名。留仙阁南临南渠河，旧时开有说书场、钱庄、典当、盐号、糖坊、纸祃店、锡箔店等，茶楼酒肆聚集，农商货物集散，是余杭直街中段的商业闹市。

留仙阁南门的石板台阶通到南渠河埠，舟船便捷。我小时候进去玩过，"文化大革命"时留仙阁还没有拆除，只是名字改为"朝阳场"，千秋街居委会经常在"朝阳场"开会。"破四旧、立四新"时，千秋街家家户户搜出来的书籍、旧物件等，都在"朝阳场"的空道地上焚烧。20世纪90年代初，

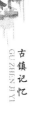

南渠街旧城改造时，老的留仙阁被拆除，在旧址上又新建了留仙阁。

上务弄

南起直街 171 号左右位置，北至溪塘。旧时上务弄南口东侧是圣殿，圣殿坐北朝南，七间门面，有 100 多米进深。进门第一进是四大金刚，第二进有十八罗汉，第三进是圣帝菩萨。殿内有粗大的柱子和宽大的青石板，是余杭县城有名的古建筑。1975 年左右圣殿拆除。

清末，德清商人在下务弄开办蔡恒昇酱园，后来搬到上务弄南口西边，前店后坊，弄内百余米都是酱园工场。

上务弄内居民很少，有一座鲍家台门系清末建筑。20世纪 90 年代末，上务弄因旧城改造和建造禹航大桥时拆除。

下务弄

南起直街 177 号左右位置，北至溪塘。下务弄南弄口对出就是邵家桥河埠码头，主要是粮稻上岸之处，也是粮农交易之地。这为酱园作坊提供了进货之便，故下务弄内有多家酱园。下务弄后半段至溪塘，大多都是堆放缸甏的场地。

下务弄南口东边早年有一家永康人开的打铁店，后来为余杭铁器站，弄南口西边是余杭米厂。

20 世纪 70 年代初，下务弄内建造余杭新建小学，即余杭镇第二小学。20 世纪 90 年代末，下务弄因建造禹航大桥拆除。

久和弄

西起上务弄中段，东至下务弄中段，连通上务弄、下务弄。弄内多为民居，20 世纪 90 年代末旧城改造和建造禹航大桥时拆除。

方家弄

南起直街 181 号左右位置，北至原余杭仪表厂。2018 年旧城改造时拆除。

劳家弄

南起直街 183 号左右位置，北至溪塘。2018 年旧城改造时拆除。

王金贵弄

南起直街 203 号左右位置，北为荒地，后塞。2018 年旧城改造时拆除。

蒋官弄

是王金贵弄中的横向小弄。2018 年旧城改造时拆除。

盘竹弄

南起直街 253 号左右位置，北至溪塘。盘竹弄南弄口临南渠河，是苕溪与南渠河两水相距最近的地方。从苕溪上岸的竹木柴炭，由人力挑夫肩挑背驮到弄口南渠河下船，久而久之，便以"盘竹"为弄名了。

光绪二十一年（1895），余杭人叶涛、方锡炜在盘竹弄内开设"经华丝厂"，使原本一家一户单独缫丝走向工厂式经营。经华丝厂还开设经华茧行，向蚕农收茧。民国时期，盘竹弄内还有华成、鼎成两家茧行和协成皮纸厂。

新中国成立后，余杭公安局在盘竹弄内设劳改大队，1964 年劳改大队撤销，房屋归杭州商业学校开办商校，后来商校停办，房屋为杭州市土特产公司仓库所用。

盘竹弄内原有沈姓大户，石库台门马头墙，2010 年前还有围墙。盘竹弄南弄口南渠河上原有油车桥，1956 年洪水时桥被冲毁未建。

20 世纪 90 年代末，盘竹弄北段因建造住宅小区被拆除，南半段于 2018 年旧城改造时拆除。

陈家弄

南起直街 293 号左右位置，北至原余杭化纤厂。2018 年旧城改造时拆除。

航运弄

南起直街 333 号左右位置，北至原余杭化纤厂。2018 年旧城改造时拆除。

航管弄

南起直街 323 号左右位置，北至溪塘。2018 年旧城改造时拆除。

航运弄和航管弄是 20 世纪 70 年代后期余杭航运站建造职工宿舍形成。

沙弄

南起直街 351 号左右位置，北至原余杭化纤厂。2018 年旧城改造时拆除。

记忆中的大操场

20 世纪 60 年代前出生的老余杭人大都知道城里有个大操场。大操场东西宽约百余米，南北长约两百米。南面是入口，直对通济桥；东面是永丰村，也是通往原永建乡的道路；西面是浙江省军区教导大队围墙，2000 年前后，沿墙开出许多店铺；北面是太炎小学和方井头居民区。以前站在通济桥上可尽收大操场全貌。

历史上也许没有大操场。从《嘉庆余杭县志》的"余杭县城图"来看，大操场西面有文庙、学署等，西北端有城隍庙、先蚕祠、法喜寺等。日本鬼子侵占余杭之前，大操场是县前街的东首，有戏院、商店、民居等，很是热闹。老辈人说是日本鬼子放火焚烧后成为一片瓦砾地，后来慢慢成为空旷的场地。

1950 年 1 月，余杭县人民政府在大操场组织集会，首任县长袁浩上台讲话。新中国成立初期有很多重要集会包括公判大会都在大操场举行。

1958 年余杭县并入临安县，历时 2180 年的古县城开始慢慢冷落。1961 年 4 月又从临安县析出，恢复余杭县建制，但县治设于临平，好在全县五大县属区之一的余杭区公所驻在余杭镇，余杭区委所在地曾经驻于张家弄，后来搬迁到大操场东南口。余杭区管辖周边长乐、永建、舟枕、仓前、吴山、石鸽、泰山、中桥、闲林、和睦十个公社，大操场可容纳数万人，重大活动都在大操场举行。余杭附近的公社来大操场集会，会前常用石灰划出相应的区块，比如，中桥公社在这个区块、闲林公社在那个区块等，这些位置后来基本上就约定俗成地固定了，遇召开大会不用再画线，十个公社都会在"老位置"聚集。

大操场早先的主席台在南面，坐南朝北，中间有两株大梧桐树。后来，主席台拆建改在东边，坐东朝西。小伙伴们喜欢在大操场上玩，在那个戏台上跳上跳下、追来追去。大操场北面有个吴道台的宅院，据说在民国时是一个报社，附近居民就叫它"报台门"。

因为大操场场地空旷，经常有运动会、民兵训练、水龙

第二篇 街巷灯影

演练和城乡物资交流会等，还常常有部队来训练，如新兵训练、打靶等，镇上还有很多人在大操场内学骑自行车。20世纪80年代初期轰动一时的"现摸现开"的彩票，大多数在大操场举行。

20世纪七八十年代，部队经常放电影，幕布架在教大围墙内，镇上的老百姓虽不能进入部队操场看，但高过围墙的幕布在围墙外面也可以看，只是"反"着看罢了。镇上的老百姓常常自搬凳子在大操场上看"反电影"。其实"反电影"与正电影一样看，声音也一样听，只是字幕是反的，右手打枪也成了左手打枪。想当年，镇上的老百姓因为有"反电影"看而津津乐道。小伙子和姑娘们常常因为有"反电影"看而激动不已。放映的电影大部分是《地道战》《地雷战》《看不见的战线》《海岸风雷》等，后来经常放革命样板戏。

大操场靠北处有好几棵大梧桐树绿叶葳蕤，是很好的风景。大约1970年左右，余杭房管所在大操场北面造了最早的公寓房，好像是砖木结构的二层房屋。大操场西面，靠近教导大队围墙边上有两排整齐的水杉树，现在仍在，树龄应在八十年以上。

20世纪80年代开始大操场逐步被蚕食。其实说蚕食也不很准确，比如"余杭仪表成套厂"就是"鲸吞"了一片土地而建的，直接建在了大操场的正中央。后来又有许多房子相继占用大操场地块，没有几年时间，空旷的大操场已被"填满"了，有厂房，有商店，有民居。幸亏大操场北面是太炎小学，有了这个学校，这个让余杭人骄傲的大操场，总算留下了一条通往太炎小学五米宽的道路，总算还有些令人怀念的东西。

第三篇　旧城寻遗

古桥风雨话沧桑

古镇余杭城北是苕溪，通济桥连接溪北县城与溪南街市。城南南渠河有葫芦桥、小珠桥、新桥、坝潭桥、邵家桥、油车桥、东门桥等连接南北。这些桥如古镇余杭的传世物件，在历史的演绎中承载着岁月的沧桑。

通济桥

通济桥始建于东汉熹平四年（175），始建时是木桥，名"隆兴"。五代时，钱武肃王重建，改名"安镇"。南宋绍兴十二年（1142）复建，改名"通济"。元至正八年（1348），山寇纵火，木桥焚毁。明洪武元年（1368），余杭县令魏本初重建时改为三孔石桥，但没有桥栏。明正统年间，余杭县丞丘熙岳在桥两侧加筑石栏。

抗日战争以前，通济桥是余杭县城最繁忙的地方，桥面上东、西两面都是店铺，中间只有二步宽的桥面供行人通行。清同治三年（1864），清兵围剿太平军在余杭激战，通济桥上的店铺遭遇战火全部烧光。战后桥面商店又逐步建造，恢复往日热闹。但是1937年12月22日，日军在进入余杭第三天就开始杀人放火，通济桥桥面商店又被烧光，城内其他房子也被战火焚毁。"余杭县城被烧得只剩下三间半房子"，这是余杭老百姓对这次战火的形象描述。通济桥因为桥基坚固，经受住了两次战火的焚烧仍巍然屹立。

通济桥除了桥的功能外，还是古代一个水利设施。每年汛期，苕溪上游山洪浩浩荡荡奔涌而下，通济桥以两个戗水角分减洪流，这在中国其他古桥中较少看到，是古代桥梁建设的智慧闪光。

通济桥下有一个很大的圆型的河埠平台，附近居民都在这个河埠平台上淘米、洗菜、洗衣服，夏天更是热闹，桥下都是游泳、嬉水的人。我1978年参加信用社工作，地点就在通济桥南堍张家弄口，每天都与通济桥见面，我对通济桥的印象非常深刻。

2002年，为拓宽河道、减缓洪水冲力，水利部门进行"通济桥退堤扩孔工程"。通济桥北堍增建新桥并与老桥连接，通济桥呈现古今合一的风貌。

葫芦桥

相传东汉时，有隐士张俨种葫芦，用卖葫芦的钱造桥，故称葫芦桥。宋天圣二年（1024），邑人支赞、支佑重建，又称支家桥。支姓是小姓，但是葫芦桥南的马家弄内一直有支姓人家居住，我猜想这个支家应该是支赞、支佑的后人。明万历三十六年（1608），葫芦桥被洪水冲垮，余杭知县戴日强重建。

葫芦桥是南渠河上游第一座桥，桥西就是龙船头。葫芦桥与通济街相连，与南渠街相邻，成为余杭较为热闹的货集市场。

旧时从南湖方向陆路而来的临安、富阳及南乡（现中泰）的土纸、纸祃、笔管、锡箔、蜡烛、茶叶、笋干、山果等山货和从南渠河水路而来的稻米、蔬菜、水果等，基本上都到葫芦桥集散，葫芦桥边上开茶楼、开客栈的很多。

1956 年，葫芦桥头南渠河北岸一带被洪水冲毁，政府在废墟上建造 18 间平房，是由政府建造的市场。1981 年，葫芦桥起沿南渠河河坎扩建成简易棚 35 间、室内面积 260 多平方的室内菜场。1984 年，在余杭汽车站西面建造了大型农贸市场后，葫芦桥集市才随之迁移。

小珠桥

小珠桥在葫芦桥东约百米处，南接缸甏弄，北连小珠弄。小珠桥原名县桥，初建于唐上元元年（760），因县署在桥北故名。县桥后来怎么被叫成小珠桥有两种说法：一是"小珠桥"，古代有位贩卖珠宝的商人乘船来到余杭南渠河，在小珠桥河埠头上岸兜售珠宝。大概是这个位置的风水好，这位珠宝商人的生意越做越大，从小商担发展到开店经营。慢慢地，另外人也在这里开起了珠宝店，天长日久，这座桥便称为小珠桥。另一说是"小猪桥"，因桥南有个小猪市场，余杭周边远近农村、四邻八乡养猪都要到这个小猪市场来买猪仔，故称小猪桥。是珠宝之"珠"还是小猪之"猪"恐难有定论，但老余杭人都晓得小珠桥头的忙碌与热闹。

民国初年，余杭开通水路邮运，客运连货运都是乌蓬船，船老大是绍兴人，码头就设在小珠桥头。开通的线路就是沿南渠河、余杭塘河至杭州。客船分快航船与夜航船，快航船有上午班、下午班，往返余杭与杭州松木场。撑快航船的船工很辛苦，要换班摇橹，还要背纤加速，一般四小时左右到杭州松木场。夜航船则傍晚发船，每到下午三四点钟，开船的人就拿着小锣，站在船头吆喝："夜航船开哉！夜航船开哉！"坐夜航船的大都是生意人，他们把货物放入船舱内，船舱上铺上舱板就是睡觉的铺板，连人带货，一船两便。

新中国成立后，小珠桥头成立余杭搬运站，这一地段成为余杭车水马龙之地。

新桥

民国时期，在南渠街弯弄南口与山川坛北口建过一座桥，因是新建造的，故名"新桥"。1956年洪水冲毁新桥后没有再建。

在《康熙余杭县志》中，有"济川桥，县南二里，旧县桥之东。跨南渠河，通舟楫。明弘治年间里民徐杲建"的记载。济川桥是否就是新桥很难判定，但是根据山川坛这个座标和"旧县桥之东"的方位来推测，济川桥应该就在新桥的位置。旧时山川坛住有徐姓世家，协昌盛南北货栈老板徐东初就是徐家后人，不知徐东初是否徐杲后人？

旧时弯弄南口很热闹，茶行、纸行、木行、柴行、笔管行、轿行聚集，新桥连接了山川坛、弯弄、白家弄，成为南渠街上的一个闹市。

20世纪七八十年代，余杭电影队在弯弄南口，余杭周边十个公社都有电影放映员来交换电影胶片。在乡村骑自行车放电影。在余杭周边的乡村路上，常见他们骑着自行车跑片放电影的身影。放映员称"跑片"。在山川坛粮仓拆建为小商品市场时，在新桥东六七十米左右位置的混堂弄南口建过一座临时小桥，这座临时小桥在建造百汇广场时拆除。百汇广场竣工后东面道路拓宽时新建一座景观木桥，供行人过往。

2000年前后建造百汇广场时，新桥位置已筑为凤山路东端与南渠街相连接的马路。

坝潭桥

坝潭桥在千秋岭最隆处南面二十米左右位置，始建于东汉，后各代都有修建。旧时坝潭桥为木桥，20世纪70年代后改建为钢筋水泥桥。

坝潭桥地势较低，与千秋岭形成一个大斜坡，装满货物的双轮车需要人力助推。坝潭桥北堍是汇成水果行，观音弄口、小珠弄口、留仙阁等水果门店都是汇成水果行的分店，后来汇成水果行纳入余杭蔬果公司。坝潭桥南堍有余杭汽车站和百货、日杂、烟糖等物资批发部，余杭周边及临安、富阳等地商人也来余杭批发货物，坝潭桥是余杭的繁忙之地。

坝潭桥是余杭的水、陆"枢纽"，余杭人有句话叫"又是龙船又是会"，用在这里十分贴切。听老年人讲，古时候坝潭广达一里方圆，虽然后来慢慢地被填小，但至民国时期河面还有一百多米宽。来余杭的商船、货船、客船、戏船，几乎都停泊在坝潭桥河湾。

一百多米宽的河面，两边停船，中间船只往来，依然穿梭无阻。平常时间热闹，逢年过节更热闹。最让人兴高采烈的是端午节的龙船，每年端午节，仓前、吴山、闲林、和睦、蒋村、五常的龙船都要来余杭展示风采，龙船张灯结彩，锣鼓喧天，人声鼎沸。而让老余杭人开眼界的是戏班子的戏船。民国年间，杭州的萧麟芳、王少楼、绮凤娇等名角常来余杭演戏，这些名角都有自己的船，常有戏迷来坝潭桥观看这些名角的船，欣赏戏船的风采。名角们的船豪华气派，各有特色，戏迷们看了都津津乐道。

坝潭桥原是木桥，桥面是木板，我记得十二岁那年从桥上走过，桥面木板缝隙很大，看到桥下河水心里发慌，两脚发软。20世纪70年代后，坝潭桥改建为水泥桥。

邵家桥

邵家桥在直街方家弄对面,在历史资料中也看到过为"兆嘉桥"的,我猜想这座桥可能是明朝舒兆嘉担任余杭县令时建造,后误传成邵家桥。

邵家桥河埠是粮运、仓储码头。邵家桥南面的粮仓是余杭最早的屯粮仓廒,至 20 世纪 80 年代,夏、秋粮仓入粮,船来舟往熙熙攘攘,拥挤热闹。清中期酱园、酿酒业开始发展,民国时期碾米业兴起,邵家桥北堍是余杭米厂和蔡恒升酱园的堆货场地,邵家桥河埠更是多了来往粮船与粮运脚班。

邵家桥码头也是竹木柴炭及建筑材料的物资集散处,来自临安、富阳、於潜、安吉、孝丰等地的竹木柴炭及造纸原料桑皮、草绳、砖瓦、石灰、石子等建筑材料都在邵家桥码头上货入仓和下货入船。原余杭造纸厂的桑皮仓库就在邵家桥南面。

临安县物资局在邵家桥码头设转运站,管理临安来余杭的物资。在陆路运输不发达的时代,常可看到余杭以东农村及杭嘉湖等地农、商粮船、货船在邵家桥码头装卸货物的情景。

邵家桥码头还是余杭最早的木材市场,因常年堆放木头,总有些树皮、腐木脱落,便有很多人来刮取树皮当柴火。我也在邵家桥码头上拾捡过柴火,还看到过拿着刮刀、柴刀的人,趁看管的人走开了,便动作迅速,"唰唰"几下捆了就走的情形。

油车桥

油车桥在盘竹弄南弄口。盘竹弄是苕溪与南渠河相距最近的地方,也是竹木柴炭市集码头,早年桥头有茶楼、客栈。

1956 年,油车桥被洪水冲毁后没有再建。余杭搬运站在油车桥南北两头搭建的卸货台倒是一直未见拆除。

安乐桥

安乐桥又称东门桥，相传建于明代，为香客去安乐寺进香方便捐资建造，以前是石拱桥，1956年被特大洪水冲垮后改建为钢筋水泥平桥。旧时东门为税关，也称东关。

自东门桥起至文昌阁，沿河两岸都为余杭港码头，水路船运、陆路货运及货物装卸十分繁忙。码头货物主要是山区土特产及沙泥、石子、水泥、砖瓦、石灰、煤炭、毛竹、木材等，后因陆路交通的飞速发展，水路运输大大减少，东门桥也逐渐冷落。

余杭仇山矿的白泥加工厂厂区就在东门桥边上。

部伍桥

部伍桥在东门桥北塊东边，是跨沙河的桥，建于东汉末年，是余杭最古老的单孔石拱桥，后历代都有修葺或重建。桥北原有部伍亭，清代毁圮。部伍桥因部伍亭而名，相传东吴凌统将军在此招募兵马、结集队伍。部伍桥为东西向，桥下是南北向的沙河，沙河水在此汇入南渠河，此处以东便称为余杭塘河。

部伍桥保存完好，是余杭尚存的古迹之一。2004年8月被列为杭州市文物保护点。

20世纪60年代初，因余杭至仓前道路拓宽，部伍桥北侧建造一座与部伍桥平行的公路桥，两桥相邻间距不到五米。部伍桥虽得到保护，但是桥不走人有如房屋不住人，不但容易荒废，看上去还有苍凉之感。

石门桥

石门桥在南湖西北面，原名通仙桥，建于宋淳熙九年

（1184）。后来南湖治水建造石门，石门边上的堤塘叫石门塘，就被叫成石门桥了。石门桥原为单孔拱桥，两边桥头有十几级台阶，20世纪70年代中期，南湖兴修水利时为方便农民拉双轮车改建为平桥。

1937年12月20日，日本侵略军占领余杭后在石门桥设立哨卡，检查出城逃难的老百姓所带的物品，说是检查，实为抢劫，当时有逃难人身上藏些金银细软的，都被日本鬼子搜走。相传有几个人迅速将身上带着的金银财宝扔进河里，宁愿扔掉也不给日本人。

20世纪六七十年代，在南湖兴修水利时，石门桥附近挖到过金银器物。

丁桥

丁桥在余杭西门外往青山方向十一二里处，是从临安青山下来进入余杭苕溪段上的一座石桥，为梁武帝天监初年临安县令丁遵建造。

抗日战争时中国兵炸桥阻敌，新中国成立后修复。

20世纪五六十年代兴修水利时，丁桥改建为闸门。

古时丁桥设铺，是余杭西驿道上的要冲，也是一个市集，后来形成自然村落丁桥村。2003年9月，丁桥村并入竹园村。

宝塔山下旧仓廒

对粮食储备，古书《王制》说："国无九年之蓄，曰不足；无六年之蓄，曰急；无三年之蓄，曰国非其国也。"《谷梁传》说："一谷不升曰歉，二谷不升曰饥，三谷不升曰馑，四谷不升曰荒，五谷不升曰大祲。"中国自古以来以农为重，养民之道，莫先于劝农。救荒之策，莫善于储粟。重视粮食存储和管理，与国计民生息息相关。

古时的粮仓有预备仓、便民仓、常平仓、义仓、存留仓、儒学仓等。汉末，余杭张纲奏请建仓四十间；唐永贞元年（805），在余杭安乐山下建仓宇四十二间，高二丈，上广八尺，下广二丈，周围四里一百五十步，名谓余杭仓；明洪武十一年（1378），余杭建存留仓，为岁收、存储本县官吏俸粮，后改为预备南仓。清康熙二十二年（1683），余杭县修复县城东南二座预备仓，仓廒积谷一百石。

余杭县城的粮仓有一种声望、威望，还有点像城防兵营那样的味道。

新中国成立后，政府十分重视粮仓建设。1952年10月，余杭县建造城关粮仓和山川坛粮仓。1956年8月，沿南渠河房屋被洪水冲毁，余杭县粮食局迁移山川坛粮仓，直街邹府弄口原复号典当库房也改作粮仓，东门头几家会馆房子也改为粮仓。

城关粮仓在坝潭桥至邵家桥南面一片，有仓库十余座。从坝潭桥南塊到邵家桥南塊有条小路，小路南边是粮仓高耸的围墙，小路北边是南渠河，记忆中，这个粮仓是个戒备森严的地方。还有山川台粮仓，我十一二岁时和几个同学跟着农民拉稻谷的双轮车到里面去玩，感觉粮仓的房子特别大，对粮仓道地上的青石板记忆深刻。

20世纪七八十年代起，余杭的粮仓逐步拆除，特别是

山川台粮仓改建为小商品市场后，余杭所有的粮仓已不复存在。

零落古宅沐夕阳

余杭古县城的石库台门、深宅大院等古建筑曾有百余座，但是被清同治年间的太平军战火和 1937 年 12 月 22 日日本侵略军战火烧得所剩无几，难得有几处遗存下来的也都"体无完肤"，只是塌圮、班驳的墙石而已。现在看到的一些老房子基本上是清末或民国建筑，但透过这些墙砖、木门，可以想像出这些老宅院的曾经气势和古县城的曾经繁华。

至 2018 年拆迁时止，古镇余杭只有 20 来幢老房子尚存，如方井头的吴道台府第，观音弄内的路家台门，人和弄内的王家台门，木香弄内的叶熙春故居，大夫地里的苏家台门、吴家台门、金家台门和白家弄内的商会台门以及另外六七个叫不出名字的石库台门等。这些石库台门依然在时代的大潮中站立着，仿佛有一种岁月的回放，让人怀念。

直街 373 号原会馆台门，尽管里面已面目全非，但门口的条石门框和由白变黑的墙头如一件古老家具，虽然破旧，却透出岁月的陈旧感、沧桑感。在夕阳的余辉里，这些零落的、尚存的老台门房子，犹如一抹光泽，让古镇不失底气。

吴道台府第

吴道台府第在大操场北方井头 17 号，是清光绪（1875—1908）时曾任芜湖海关道台吴景祺的宅院。吴道台府第坐北朝南，东临闻家弄，南为方井头弄，西为城隍弄，北面为农田。房屋为砖木结构楼房，梁雕画栋，工艺精细。石库门高2.45米，宽1.45米。宅内有左右对称的厢房、后花园。封火墙顶端筑有左右对称的两个防火台。宅院围墙长332米，宽14.2米，占地面积471.4平方米，建筑面积690平方米。民国时期宅院内办过报社，周围居民也称其为"报台门"。2004年8月，被杭州市列为文物保护点。现保存完好。

叶熙春故居

叶熙春故居在木香弄2号，坐北朝南，进深约15米，一进三开间二层，砖木结构，前有天井，东、西院墙各开一石库门。

1933年，叶熙春在上海行医，他委托好友蔡叔平先生在余杭购地置办宅院，全面管理建房事项，1934年房屋完工。

至2018年余杭旧城改造时止，房屋保存完好。

木香弄鲍宅

木香弄鲍宅在木香弄3号，与叶熙春故居对面对，为晚清建筑。进门是门楼，为旧时轿子进门时停歇所用。该宅为一进三开间；二天井四厢房的砖木结构楼房。

2018年旧城改造时拆除。

小弄4号

小弄4号是一座坐北朝南的晚清建筑，石库门朝西。民国时开办银行公库，新中国成立时开办印刷厂。至2018年旧城改造拆迁时，房屋保存完好。

苏家台门

苏家台门在大夫第内，是原苏家木行主人的宅第，为清末建筑。房屋坐北朝南，院墙石库门朝东，三间三进，白墙

黑瓦，毛石墙脚，内有天井、水井。

苏家是余杭的名门望族，著名的清水丝绵就是苏家人做出来的，还在第一届西湖博览会上得了金奖。清末民国时期的苏聚昌绸布庄也是苏家产业。据民国三十六年（1947）登记资料，余杭县丝绸呢绒业同业公会理事长为苏子敏。

至 2018 年旧城改造时，苏家台门保存完好。

大夫第吴家台门

大夫第吴家台门在大夫第 13 号，是晚清宅第民居。坐北朝南，一进三开间、一天井二厢房、二层砖木结构。至 2018 年旧城改造时，吴家台门保存完好。

蔡家台门

蔡家台门在蔡家弄 16 号，清末建筑，坐北朝南，一进三间四厢房。2018 年旧城改造时拆除。

蔡万顺纸祃店仓库

蔡万顺纸马店仓库在蔡家弄 11、13、15 号，清末建筑，坐西朝东，砖木结构。2018 年旧城改造时拆除。

蔡家弄王家栈房

蔡家弄王家栈房在蔡家弄内，清末建筑，原为木结构宅第民居。栈房南北墙之间立有"王姓墙界"。2018 年旧城改造时拆除。

蔡家弄邵宅

邵宅在蔡家弄 12 号，清末建筑，坐北朝南，一进三间，有"怡怡堂邵界"墙石。2018 年旧城改造时拆除。

韩家台门

韩家台门在蔡家弄 10 号，为清中期建筑，坐北朝南，入内为七间五进，弄内西墙有石库门。韩家为余杭富商，朝南为临街店面房，开有米行、纸行、布庄等。新中国成立后，韩家台门大部分房子由政府分配：东边一半为余杭豆腐社；余杭豆腐社西侧为点心店；后面住屋分给多户居民入住和韩家家人自住。

2018年旧城改造时拆除。

小珠弄倪宅

倪宅在小珠弄内，清末建筑，坐东朝西，连排有十一二间，高台阶，有"倪姓墙界"。倪家在直街上开过饭店，后来家道中落。民国年间，倪家有一个儿子去杭州钱庄做学徒。

2018年旧城改造时拆除。

直街54号米店旧址

直街54号米店建于民国初年，是萧山人来余杭建造的。解放后米店歇业，店家自住。

2018年旧城改造时拆除。

直街王宅

直街王宅在直街66号原陆伍泉馄饨店内，坐南朝北，石库台门，一进三开间，晚清建筑。至2018年拆迁时拆除。

复号典当仓库旧址

复号典当仓库旧址在邹府弄内，弄口是典当门店，门店后门至弄底的西半边都是复号典当仓库房屋，典当歇业后，房屋慢慢移作他用，一部分改建为雨伞作坊、民居等，弄内东面风火墙一直没有改动。邹府弄是邹济、邹干世居之地，复号典当房屋应该是邹家宅院，只是世事变迁，物无定属而已。

2018年旧城改造时复号典当仓库旧址拆除。

凤仪塘下老台门

2018 年直街区块大拆迁时，我去拍了一些照片，看到邮电局宿舍东边的溪塘 61 号台门的青石门框特别宽，想必是富商人家的房子。

2020 年 9 月 20 日我碰到洪敏，洪敏和我说起陈东明先生。陈东明先生是民国时期在上海从事革命活动的余杭人，他的侄子陈维新一直住在溪塘 61 号台门老房子边上。洪敏的舅舅王子惠与陈东明是邻居，王子惠毕业于上海震旦大学，1937 年卢沟桥事变后，王子惠参与抢救伤员。新中国成立后，王子惠担任湖州菱湖人民医院院长及湖州政协副主席。后来陈家、王家的子女都去了外地，不知这 61 号台门老房子的主人是谁家？

钱家花园

钱家花园在马家弄内，还有一条小弄堂叫钱家弄。五代吴越国时，钱镠的妹妹嫁余杭马绰为妻，钱镠的儿子钱元璙又娶马绰女儿为妻，不知这马家弄内的钱家花园与临安钱王家族可有渊源。其实钱家花园早已无存，留下的只是地名与传说。

杨家花园

杨家花园在人和弄西端，座北朝南，临南渠河。清末，余杭杨姓商人发家致富建造花园洋房，成为余杭一道时尚风景。1937 年 12 月 22 日，日军占领余杭，杨家花园驻入日军大队部，并把杨家花园边上的一座宅院强占为慰安妇住所。

新中国成立后，杨家花园房屋为余杭供电所用房。

韩家花园

韩家花园在小珠弄内。清末，余杭韩姓商人发家致富建造花园洋房，成为余杭一道时尚景观。1937年12月22日，日军占领余杭，韩家花园驻入日军中队部。新中国成立后改为商业用房。

沈家花园

沈家花园在盘竹弄内。盘竹弄有点特殊，一直以来民居很少，整条弄堂只有二三个大石库台门。清末，弄内有华诚茧行、鼎诚茧行、经华丝厂、协成皮纸厂等，相传沈家花园主人是办茧行的。

邮电局宿舍

1956年10月，余杭邮电局在杨家弄北底与孙家弄北底之间建造二层楼的青砖外墙职工宿舍，像民国时期的建筑。该建筑现保存完好。

寺庙遗痕远尘烟

古时余杭县城及周边有很多坛、祠、寺庙等，在《嘉庆余杭县志》中记载的尚有三十多座，如社稷坛、先农坛、风雨雷电山川坛、龙王祠、节孝祠、先蚕祠、三贤祠、文昌阁、关帝庙、吕祖师庙、城隍庙、文庙、东岳庙、三皇庙、三义庙、五显灵官庙、张六五相公庙、安镇刘王庙、周府君庙、南陵五圣庙、西陵五圣庙、新堰侯王庙、广福李王庙、护塔明王庙、凌统将军庙、胡将军庙、太平灵卫王庙、陈明府祠、惠泽祠、归府君庙、圣夫人庙、松杨庙、赐谷庙等。

这些寺庙均已无存，但典故和传说并没有完全消失，有

的则成为街巷地名、路名。在此择几处影响力较大的说一下。

城隍庙

在通济桥北大操场东北角。明洪武年间初建，历代都有修复、重建。1937年12月22日被日军焚毁后未再建。

文庙

文庙又称孔庙，总占地约有百亩，气势恢宏。文庙俗称孔圣殿，主建筑为大成殿。大成殿后面西北面有崇圣祠，祠东有名宦祠、忠义孝悌祠，祠西有乡贤祠。今为浙江省军区教导大队驻地。

名宦祠

在文庙内，祭祀汉县令陈浑、晋县令范宁、宋县令刘道锡、南朝县令刘允恭、唐县令归珧、宋县令杨时、江衮、周章、明知县梁初、林源、林大轮、县丞邱子强、清知县韩国辅等十三位官绩卓著的县令、县丞。

乡贤祠

在文庙内，祭祀六朝宋龙骧将军卜与天、宋刑部尚书赵汝淡、龙图阁学士陆诜、明太子太保詹事文敏邹济、礼部尚书康靖邹干、云南布政司右参政仰儒、明太常寺正卿严大纪、名儒严调御、乡饮大宝严敫、明赠陕西道御史鲍回、硕隐孙有成、名儒周礼、陕西道监察史鲍奇谟、旌表尚义董钦、文学孝义孙敬美、归安儒学训导孙桂枝、清赠吏科左给事中严武顺、征士王祺、文学纯孝孙凤世、湖广景陵县知县王绍贞、处士旌表孝子董玉炜等本籍贤人。

忠义孝悌祠

在文庙内，建于清雍正四年（1726），祀汉县令陈浑、三国吴将军凌统、汉河间守诸葛琮、唐县令归珧、唐民部尚书左执法吴公约、唐镇守江州将军胡则、宋沂泊侯盛新、丞相忠定公李纲、翰林学士方值、临安郡通判方叔恭、明苑马寺少卿范兼之、留守司历方岳、义官吴琭、征士余杭训导陈宗理、忠义文林郎武陵县知县李兰、赐义士潘昱、赐义士潘珏、文学孝义管梦生、处士孙铿、冠带乡饮亚宾孙濂、文学孝义孙坦、德行庠生孙淳、冠带乡饮亚宾孙怡、清荣褒明文学生吴廪、旌忠世袭骑尉广东恩平县知县鲍之淇、文学孝义孙锡珩、兰溪训导严其耀、进士孙扬美、进士孙章美、孝子李濡、文学孝行方炜、义士李同杲、赠登仕郎章可望。

名宦祠、乡贤祠、忠义孝悌祠所祀的都是贤德的官、民，对形成良好的社会风气具有积极意义。

法喜寺

法喜寺在旧县城内，坐北朝南临苕溪，绿树绕堤，芳林吐翠。宋朝王安石、苏东坡等都行游至此留下诗作，清毛万龄《题法喜寺》诗中有："一苕千里曲，孤塔万峰冥。"太平天国时期法喜寺毁于战火。

安镇刘王庙

在刘王弄内，祀北宋末奉命使金不屈而死的刘仲偃。

周府君庙

在观音弄观音堂前。绍兴五年，县令周章修筑溪湖堤塘，百姓受益，立祠祭祀。后圮。

东岳庙

余杭东岳庙，一名岳祠道院，在县南五里凤凰山脚下（今凤凰岭西世茂西西湖住宅区），坐东北朝西南。宋熙宁年间建造（1068—1074），元末兵毁。明洪武八年（1375）邑人王彦英重建。永乐九年（1411），知县林源复修。正德五年

（1510），道人徐庆募缘修复。之后又建王灵宫殿于庙左。左有凤山道院，巨石林立，流水周旋，几百余折。传说有仙翁在此建炉灶，炼仙丹，祈求长生不老。

至民国时，庙有三进，第一进是无常殿，其门口两个无常，如触及其机关能俯仰；第二进是主殿，供奉"东岳大帝"；第三进是阎王及小鬼殿。

1938 年正月十五，一支国军保安队袭击在余杭的日本鬼子，因他们在东岳庙里做饭，后来日本鬼子就放火烧庙，庙毁。抗战胜利后虽稍有复建，但已无旧时规模。

曾经的东岳庙庙会声势浩大。庙会是大型祭祀活动，通常在丰收年举行。东岳庙庙会关系到一县百姓的安康，不仅余杭县城，就连邻近乡村，甚至北乡三十六村也有民间团体来参加，叫"助会"，尤其是现中泰乡一带来参加的人最多，说是因为上桐山是"东岳大帝"的娘家。

东岳庙出会时间二至三天，人员多，特别热闹。有人说，看过东岳庙会，其他庙会看不看就随便了。所以，东岳庙会出会时，余杭街上家家有客人，接待任务重。当时就有个"老亲带被，新亲带米"的习俗，以减轻接待任务。客人多的人家主人要烧茶煮饭，没时间看庙会。

20 世纪 60 年代初，因建造余杭砖瓦厂，东岳庙拆除。

天曹庙

天曹庙也叫陈浑祠，在南湖塘上，为纪念治水有功的余杭县令陈浑而建。余杭东门外和闲林埠还有小天曹庙。

农历二月十五是陈浑的诞辰日，每年此时三四天是余杭天曹庙庙会会期。天曹庙会非常隆重，余杭周边四邻八乡都来参加。

文昌阁

1967年以前，直街东门外三里左右的余杭塘河中有座文昌阁，是明万历二十年（1592年）余杭知县舒兆嘉任上所建。楼阁四面环水，正门朝西，面向余杭县城。河中的文昌阁有南、北两桥连接河边塘路，南桥名登瀛，北桥名攀桂，阁中供奉文曲星，是古城官民对科举文化的一种崇拜与敬仰。

文昌阁是余杭县城东面的第一道"城门"，是余杭县城的地标性建筑。1967年，为拓宽余杭塘河水道，方便运输船队进出，文昌阁被拆除。

宝轮寺

宝轮寺在狮子山东南山麓，相传始建于南朝齐永明年间（483—493），原名兴建寺。宋大中祥符九年（1016）更名为宝轮寺。元末宝轮寺遭战火，明洪武六年（1373）重建。抗日战争期间，遭日军战火焚毁。

旧时宝轮寺前的宝轮河、宝轮桥尚在，只是后来慢慢被叫成宝林河、宝林桥了。连接文一西路的宝林路是20世纪90年代建造起来的新路。

南安寺

旧时南安寺位置大约是现在余杭二院及南安路与山西园路交叉口的幼儿园一带，此地古时候有绿野仙踪之美。

南安寺初建于唐贞观年间，后屡有毁建。清乾隆年间有一次较大规模的修建，是余杭古县城有名的寺院。日军侵占余杭时寺院损毁严重，残留少数僧房。1946年，县卫生院从余杭西北面山区迁回县城，就设在南安寺。新中国成立后改建为县人民医院，即现在的余杭第二人民医院。

龟山书院

龟山书院在南湖塘东隅。北宋崇宁五年（1106），县令杨时保护南湖，深得百姓爱戴，后杨时去官，邑民请建书院怀念他。因杨时号"龟山先生"遂名"龟山书院"。明成化二十二年（1486），余杭邹干在龟山书院旧址建惠泽祠，以祀杨时。后来增祀开辟南湖的东汉县令陈浑、唐代县令归珧，也叫"三贤祠"。

灵通将军庙

余杭的灵通将军庙很有名气，根据《万历余杭县志》记载，灵通将军庙在丰乐坊，丰乐坊大约是今木香弄。灵通将军庙有两种传说：一说是为纪念东吴大将凌统，一说是宋仁宗患肿疡，久治不愈。有一天晚上，宋仁宗在梦中见到一位神仙，神仙告诉他"得余吴氏膏药可立愈"。宋仁宗很是惊讶，马上派人到余杭找到吴氏，宋仁宗涂上吴氏膏药不久肿疡就治愈了。

我猜想这个灵通将军庙开始是为凌统而立，宋仁宗求余杭吴氏膏药也确有其事，而吴氏膏药店就在以中药木香为名的木香弄内，宋仁宗神仙托梦，药到病除，弄内的凌统将军庙就变成灵通将军庙了。

胡将军庙

胡将军庙大约是元朝的建筑，又称赫灵寺，位置在直街107号（孙家弄东五十米左右），解放后寺庙改作余杭建筑公司用房。

胡则是永康人，唐朝时是江州守将，北宋时任杭州知府。因他力仁政、宽刑狱、减税赋、除弊端，很受百姓拥戴。杭州百姓为纪念他，在西湖龙坞建胡公庙。余杭当时为杭州属县，胡则多行善政，惠及余杭，余杭也为其建庙。胡则曾是兵部侍郎，故称其为胡将军。相传胡将军庙香火很旺，祈祷雨旸屡有征应。

白塔寺

白塔寺旧名白塔院，后又名显圣寺，估计是宋以前就有的。宋范仲淹有《过余杭白塔寺》诗一首：登临溪上寺，迁客独依依。远水欲无际，孤舟曾未归。乱峰藏好处，幽鹭得闲飞。多少天真趣，遥心结翠微。

白塔寺具体位置大约在直街末尾处。弘历年间，知县冉继志置义冢于"显圣寺之西沙弄内"。据《余杭教育志》记载，"道光七年（1881），余杭籍海盐训导章均和他的侄子盐大使章锦，捐钱在余杭县治东门桥北首白塔寺前建立苕南书院。咸丰时遭兵灾焚毁，院田被白塔寺僧盗卖，屋基也被多人侵占。光绪二十三年（1897），章均的曾孙、嘉兴府学训导、举人章炳森等查勘丈量尚存基地，绘图钉界，报县立案。民国十年（1921），由县拨归县立高等小学为校产。

圣殿

圣殿在直街上务弄南口东面，坐北朝南，是明朝或更早以前的建筑。据到过圣殿或看到过圣殿的老人讲，圣殿规模很大，东西长有二三十米，进深百余米。高墙黛瓦、大柱子、青石板。第一进有"风调雨顺"四大金刚；第二进有十八罗汉，第三进是圣帝菩萨。殿内有粗大的柱子和宽大的青石板。20世纪60年代初建造余杭粮管所时圣殿被拆。

赐谷庙

赐谷庙在余杭西门外上湖西。相传明朝正统年间，上湖西有一吴姓大户是从安徽来余杭的，主人叫吴世修。有一灾

年，吴世修看到许多贫苦人没有饭吃，他与子孙商量准备将自己家中存粮赐给他们。他来到县衙，秉告开仓济粮，县官当即派人随吴世修来到上湖西。吴世修把稻谷堆放在一块高坡上（就是老上湖村委后面），分发给穷人。第二年又遇水灾，灾民四处乞讨，吴世修心有不安，又将自家存粮赐给灾民。他的义举传到京城，吴世修得到皇帝的嘉奖。

吴世修过世，周围百姓感恩他的功德都赶来送丧。皇帝下旨为他建"赐谷庙"，以表彰他的义举、善举。

我认识上湖村9组的吴姓人家，他们说，吴世修是他们的祖上。尽管赐谷庙现已荡然无存，但吴氏先人的善心、义举人们已记在心里。

澄清庵

澄清庵在南湖十字塘中塘位置。旧时南湖中的十字塘有塘路数里，塘上植梅种柳，风景优美。十字塘往南至下凤山，通东岳庙；往北至石凉亭，是南乡（今中泰斗街道）与县城之间的塘路。

准提庵

准提庵在南湖北塘下（大约今中南村村委位置），准提庵是余杭董家家庵。同治年间杨乃武冤情昭雪后，毕秀姑入准提庵为尼。

陡门堰坝古水利

因苕溪水患，古代有堤塘、陡门、函洞、堰坝等许多水利设施，如南湖塘、石门塘、庙湾瓦窑塘、凤仪塘、天竺陡门、上陡门、下陡门、龙光陡门、西函陡门、尹家坝、滚坝、燕子坝、千秋堰等。

在这些古代水利设施中，南湖滚坝也比较有名，它利用水的冲力滚动坝门，水满则开闸泄洪，水浅则自动关闭闸门。千秋堰最古老。

千秋堰筑造时间可能与四川都江堰差不多。唐会昌二年（842）圮，吴越钱镠（武肃王）重建。宋景德四年（1007），县令章得一复建。因其屡毁屡兴，历史悠久，故名千秋堰。千秋堰利用山岭地势高的优势而筑，这个山岭也被叫作千秋岭。千秋岭在今禹航大桥南面直街上，上务弄南口是千秋岭的最高处。

千百年过去了，有些水利设施现在还在发挥作用，有的已荡然无存，有的成为地名、路名等，如千秋街、尹家坝路、下陡门村等。

古井残存梦依稀

水井是旧时居民生活用水的主要水源，余杭有许多水井深深印在人们的记忆里。至2018年旧城改造拆迁时，尚存古井九口：狮子山南麓宝轮寺古井、通济社区方井、人和弄内香泉井、大夫第苏家家井、鸡鹅弄大夫第学堂水井、直街余杭建筑公司大门前庙井、留仙阁董家家井、邹府弄盐运司古井、蒋官弄古井等。

这些古井曾经水质清冽，水源丰富。居民们在井边打水、洗衣、闲聊，市井气息浓厚。虽然它们最终将不复存在，但是它们流传的故事也是余杭历史文化的重要一页。

宝轮寺古井

宝轮寺古井在余杭狮子山东南山脚，旧时此地有宝轮寺。

20 世纪 80 年代初，苕溪水污染严重，镇上不少居民到宝轮寺水井取水。宝轮寺古井水质清冽，久旱不涸。2004 年，被公布为杭州市文物保护点。

2021 年 12 月，宝轮寺古井为塔山文化公园的一个历史文化景观。

香泉井

香泉井在人和弄内。旧时人和弄称香泉坊，井以坊名。相传香泉井是五代钱武肃王开凿，开凿时有四个井口，也叫"四眼井"。早年井旁住有一柯姓人家，在井上筑亭护井，故也称其为柯家井。此井水质清冽，大旱不涸，井边有四五平方左右的四方形空地，附近居民打水、洗衣，有浓浓的市井气息。

20 世纪 70 年代起，由于居民改饮自来水，水井便慢慢淤积，再加违章搭建，井边空地越来越小，最后竟然连井口也被"吃掉"两个，剩下两个井口。井水也慢慢淤积、发臭，到最后只是仅存一个形式上的井口而已。

2004 年，被公布为杭州市文物保护点。

盐运司井

盐运司井在邹府弄底东侧、原余杭电影院后门，是清光绪年间余杭人章锦的家井。章锦是盐运司官吏，故名为盐运司井。该井一直水源充足，水质清冽，曾是邹府弄一带居民的饮用水水源。原余杭电影院北面有扇大门，开出大门是一条小弄堂，盐运司井就在小弄堂的路边上。

大约1972年，余杭米厂突发大火，附近居民在此井打水救火，最终大火扑灭，井水仍不涸竭。

20世纪90年代末建造禹航大桥、江南雅居时，余杭电影院拆除，盐运司井得以保护。2004年被列为杭州市文物保护单位。

庙井

庙井在直街107号余杭建筑公司大门边，因原是胡将军庙内的井，所以叫庙井。20世纪50年代初，胡将军庙内开办余杭建筑工会，庙井在建筑工会的大门外，成为千秋街留仙阁、孙家弄口一带居民日常用水之井。当时庙井水质清冽，水源充足，井台边有六七平方大小的场地，前邻后舍都聚在井边淘米洗菜，很是热闹。

20世纪80年代以后，余杭建筑公司建造办公大楼，把围墙打在井口边上，此井逐渐淤积，完全失去井的模样，所幸没有把井填掉。

2004年，庙井被列为杭州市文物保护点。

方井

方井在通济桥北太炎小学南面方井头23-1号民宅前，方井得名有两种说法：一是以井壁、井口呈方形得名；二是此地有方姓世家得名。据说，方井凿于明代，用条石砌筑而成，三面围有石墙，一个石台阶通道，供人上下。2004年被列为杭州市文物保护单位。

鸡鹅弄水井

鸡鹅弄水井也叫蔡家弄水井、大夫第水井，此井水源充

足，不但大夫第、鸡鹅弄、蔡家弄内几百户居民吃水、洗用都用这口井里的水，稍远一些的街巷里弄人家也到这口井来取水，旧时的挑水倌也多在此井挑水。

鸡鹅弄水井的井台四周有一脚半宽的石头台阶，都是整块的黄褐色的大石铺筑，看上去非常古朴。至 2018 年旧城改造拆迁时止保存完好。

大夫第苏家家井

大夫第苏家家井在苏家台门内，苏家台门曾一度作为余杭镇委干部宿舍。2018 年旧城改造拆迁时，此井保存完好。

留仙阁董家家井

留仙阁董家家井在董家台门前的道地上，是留仙阁一带居民的饮用水井。旧时董家家井边上是留仙阁市集。

20 世纪 90 年代后期，南渠街旧城改造，董家家井成为路旁涸井，再无古井风貌。我很熟悉这口井，每每路过都要看上一眼。

水城门前世今生

古时余杭县城四面都有城墙，临苕溪的南城墙上有两座水城门，是从苕溪水路进入余杭县城的城门。

两座水城门相距约 500 米。东面的水城门与孔庙面对面，西面的水城门与县署（余杭中学校址）面对面。这两座水城门都是石块砌筑的拱顶，有点凉亭的味道，上下石头台阶都是毛石砌筑，入水处有大平台，方便停船和行人上下。余杭县城城墙早已荡然无存，唯有这两座水城门得以幸存，弥足珍贵啊！

1986年，舟枕信用社总部建造在西水城门东侧，我在舟枕信用社工作，与水城门为邻，并留下许多有关水城门的回忆。

值得一提的是，2002年通济桥实施退堤扩孔时，工匠们把从老水城门拆下来的墙砖编号排序，重建时按原位置砌筑，最大限度地保留了水城门原样，使这一古迹重获新生。

姓氏墙界剩几块

姓氏墙界石是历史文化的一种实物遗存，余杭的姓氏墙界石应该是数以百计的，但是在历史变迁中能保留下来的已所剩无几，在此所讲到的，只是在历史的长河里捞出的几块碎片而已。

据张永年先生的踏堪、查寻，余杭尚存姓氏墙界石29块，基本上都在直街。它们是直街木香弄2号叶姓墙界、直街38号陈姓墙界、大夫第34号倪、吴公墙界石、大夫第15号吴、某公墙界石、蔡家弄4至12号王姓墙界、蔡家弄8至9号"怡怡堂邵姓墙界"、蔡家弄18号韩姓墙界、蔡家弄居民家内娄姓墙界、小珠弄内王、周二姓公墙界石、直街40号潘姓墙界、直街66号吴姓墙界、直街102号董姓墙界、直街110号周姓墙界、直街200号"承起堂杨"墙界、直街202号吴姓墙界、直街231号汪姓墙界、直街238号至

242号吴姓墙界、直街276号蒋姓墙界、直街307号郑姓墙界、直街312号沈姓墙界、直街337号高姓墙界、钱吉弄内黄姓墙界、幸福弄内吕姓墙界、盘竹弄内沈姓墙界等。

姓氏墙界石是旧时房屋建设中房屋界定的重要依据，也是社会、经济、文化的缩影，还反映了家族信息，是怀旧、拾遗的珍贵材料。

2018年直街全面拆迁，不知这些墙界石将去哪里？

异乡客商建会馆

明清时期，安徽、绍兴、金华、宁波等地商人、工匠陆续来到余杭经商谋生，经一定年月的积累，慢慢有了"同乡会""乡帮会"之类的聚集场所。余杭东门外有安徽商人的"新安会馆"、绍兴商人的"越郡会馆"、金华商人的"金华会馆"、宁波商人的"四明会馆"。"新安会馆"的墙界石上刻的是"新安同善堂"。

会馆是外来商人在余杭的一个家，是同乡聚会和招待、投宿、休息之处，是同籍商人协商议事的场所，也兼祭奠自家或同乡之亡灵、暂停灵柩之地。四大会馆都建在余杭东门头临南渠河驿道旁（旧时称官塘大路）。听一些长者回忆，会馆的房子都是高高的马头墙，白墙黑瓦，会馆名字写在大门上方，非常气派。

外地商人、工匠来到余杭，极大地促进了余杭的商贸业和手工业发展，促进了余杭的经济发展。"安徽人的南北货栈和药店，宁波人的钱庄和茶楼，绍兴人的酱园，金华人的工场。"这些话表达了安徽、宁波、绍兴、金华等地商人在余杭的经营特点和成就。

抗战胜利后，这几家会馆都被国民政府改作粮仓。20世纪五六十年代，因东门头建造厂房和码头建设、公路建设及余杭塘河建造船闸等，除东门桥边上的会馆没有拆除外，另几个都被拆除。

藏书家叶华醒先生家住仓前，他从仓前来余杭都是步行，每次往返都要经过东门外的几家会馆。20世纪60年代初，他参加征粮时在新安会馆内装过电灯，对"新安同善堂"这块墙石印象深刻。

安徽、宁波、绍兴、金华等地商人在余杭兴建会馆，为余杭留下了宝贵的"会馆文化"，更值得一提的是，现在很多余杭人都是他们的后代。

2018年旧城改造拆迁时，东门桥边上的会馆老房子尚在，也听说要保留的，但是后来还是被拆掉了。

夕阳斜影杨毕墓

清朝四大奇案之一的"杨乃武案"发生在余杭县城，"杨案"故事成为余杭历史文化的一个章节。余杭这方古老的土地为故事男女主角安置了最后归宿——杨乃武墓与小白菜坟。

先说杨乃武。

杨乃武，清道光二十一年（1841）生，清同治十二年（1873）

考中举人。他懂医道，好书法，才学过人。但是就在他考中举人的那一年却蒙冤入狱。清光绪三年（1878），受尽折磨的杨乃武昭雪回到余杭，家住澄清巷。他家在西门外安山有几亩桑地，他仍以种桑养蚕为业。民国三年（1914），杨乃武病逝葬于安山自家桑地，享年73岁。

民国五年（1916），杨乃武儿子杨卿伯率子杨迁章、杨宪章为杨乃武立墓碑，上刻"显考同治孝廉书勋府君之墓"，书勋是杨乃武的字。"文化大革命"后，杨乃武墓的墓碑、墓桌等不知去向。1991年，舟枕乡安山村（今余杭街道上湖村）杨家坟亲叶春财提供线索，在安山村的周姓农家的猪棚里和河埠头找到了断成两截的墓碑，经清洗、粘接后立于墓前原位。1992年，由余杭县政协、余杭镇政府牵头，在社会各界捐资下，重修杨乃武墓园。2004年8月，被公布为杭州市文物保护点。

再来说小白菜。

杨乃武虽获平反，毕秀姑（绰号小白菜）以租住杨宅时"不避嫌疑致遭物议""究属不守妇道"等被杖责八十。出狱后其婆婆、养母都不愿受领，由南湖小庙前董家家庵准提庵老尼慈云领受为徒，赐法名"慧定"。民国十九年（1930）毕秀姑去世，余杭董润卿、沈尔康、姚锡和等乡贤士绅商议，在文昌阁稍东余杭塘河北岸桑园中用一只荷花缸为其安葬。其门人法性、孙洪增立了墓碑，余杭举人郎紫垣书写碑文，碑文两侧刻有秀才董季麟所作的两首挽诗。墓碑上称毕秀姑为"临济正宗第四十三世"，也算在佛门有了一席之地。

传说毕秀姑晚年留下一纸"慧定口述，妙真敬录"的字条，大意是：杨二爷（杨乃武）蒙受天大不白之冤，遭终身之残，此时此事，终身难忘。均我所做，均我所害。二爷之恩今生今世无法报答，只有来生再报。我与二爷绝无私情，纯为清白。以后有人来问，可凭此字条作证。

1956 年冬，余杭越剧团演出《杨乃武与小白菜》，茅桂兰饰女主角毕秀姑，为了演好这个角色，茅桂兰找到董老太太，寻得毕秀姑遗照用来作形象参考。家住余杭董家弄的董老太太是董家后人，毕秀姑在董家家庵修行时，董老太太与她交往甚好。

1966 年，因东门头建造余杭塘河船闸，小白菜坟被毁。1985 年，余杭镇建造安乐山公园时，在安乐山东麓建造了小白菜坟塔。2004 年，被公布为杭州市文物保护点。

"杨乃武与小白菜"故事重点是蒙冤受屈和平反昭雪，已被列为法制教育的案例。

狮子山上两碉堡

1937 年 12 月 22 日日本侵略军占领余杭后，在安乐寺入驻大队部，当时的安乐寺在狮子山与宝塔山连接的山岗上。日军在余杭抓民工，强行到狮子山上造碉堡，宝塔山、狮子山上的树木被砍，日军在建造碉堡时杀死民工数人。两个碉堡都建在狮子山南麓，碉堡上层是瞭望哨，下层有机枪口，用来观察、扫射山下杭余公路上的动静。

这两个碉堡是日本侵略者的罪证。但在 20 世纪 70 年代，两个碉堡却被拆除了，碉堡上的青砖被人挖走。

第四篇 往事传说

南湖治水铭功臣

余杭南湖自古就是汇水之地，每遇暴雨、汛期，西南群山山洪和北面苕溪洪水奔涌冲堤，溢出南湖后直泻余杭东南乡野，危及杭嘉湖平原。余杭历史上出过很多治理南湖水患的功臣，最有名的是东汉的陈浑、唐朝的归珧、北宋的杨时。

东汉熹平年间，余杭县令陈浑发民十万，开辟上南湖、下南湖，筑堤塘三十多里。在上南湖西北面凿石门，导苕溪水入湖以"分杀水势"；在下南湖东南面筑滚坝以"泄洪蓄洪"。沿苕溪增筑陡门、塘堰数十处，蓄泄以时，旱涝无患。

唐宝历年间，余杭县令归珧重视南湖治理，不但疏浚南湖、修筑堤塘，还开挖北湖，用北湖泥土筑造一百余里的西北甬道以通徽州，大大减少农商行旅的山水之患。而北湖的开挖，对应对苕溪汛情则更加科学合理。老百姓为纪念归珧，把西北甬道这条塘路称为"归长官塘"，后来成为著名的北驿道。

北宋崇宁年间，余杭县令杨时十分重视南湖治理，当时蔡京把持国政，他看上南湖西南面的秀丽风光，欲将其母坟迁入。其实蔡京是以迁母坟为借口，实为占地之谋。杨时极言相告：南湖承天目万山之水，必平时空虚，然后暴雨洪水骤至才能承受。如积土塞湖，遇暴雨洪水，必泛滥为患。杨时不畏权贵、不畏强敌，令人敬佩。杨时离开余杭后，余杭百姓怀其恩德，慕其教导，建"龟山书院"以祀。

杨时是福建人，号龟山先生，是宋代理学家程颐的弟子，成语"程门立雪"就是讲杨时求学的故事。

陈浑、归珧、杨时开浚南湖功德千秋，余杭官民为他们立庙纪念。如纪念陈浑的"陈明府祠"，纪念归珧的"归府君庙"，因归珧的夫人和归珧一起死于洪水，百姓在归夫人的尸体漂至搁浅的河滩边上建造了"归夫人庙"，还有纪念杨时的"惠泽祠"。因祠、庙年久失修和不断损毁，"陈明府祠""归府君庙"等都已荒废。明朝成化年间，在惠泽祠内增祀陈浑、归珧之位，俗称"三贤祠"。余杭"名宦祠"内的十三位官绩卓著的县令、县丞，陈浑、归珧、杨时就是其中三位。

水城门边却金亭

余杭通济大桥北堍苕溪岸边县衙边上原有一座古亭，名叫"却金亭"，为纪念明嘉靖年间的余杭知县王确而建。王确为民解疑，拒收谢金的高风亮节在余杭世代流传。

王确是安徽人，明嘉靖五年（1526）任余杭县令。到任伊始就查阅案卷，下乡体察民情。他了解到浮里界（今黄湖鸬鸟一带）乡民孙启纵火烧安溪民舍被判死罪一案与事实有出入，即要求上司暂缓执刑，允以查实再定案。王确调集案卷仔细研究，微服私访，广求证据，历时两年，才得以证实

孙启确是被人诬陷。王确申报杭州按察使衙门要求为孙启平反，却遭到严词训责，勒令维持原判，不准更改。王确越级上奏朝廷，为孙启力辩。他在奏折中说："如臣言妄，则甘伏故出之罪。如非妄，则宜释冤抑之夫，以昭平允之治。民枉伸，则臣职无愧，虽蒙谴责，罢官无憾。"慷慨切至，表示了自己为民雪冤，义无反顾，不惜丢官去职的决心。由于王确持正力争，孙启得以免死，但未获释。

王确母亲去世丁忧回乡，孙启的母亲以百金相赠，助他治丧，王确坚辞不收。说："令知民冤，民固不知令志耶！"

两年后，孙启终于获释。为感谢王确，筑亭于县衙前苕溪畔，取名"却金亭"，让余杭百姓子子孙孙永远纪念这位"王青天"。

明正德进士、钱塘诗人吴鼎闻知此事，特来余杭瞻仰"却金亭"，并作"却金亭记略"志之。文中"济物而不享其报，离位而不欺其志"，是王确清正廉明的写照。

"世有远嫌惜己，熟睹民隐，无敢出一语忤上官，而非份之金则不避焉。视王令之风，亦可少愧矣"，却是对贪官、昏官、庸官面目的描写勾画。时光过去近五百年，对今人来说，"却金亭"仍然还是一面镜子。

2000年通济桥北岸实施退堤扩孔工程时，为绿化、美化苕溪北岸，决定重建却金亭。重建的却金亭为一座八角彩亭，亭中竖一块六尺高的碑石，记载王确清正廉洁的故事和重建却金亭始末。东、西亭柱上各镌一联，东联是："廉洁爱民古应有，清高劲节今岂无"；西联是："群山秀木双塔正，平野大堤一溪清"。这位为民请命，刚正不阿的清官，这座颂扬清正廉明、警示贪官污吏的建筑重现在人们面前，发出它灿烂的光彩。

安乐山名与钱王

余杭安乐山原是一座无名小山，相传五代吴越国国王钱镠的儿子在山上养病痊愈，故赐山名安乐，还建造了安乐塔。那么钱镠的儿子怎么会到余杭来养病的呢？

原来钱镠有个生死之交的朋友马绰，马家是余杭世家。在钱镠还没有当上吴越国国王的时候，钱镠与马绰都在董昌门下。后来董昌与朝廷分庭抗礼，自命称帝，钱镠奉诏平乱，马绰成为钱镠的得力干将。后来钱镠把妹妹嫁给马绰，钱镠的儿子钱元瓘又娶了马绰的女儿，是为恭穆夫人，余杭成为钱王的外婆家。因为有这样一种亲上加亲的关系，钱镠的儿子在余杭养病理在其中。

在钱镠诸多儿子中，钱元瓘最有担当。天复二年（902）徐许兵变，田頵向钱镠提出经子为质，当时钱镠几个儿子都不愿前往，只有钱元瓘自请前去，杭州才得以解围。钱元瓘在危难之际不计生死，挺身而出，立了大功。开平元年（907）正月，钱镠派钱元瓘去攻永嘉（今温州），当时卢佶有巨舟四十艘，排列在清澳海门，钱元瓘却出其不意在安固江（今瑞安飞云江）登陆，斩卢佶而还。乾化三年（913）四月，淮南将李涛率兵两万，自千秋岭攻衣锦军，钱元瓘率兵讨伐，俘获李涛等八千余人，取得胜利。这个千秋岭应该就是余杭安乐山北麓的山岭，李涛可能是得到钱元瓘在余杭的消息而

来攻打的，幸亏钱元瓘英明，击败敌人。贞明五年（919），钱元瓘率兵破敌，取得狼江山之捷。由于钱元瓘在军事上取得很大成功，钱镠就立钱元瓘为继承人。

钱元瓘不但有很高的军事才能，理国治政也很有策略。他继位后，就颁令免税。长兴三年（932），他颁发"赦境内一应荒绝田产，尚隶租籍者，悉免之"。天福二年（937）四月，又免境内本年租税之半。他还秉公守法，不私亲情，对余杭舅家、妻弟均不徇私情。

柳耆卿与玩江楼

明《万历余杭县志》记载，通济桥南有玩江楼，是县令柳咏建造。柳咏，字耆卿，福建崇安人，北宋仁宗景祐年间余杭县令。

柳咏精通诗词音律，他的词可上推为婉约派的正宗。宋真宗景德三年（1006），他两次应进士试未第，填了《鹤冲天》一词抒发胸中不平：黄金榜上，偶失龙头望。明代暂遗贤，如何向？未遂风云便，争不恣狂荡，何须论得丧。才子词人，自是白衣卿相。烟花巷陌，依约丹清屏障。幸有意中人，堪寻访。且恁偎红倚翠，风流事，平生畅。青春都一晌。忍把浮名，换了浅斟低唱。

柳咏还善于吸取民间诗词精华，语言通俗，流传甚广，时人称："凡有井水饮处，即能歌柳词。"但柳咏为人风雅不羁，安于无事，常出入于玩江楼，终身潦倒。

博爱堂和怀德堂

博爱堂和怀德堂是抗日战争前余杭通济街北端今教导大队位置的两家国药老字号,坐东朝西,两店相邻。这两家药号在余杭县城及附近四邻八乡都很有名气。

相传博爱堂药店创始人是余杭白泥山汪氏(今中泰街道中桥村)人,博爱堂药店有一宫廷秘方"起死回生丹"救活过不少病危濒死之人,博爱堂治病救人还流传一个故事。

民国二十三年(1934)余杭大旱,西门外天竺堰与东门头乌龙笕两家塘东为争苕溪用水争吵,以致鸣锣聚众斗殴。塘东王绍庚被激怒的农民从县前街迎宾阁茶楼倒着拖到西门外。因头部流血过多失去知觉,博爱堂老板得知即派学徒送去"起死回生丹"救命。王绍庚几粒药丸吞下,呼吸顿然好转。博爱堂救活人命却不收一分钱,为大家口口传颂。

博爱堂药店为前店后坊,工场后门就是木香弄河埠。工场内养有梅花鹿,老余杭县城药店众多,只有博爱堂养梅花鹿。博爱堂还煎制驴皮胶,工场内的炉灶天天热气腾腾,师傅、伙计整天忙碌,生意红火。博爱堂老板诚实经营,不抬药价,崇尚医德,受人尊敬。

怀德堂药店老板是余杭本地人应氏,也有传说是朱桥(今中泰街道中桥村)应家头人。应家是余杭西门大财主,太炎路上有个石库台门叫应家台门。

怀德堂经营药店以德为上,药材地道,货真价实,童叟无欺。药店有个秘方叫"胭脂膏",专治哺乳期妇女奶头开裂。哺乳期奶头开裂的妇女极其痛苦,"胭脂膏"药到病除,

且售价低廉，为病人及街坊邻里称道。

怀德堂药店门面虽不大，进深却有五六十米之深。药店的库房、晒场、煎制房，工场后院一直通到木香弄，挑水工都是从木香弄河埠头挑上来往后门进工场的。药店后门靠木香弄一侧砌有石坎，石坎的墙基至今仍在。

1937年12月22日，日寇侵占余杭后杀人放火，博爱堂、怀德堂两家药店都在战火中化为灰烬，抗战胜利后没有复业。

老米行往事拾遗

余杭的米行曾是一道繁盛景观，在观音弄至马家弄一段百余米街面有大小米行、米店十多家，在直街弯弄口、坝潭桥一带有米行、米店二十多家。创办于清道光年间的荣昌源米行是余杭米行中的资深老店，开办于清末民国年间的立大米行、协泰镛米行、五丰米行、宏泰昌米行、同源粮号、同和粮号、复昌粮号、慎裕粮号等都是余杭米行老店。还有很多没有店面、就在街边某一位置摆几个米袋的散户，被人们称为"米白袋"。1937年12月22日，日本侵略者占据余杭后不久，在直街小弄北面弄口东十米左右位置开出日本人经营的南洋米店。

荣昌源米行是余杭鲍氏先祖于清中期开创，是余杭最早的米行，位置在直街西首与横街交叉路口约十五米处的直街南面街上，与方万华银楼相对。鲍道明先生是荣昌源米行后人。他说："听我奶奶讲，荣昌源米行在清朝'长毛造反'

前就有了。"

1930 年前后，荣昌源主人鲍阿敬过世，米行由其子鲍观成经营。因家中人口多、负担重，大约 1940 年，鲍观成给同父异母的弟弟鲍自成 50 担米，分立荣昌森米行，地点在马家弄口。

1953 年国家对粮食实行统购统销政策后，鲍观成全家迁往上海，荣昌源米行歇业。鲍观成生有一子四女，其子鲍道荣曾是上海同济大学教授，二女儿（小名二姑娘）1950 年移居美国，四女儿（小名四姑娘）去了台湾，早年在台北当老师教书。

1953 年国家实行粮食统购统销政策，荣昌森米行划归余杭粮管所，鲍自成之妻王月萍女士在余杭粮管所担任会计，工作至退休。

附言：笔者于 2016 年 1 月 19 日采访时年 91 岁的王月萍女士。

立大米行是赵焕明先生祖上开办的，在葫芦桥北堍人和弄口，坐西朝东五间店面。前店后栈房，后来栈房辟作碾米工场，工场后面是住屋。店内摆有木制米柜和藤条编制的笆斗，盛放米面和各类杂粮。早年卖米用升和斗，后期用秤。店面右侧是柜台和账桌，五间店铺居中处有一扇内门，通栈房和住屋。

向农民收谷，与农民打交道力求能记能读，"立大"之名笔画简少，读音响亮，同时又有立足于大处、大局，光明正大之意。"立大"二字的匾额悬在店面正中的排门上方，长约三尺、宽约一尺半，黑底金字，十分醒目。立大米行以公平无欺为经营宗旨，生意日渐兴隆。

民国二十六年（1937）12月22日，日军在余杭杀人放火，立大米行及人和弄连片房屋俱被焚毁，店主赵观顺携全家逃往临安天目山。抗战胜利前夕，赵观顺、王素娟夫妇在岳父王绍祖支持下重开米行，并向碾米业开始发展，在原栈房处撬掉几块地板，用混凝土浇筑墩子安装机器，开设机米工场，仍是前店后坊的格局，成为当时仅有的几家碾米、卖米合一的店家。1953年10月，国家对粮食实行统购统销后，立大米行并入余杭粮管所。

协泰镛米行创办人吕荣海。吕荣海父亲是铜匠师傅，清中期从绍兴来到余杭做手艺，摆一个铜匠摊维持生计。吕荣海有一个姐姐给开米行的人家做童养媳，后来吕荣海又到这家米行做学徒。几年后吕荣海自己开了一家米店，地点在观音弄口直街与横街交界处西北面。1937年12月22日，吕荣海的哥哥吕荣熙在观音弄口被日本兵用刺刀刺死，是余杭第一个被日本兵杀死的人。

吕荣海过世后，米行由儿子吕寿贤经营。1953年实行粮食统购统销政策后，协泰镛并入余杭粮管所，吕寿贤在余杭米厂工作至退休。

民国初年余杭出现碾米厂，如大有碾米号、建设加工米号、五丰谷碾米加工厂等。新中国成立初期私营碾米厂均并入余杭米厂。

附言：笔者于2016年1月10日采访时年86岁的吕寿贤先生。

木香弄医家传闻

木香弄是一条有故事的弄堂，弄内不少清代建筑雕梁画栋，古朴、清幽。这条以中医木香为名的小弄，曾是余杭医林荟萃之处。清末至民国时期，这条弄堂聚集中医诊所、医馆十六七家。倚门相望，比肩而邻，医事几十年不衰，"去木香弄"成了求医问药的代名词。

木香弄内医人云集，环境优势起了一定作用：木香弄后邻苕溪，前近南渠河，通达的船埠码头方便外地患者前往就诊，当年南渠河小弄河埠常有来木香弄就医患者的蓬船；而从山区来的患者则用眠轿，一种竹制铺垫、可以半趟又减震的载具抬来木香弄求诊。民国早期，木香弄内丁宅开办余杭第一个西医诊所。

木香弄名医聚，民间传说的"上下木香弄，十殿阎罗王，一个孟婆娘娘"，指的就是当年木香弄十五位男郎中和一位女医家。十五位男郎中是叶熙春、吴彩扬、单懋清、姚益华、肖守三、洪梦麟、蔡锦斋、祝步康、陈洪甫、孙宝珊、周一先、罗仁安、范康夫、吴梓伯、朱一民，女医家是戴章氏。木香弄下首的郑子韶也是名医。对医生来讲，闹中取静实为投医研学的理想之所。弄内不少医家或师出同门，或志趣相近，茶余饭后常为切磋之机。如此众多的医家集中在一条弄内，形成的余杭医界盛况为其他城镇少有，也为木香弄千古芳名增色。

民国二十一年（1932），木香弄口开设成济西药房，余杭医坛吹进西医新风，许多中医名师也得到了一种新的理念

和启发，他们的医术像是得到了一种进修而更为精湛。抗日战争胜利后，许多名医汇集余杭，成为余杭一段光辉的历史。民国三十四年（1945）12月，余杭盛种德堂盛怀慈、华达药房方尔昌、泰山堂金孝仁等发起成立余杭药业同业公会；民国三十七年（1948）5月，余杭县中医师公会第三届第一次大会，余杭的唐拯民、郑子韶、方济洲、姚益华、孙宝珊、朱一民、沈正先、金孝仁、孙有章、周一先、章仰岐、蔡锦堂、高松林等都出席了会议。这些名医的后代很多也步入杏林，如沈正先的儿子沈梦元、章仰岐的儿子章希农等。

时间在流逝，木香弄医家身影也已远去，我们能够查找到的资料也非常有限，有的也只能是片言只语，但是木香弄医家故事是余杭历史文化的精彩一页。

韩家走马楼觅往

清同治光绪年间，一个武康人挑着长篮担来余杭做小生意，常在小珠弄口摆摊，后被小珠弄口一户韩姓商家看中做了招赘女婿。该武康人入赘韩家后，勤劳肯吃苦，打理生意经营有方，韩家的生意日渐兴旺，从小生意慢慢地做起了珠宝生意。韩家这位上门女婿，生意越做越好，还为韩家生了三个儿子。

有了三个儿子，韩家便谋划建造房子，在小珠弄对面蔡家弄口造了韩家台门。韩家台门正门朝南临街，有五六间店面的宽度，深度有六七十米，有厅、堂、厢、天井等。

韩家这三个儿子都很有出息，大儿子、小儿子做生意，有绸布庄、米行、纸行、锡箔店等，成为余杭县城的富商。韩家二子韩臣佐没有经商，谋得类似于"捕快"的一份差事。韩臣佐只生了一个儿子，叫韩干甫。韩干甫继承爷爷家业，经营布店、纸行。韩干甫的纸行主要卖"六千纸"。"六千纸"近似宣纸，用料均为开春后的笋刚刚变竹时的嫩毛竹，制作也极为讲究。为收嫩毛竹，韩干甫还在双溪太平大山深处办了一个六千纸原料作坊。

韩干甫生意鼎盛一时，开始谋划建造当时富人非常向往和追求的西式花园洋房。1932 年冬，韩干甫在韩家台门对面小珠弄北口购置一块闲地，建造一座三层楼洋房，1935 年春全部完工。当时洋房为稀罕之物，轰动余杭县城，余杭人称为韩家走马楼、韩家花园。韩家花园成为当时余杭县城四大花园之一（另三家为钱家花园、杨家花园、沈家花园）。

但是好景不长，1937 年 12 月 20 日，日本侵略者侵占余杭后看上了韩家花园，占为小队部驻所。日本鬼子到余杭后，商店关门，百姓遭殃。韩干甫也因建造花园洋房，用尽历年积蓄，掏空家底，为韩家中落埋下隐患。韩干甫转掉布店、纸行逃难去了临安，后在临安开茶叶店和药店。

抗战胜利后韩干甫回到余杭，但没有入住韩家花园，他住进蔡家弄内韩家老宅。新中国成立前夕韩家花园被浙江第九地委借为临时办公用房，1950 年 10 月第九地委搬出后，韩家花园改为商业用房，20 世纪 80 年代中期又改为商业幼儿园。

韩家台门的房子新中国成立后也由政府分配：西边房子改为民居，东边房子改为余杭豆腐社。至 2018 年旧城改造前，

韩家台门还有老房子和墙界石尚在。

2012年6月15日，笔者采访韩干甫五子韩仰时先生、韩干甫长孙韩一新先生。韩一新说，他听父亲讲起过，韩家台门前厅有一块"麟国功铭"匾，正堂挂一块"奏锦堂"匾。韩家的灯笼上都有"奏锦堂"三字，韩家人晚上出门，提着"奏锦堂"灯笼上街，路人一看便知是韩家的人。

韩干甫生有子女八个：长子韩仰渔、次子韩仰祺、三子韩仰文、四子韩仰之、五子韩仰时（小名耀芳），长女大毛、次女二毛、三女三毛。韩仰时先生说，三个女孩的大名都不记得了。韩干甫有孙子、重孙等四十余人。

民国两场大婚礼

董生生迎娶金念蓉

1918年，余杭董九房雨伞店的董先生去南洋做生意，他立志不生儿子不回余杭。1920年，她太太果然给他生了一个大胖儿子，取名董生生。董生生年幼时被其父亲带回余杭，后来接管董九房雨伞店。

抗日战争爆发时，董生生遇到从杭州逃难来到余杭的满洲人金念蓉，小名玛丽。大概是前世缘分，董生生一看到金念蓉就喜欢上她。董家托人去说亲，金念蓉也非常乐意，两情相悦，董生生与金念蓉结婚，董生生用小轿车迎娶新娘，当时从坝潭桥到混堂弄，街巷里弄的人都来看小轿车和头披婚纱的新娘子。围观的人里三层外三层，西式婚礼在当时是稀奇之事。

董九房纸伞店家产殷实，董家台门房子从后河头通到直街。但是董生生接管董九房纸伞店后，经营不好，入不敷出，日子难过。最后，董生生把董家台门以十斗米典给了一位姓朱的先生，董生生去了临安。董家台门也变为朱家台门。

董家是余杭县城望族，有纸伞、笔管、百货等产业，木香弄、新生街、董家弄内都有董家台门。董家弄内的董家台门在南渠河旧城改造时被拆除了，好在董家台门那口古井还在，只是在建造南渠商业街后这口古井成为街边死井，很少有人关注。

附言：笔者于2018年5月17日采访董九房雨伞店后人董生生之孙董华胜先生。

吴宏声迎娶王湛玉

余杭直街中段南面街上有条吴家弄，吴家弄的吴家旧时是余杭富商，从吴家弄到小珠弄都是吴家产业，有雨伞店和磁器店，清末开办的元记雨伞店和升记磁号、鼎记磁号都是余杭县城的知名商号。至民国年间，位于小珠弄口的雨伞店和磁器店已传至吴上德、吴宏声父子经营。

吴宏声的母亲盛阿囡是南乡泰山盛家头人。盛家是闲林大户，有一脉在泰山一带繁衍。吴宏声的母亲与王家妈妈非常要好，这个王家妈妈，便是余杭县城知名商号王大房笔管庄老板王树方的妻子、王鸿翔的母亲。王家妈妈是仓前姚家头人，仓前姚家也是大户。两位大家闺秀常有来往。某一天，吴宏声母亲与王鸿翔母亲说，她喜欢王树方小女儿王湛玉，想让她嫁给吴宏声。此时王湛玉跟着哥哥王鸿翔在上海帮助哥哥管理笔庄。

在上海的王湛玉听到吴家提亲的消息，说什么也不愿回

到余杭，对上海来说余杭就是乡下。王家妈妈也没有急着催女儿回来，她想等到过年他们都要回来的。王家妈妈便告诉吴家妈妈："等湛玉回来了，让宏声来看她。"转眼到了年边，吴宏声早早准备了礼物，等湛玉到家后便去王家登门拜访。吴宏声长得一表人才，说话又温文尔雅，王湛玉一看就喜欢他。王湛玉皮肤白皙，水灵灵的大眼睛透着秀气和聪慧，吴宏声也是一见钟情。

1947年冬，吴宏声、王湛玉举行婚礼，证婚人是中国银行一位行长。吴宏声用小轿车迎接王湛玉，小轿车在当时可是稀罕之物，就连县长老爷也是没有享用的。一个是富商，一个是富家千金，他们的婚礼轰动余杭县城，大街上都是看热闹的人。

新中国成立后，吴宏声进入日杂商店工作，2014年去世。王湛玉于2019年去世，终年100岁。

附言：笔者于2019年1月7日、2020年9月25日两次采访吴宏声之女吴远明女士。

乾隆赐名豆腐店

旧时余杭孙家弄口有家没有名字的豆腐店，夫妻二人辛苦劳作，天不亮就挑水、磨黄豆、做豆腐。某个冬天的早晨，乾隆皇帝下江南，快马微服，从杭州去临安西墅高家私访，经过余杭时正是黎明，街上没有行人。乾隆皇帝看到孙家弄口这家豆腐店内透出灯光，他走进豆腐店，看到夫妻二人正在忙着做豆腐，他忙问，肚子饿，有没有吃的。这夫妻二人见到这位突然进来的客人有点惊讶，又看见门口还有牵马的人，猜想他是生意人。店主盛了一碗豆浆加了少许白糖送与客人喝，乾隆皇帝正是肚空口渴，接过碗就狼吞虎咽般地喝了起来。乾隆平时身居内廷，御膳房不奉旨决不敢用豆浆进呈，今天喝到刚刚磨出来的豆浆，很觉可口。

乾隆皇帝吃过豆腐，脸上似乎有了光泽，对这豆浆的味道又是一番称赞。他要付钱，这夫妻二人忙说吃了这么一点就不收钱了。乾隆皇帝看着这夫妻二人说，"你们赚的是辛苦钱，我怎么可以不付呢？"说罢他摸出银子放在桌子上。乾隆皇帝放罢银子，便问起这豆腐店的名号，准备日后派人再来买。谁知店主却说小店尚无店名。乾隆皇帝说"那我给你们取个店名吧，以后还要来吃嘛。"这夫妻二人刚才看到他摸出银子的样子，已经感觉到这位客官不同寻常，现在又听到他要给店铺取名字，知道是遇上贵人了，夫妻二人是既高兴又紧张，忙说："这是我们小店的福份了。"乾隆闻言大笑，说："那好，我给取个店名罢！"他用笋壳卷成笔形蘸了豆浆在豆腐板上大书了"兴隆盛"三个大字。写完，乾隆皇帝没有署名，因为一旦署了名，日后招牌挂出去，大小官员看见了都得下马、下轿参拜。

这夫妻二人万分感激，连声说好好好，他们被这突如其来的情况弄得有点不知所措，连说感谢感谢。他们哪里知道，这位是乾隆皇帝呀。后来他们得到消息，这位取店名的是乾隆皇帝，激动不已。乾隆皇帝赐名的消息在余杭县城传开后，来买豆腐的人一天比一天多。一传十，十传百，"兴隆盛"豆腐店的名气越来越大。

"兴隆盛"豆腐店从此出了名，果然生意兴隆。兴隆盛精益求精，所用的原料、工具更为讲究。黄豆是采购东北牛庄大豆，僵豆、乌豆、蛀豆全部剔除；滤豆浆的工具是用昌化土绸做的，绕千张的长布是用湖北天字号白细布做的。工具一式三四套，用后即到苕溪漂净，晒干，轮番使用。因此兴隆盛的豆腐、千张等纹络特别细，特别是兴隆盛的霉千张，僵硬、夹心、霉而未透、透而过性的一律不售。所以，兴隆盛的霉千张远近闻名。

兴隆盛有一台磨纹特别细的大石磨，是笔管滩（苕溪边擦洗笔管的地方）毛氏石铺特为"兴隆盛"制造的，人力推不动，需用一头大毛驴才能拉动，所以磨出来的豆汁特别细。

兴隆盛豆腐店的后人一直以做豆腐谋生。1937 年 12 月 22 日，日本侵略军占领余杭县城，烧杀抢掠，店主无奈关门逃难。抗战胜利后，店主人回来看到房子已破败不堪，"兴隆盛"的牌子和大石磨也不知去向。店主人就修了房子，再做豆腐，在 1950 年前后歇业。

1963 年，我家弯弄口的住宅因暴雨、洪水倒塌，外婆托人找房子，正好找到孙家弄口这家豆腐店的房子，虽然破败，但修一下就可以住的，外婆花了七十几元钱买了下来。当时我六岁，记忆中我们几个小孩子在地板下捡到不少铜钱。

老余杭茶店趣闻

余杭自古是商埠码头，山客水客云集，谈生意、打听行情、刺探消息、灵市面、结交朋友大多以茶楼酒肆为联系场所，所以余杭的茶店业很是兴旺。老余杭的茶店有三四十家，星罗棋布，十分兴隆，可见古镇商埠之盛况。

茶店是统称，根据规模大小不同，大致分为茶楼、茶馆和茶店三类。称为茶楼的，茶桌多，烧水的灶房也大，茶叶的品种也多，来客气派也大，且多以商谈为主；称茶馆的，比茶楼的规模稍小一点，来客的层次杂乱一些；称茶店的，基本上是几张板桌，几张条凳，天天来茶店的多数是吃茶聊天的老茶客。时间长了，茶客与茶客、茶客与店主成了老朋友。有人给天天去茶店喝茶的人取了一个"茶店楦头"的外号。"楦头"原是鞋匠做鞋子时楦在鞋子里的模块，起着支撑、成型作用，称老吃茶的人为"茶店楦头"，形象，贴切。每家茶店都有一些固定的"茶店楦头"，他们听了也并无恼意。

"保和楼"开设于光绪十四年（1888），是余杭茶店业的一个标杆，开设于光绪于十七年（1891）的"聚宝茶楼""云来茶楼"和开设于1913年的"聚福茶楼"、1915年的"第一楼茶店"等都是余杭茶店中的老牌子，另外还有观音弄口的"聚贤楼"、葫芦桥头的"得兴楼"、油车桥头的"得意楼"等都很有名。茶店经营各有特色。

相传位于城内县前街的"苕溪第一楼"是余杭县城档次最高的茶楼，来喝茶的都是一些有身份的人，草根茶客对它望而生畏，往往过而不入；油车桥头的"得意楼"是老余杭东门进来的第一家茶店，坐南朝北，背靠南渠河。靠河有一排"美人靠"长椅，很气派；白家弄口的徐锡明茶店门口放一个油条烧饼摊和理发摊；杨家弄口那家茶店，到秋天还卖糖炒栗子；小珠桥头那家还做合子酥，合子酥是老余杭的特

色点心；张家弄口的阿祥茶店下午有说大书，蛮有特色。有的茶店还从杭州请来说书先生。一般是早市吃茶，下午和晚上说大书，大多是《七侠五义》《金台传》之类。余杭人爱听大书，听得多了就编出了顺口溜："听了金台传，力气大一半"；有的茶店还兼营浴室，他们在店门口挂一块"清水盆汤"的牌子，说是洗澡，实际上不过是一盆热水供你擦擦身子而已，但因收费低，价钱便宜，去的人蛮多。

茶店里吃茶是一壶一壶叫的，来吃茶的人，往往一走进店里，就冲着跑堂的喊一声"来一壶"，于是，跑堂的就泡一壶拎着过来，再给吃茶的一只小圆茶杯，也有两人、三人一起来吃的，节约一点的，一壶茶添几只茶杯，手头宽一点的，喜欢一个人泡一壶。

附近农村有些老人也天天来茶店吃茶。他们来喝茶，总是拿只篮头，把带来的蔬菜放在茶店门口卖，边吃茶边卖菜，菜卖完了，茶钱自然就有了。

去茶店喝茶，不是单纯地喝茶，是多种形式和元素掺和在一起的一种"休闲"。老余杭商贸兴旺，茶店也兴旺。

两家万字号小店

余杭有两家万字号小店，老板都不姓万，取的店名却是万字开头：一家是"万林斋糕饼店"，另一家是"万隆南货店"。这两家万字号小店名气不小。

万林斋糕饼店

店主刘万寿是安徽人，十三岁从当涂出来学生意，起先在临安青云桥做学徒，民国十年前后来到余杭。刚来到余杭时，刘万寿在余杭东门头盘竹弄口落脚，先是卖烧饼，后来开糕饼店。

抗日战争前，余杭白家弄口是个十分热闹的地方，公署、商会、行业公会、钱庄、轿行及粮号米行、衣帽店、鞋庄、酒馆等商铺店家聚集，刘万寿看好这个地方，便在弄口买了一间房子开糕饼店，前店后坊，店名"万林斋"。"万林斋"虽是一家小糕饼店，但因其糕饼质量好、味道好，为大家所喜爱。

万林斋糕点品种多样，四时糕店应有尽有，最有名的是麻饼、立夏饼、月饼等，还有寸金糖、绿豆糕、白麻片、芝麻片等也为大家称道。因用料精细、制作讲究，"万林斋"名气渐旺，在余杭及周边地区有很高的知名度，临安、富阳、於潜、昌化等地小店都来"万林斋"定货，每年立夏节的立夏饼和八月半的月饼都要提前预订。

1956年公私合营，"万林斋"并入余杭食品厂，刘万寿的儿子刘加元到余杭食品厂做糕饼师傅，成为余杭食品厂的技术行家。1990年刘加元师傅退休后在家制作祖传糕店，因原料好、做工好、价格实在，在老余杭是家喻户晓的。刘加元师傅的家在杨家弄内，他没有店面，也不到街上去摆摊，都是买者纷纷上门订购，有"酒香不怕巷子深"的味道。

余杭有喜欢学糕饼手艺的，常去刘师傅家中观看、学习，临安、富阳等地也常有人特地过来向刘加元师傅学习技术，他都耐心传教。早些年还常被外地食品厂请去做师傅。

"万林斋"是老余杭糕饼行业中的小家，但他们经营求诚，求利于薄，根本没有坑蒙拐骗的想法、做法，绝对是把好的东西买给顾客，真正让顾客吃得放心。他们把品德、诚信放在第一位，在老余杭人心目中留下了好影响。

附言：我外婆与万林斋奶奶（店主刘万寿之妻）是邻居，万林斋奶奶出生于光绪十五六年，大我外婆七八岁。我七八岁时，时常在万林斋奶奶家玩，万林斋奶奶总会拿点东西给我吃，我对她的模样记忆清晰。2011年，本人撰写《老余杭文化丛书》之《商埠春秋》卷时，二次拜访刘加元师傅。

万隆南货店

万隆南货店在观音弄东口南边，门牌号是人和街107号。带万字的店名听起来气势很大，实际上是家小字号商店，就是现在的个体商店。因诚信待客，店虽小，名气却很大，很多人喜欢舍近求远到这家店里买东西。

清末民国初，一位马姓小贩从临安挑些茶叶、笋干、草纸之类来余杭做小生意，后来慢慢在余杭落脚，并在观音弄口买了一间房子开起了南北货店，取名"万隆南货店"，主要卖些荔枝、桂圆、腌腊、糖果和一些生活杂用物件，商品也有几百种。后来马姓商人年岁渐大，商店交给儿子马文焕（小名阿二）经营。民国时期，洋肥皂、洋火、洋伞、雪花膏、花露水、万金油、颗儿糖等带一点洋气的物品较受人们喜爱，马文焕就做点人们喜欢的小商品，赶点时尚。听马文焕的儿子马慕堂先生讲，他父亲经常进些时尚的洋货，许多人都喜欢到万隆来买，当时有人结婚，喜欢到万隆来买纸包颗儿糖。万隆讲求薄利多销，从不"杀猪"，所以生意很好。

1956 年国家实行"公私合营"，万隆南货店并入余杭合作商店。

曹同茂的纸洋钱

旧时迷信盛行，纸祃行业非常兴旺，曹同茂纸祃店是老余杭的一家知名老店，清中期开业。主要经营纸祃、锡箔，开在直街弯弄下首，店主曹奎林。

曹奎林有八个儿子，但是只有老六继承了他的纸祃店。老六人厚道，终身未娶，侄子曹嗣洪过继给他。晚年时街坊邻居都叫老六"六爹爹"（爷爷之意）。

曹嗣洪十六七岁时，继承了父亲的纸祃店。他聪明能干，纸祃店经营得很好。除了经营锡箔、黄烧纸、香烛等传统纸祃用品外还开发出"纸洋钱"。"纸洋钱"就是在有锡箔的硬纸板上用一个圆型钢模，打上"壹圆"字样，大小与真银元一样。每天都有三四个人做"纸洋钱"，一槌一个，一百元一包。后来他们又去弄来一块刻有"冥国银行"字样的木板，用铜板纸印制"冥国银行"长方形"钞票"，与中央银行一元钞相似，"纸洋钱"的生意很好，当时有人戏称他们是"造币厂"。

曹嗣洪女儿曹妙珍比我母亲略大几岁，我叫她"妙珍姨娘"。

旧衣店的唱衣歌

新中国成立前，余杭的旧衣店有十多家，大都开在直街木香弄口、小珠弄口、白家弄口等，生意很好。旧衣的价格比较便宜，一元、二元的都有，五六元就可以买到成色较新的了。一些做小生意的人或家境清苦之人逢典仪无钱买新衣，往往到旧衣店买件合适的衣服应付。

旧衣店店员称为"卖衣店倌"，"卖衣店倌"有"唱衣"的功夫，有几家旧衣店门口有一个用木板搭起来的两三米见方的低矮平台，左右各站一人，中间堆放一堆旧衣，两名伙计分站两边"唱衣"。早上早市，街上人来客往；晚上夜市，灯火通明，唱衣者即兴开唱："来来来，看看看，这件衣裳长得来，长又长来大又大，价钱便宜贱得来，一块洋钱买去穿，讨老婆，也好穿，做娘舅，也好穿，哔叽长衫缎子做……"，吆喝声有板有眼，抑扬顿挫，同时前后左右翻动衣服让围观者看个明白。有的围观者听得心动，就从唱衣者手上接过衣服仔细端详，唱衣者便揣摸看衣人的心理随机应变，拉开声调唱起来，围观者听得动心的，就讨价还价买卖成交。但有时唱衣人唱了大半天，腰酸背疼，口干舌燥，围观者仍无动于衷。

旧衣店还有几种叫法，如"估衣铺""提庄""衣庄"等，余杭较为有名的是白家弄口的"悦来提庄""森记衣庄"。"提庄""衣庄"内大都是典当行里无人去赎的衣服，这类衣服也称"原当货"。

布店倌经营有方

　　旧时布店内陈设大都是几个高一米二的木柜台和高两米左右的布架，布架大都是二档，摆放各类品种的呢绒、绸缎、洋布、土布。绸缎、布匹都用长约一丈、宽与课本差不多的木板筒好放在布架上，常销布匹一般都放在柜台上。量布以"丈"为单位，布店的量尺也大都是三尺长的"丈尺"。顾客来买布，一般都向布店倌说明来意，如买什么布料、做什么样的衣服等，布店倌会推荐相应的布料。买者看好布料后，布店倌就问剪多少？买者就报个大致上的数字，如二丈六、四丈五等，布店倌会根据布匹门幅和男女之别给买者粗略计算一下，比如，是阔门幅的，剪衣长、裤长的长度就可以了，窄门幅的，做衣服的还要再加个袖子的长度，然后开始量布。量好布后用手捏住要剪的位置，剪的时候会稍许多出 $2 \sim 3$ 分（10分为一寸），让买者有个好感觉。但是也有一些精明的布店倌，量布时动作很快，买者虽然看到是多剪了一点，而实际上是少量了一点，买者未必知晓。以前买家对店家是比较信任的，买回家的布不大会去再量一下。还有一个原因，买回家的布都要先"落水"，落水后的布要缩水，是布店少剪了还是落水缩掉了真是说不清楚。

　　后来陆路交通发展给布商经营带来了方便，布商经营的品种也日趋增多，大一些的布庄备货比较丰富，绫罗绸缎、哔叽、华达呢、卡其、洋布、土布应有尽有。抗战前后最受年轻男女喜爱的是号称永不褪色的士林布和安蓝布。旧时布店还兼营棉花、棉花胎、鞋面布、沿口条等，鞋面布按双论

103

价，沿口条按副论价，用现在的话来说就是个性化服务。

留仙阁名字趣说

留仙阁在直街邹府弄对面，阁楼南临南渠河，为明朝邹干所建。相传，邹干告老回乡后，孝宗皇帝来余杭看望他，邹干设宴款待。孝宗很爱自己的美须，用餐时要用金钩把胡须勾起来挂在耳边。宴毕皇帝回京，邹干发现皇帝放过金钩的地方有一根胡须。因是皇上的胡须，邹干不知如何是好。犹豫片刻，邹干叫人买来红绸缎，把胡须包起来放在家中，心想等个机会面交皇帝。这一情况被居心不良的奸臣知道了，便密报皇上邹干意欲谋反。孝宗虽然信任邹干，但为慎重起见，他派钦差私行密访。事情调查清楚，皇帝得知真相后便一笑了之。邹干此时意识到这根胡须放在家里不是长久之计。为尊重皇上，邹干在邹府弄南口对面的南渠河边空地上建造一座阁楼，阁名"留须"，还塑造了一尊金钱吊蛤蟆的"和合神仙"，与"龙须"一起供在阁中，让全城百姓前来朝拜。

几百年过去了，"留须阁"慢慢变成了"留仙阁""刘仙阁"。但也有人说，"刘仙阁"是因为阁中供奉"刘海戏金蟾"的仙人刘海而名。

留仙阁北面有一大块空地，旧时是个小菜场，黄白纸、山货等物品交易很热闹。"文化大革命"时楼阁还没有拆除，只是留仙阁名改为"朝阳场"。"文革""破四旧、立四新"时，千秋街家家户户搜出来的书籍、旧物件等，都在"朝阳场"的空道地上焚烧。

1997 年南渠街拆迁改造时，留仙阁老建筑拆除后在南渠北路 30 号重新建造。新的留仙阁为二层楼阁，也较有气势。

美孚洋油美孚灯

民国初年余杭还没有电灯，一般人家都是点蜡烛的。劳动巷口这家碗店在民国初年兼营煤油和煤油灯，因煤油是美孚石油公司供应的，当时人称"美孚洋油"，点的灯也叫"美孚灯"，那只玻璃灯罩叫"美孚灯罩"。

曾经一段时间，进商店做学徒第一件事就是擦灯罩。每天要把店里所用的灯罩擦得精光透明，不留一点糊点。那时做三年徒弟等于做三年"奴隶"，灯罩擦得不亮要挨骂，老板的水烟壶擦得不亮也要挨骂。

美孚洋油、美孚灯是美国较早打入中国的产品，自有了煤油灯以后，美孚洋油、美孚灯占领了市场，原来用的铜质油灯就没有生意了。后来普及电灯，煤油灯退出了历史舞台。

要紧关头敲朝烟

"要紧关头敲朝烟"是余杭俗语，意思是紧要关头着不上力的意思，就是现在所说的"掉链子"。

在卷烟没有发明以前，烟店进货都是将成捆的烟叶进来后请刨烟师傅加工成烟丝出售的。烟店里请刨烟师傅三四个人，置放三四只烟凳，烟凳有点像磨剪刀的座凳。刨烟师傅把成捆的烟叶刨成一贴一贴的烟丝，根据吸烟者的需要制烟。以前吸烟有旱烟、水烟、朝烟之分，旱烟就是一只烟袋，一根烟管，吸旱烟的人最多；水烟又称"皮丝烟"，要用水烟壶来吸。水烟壶用白铜做，造型很别致；朝烟价格最便宜，朝烟的烟管是一尺多长的小竹管，往往吸不上来，吸烟的人往往要在鞋底板上敲几下烟管才能吸上来。"要紧关头敲朝烟"是关键时刻着不上力的形容。

早期消防水龙会

早年救火用"洋龙""水龙"，便有了水龙会这个事情。水龙会是防火救火的演习、比赛，是规模较大的集会，集会的时间是每年农历五月二十。水龙会检验各水龙队的救火能力：哪支水龙队水浇得高、浇得远，浇出来的水花样多、花样好看，谁就获胜，比赛的地点在城北大操场。

救火演习结束，队员要将龙身擦洗干净，放到水龙房内，最后关好水龙房的木栅栏门。水龙闲置时，龙头、照明的灯及其他使用工具都按要求的位置放好，急用时便可快速启用。

民国时期，余杭镇分在城庄、东南一庄、东南二庄三个庄。在城庄就是人和街、通济街、方县街一带。在城庄的水龙放在刘王弄的刘王殿。东南一庄是后来的新生街、千秋街、南渠街一带，东南一庄的水龙放置在赫灵寺，即现在余杭建筑公司所在位置。东南二庄就是后来的安乐街、乌龙涧一带，东南二庄的水龙放置在盘竹弄口水龙房。

每个庄均有水龙2～4支，每支水龙配备40人左右。有一号施瞄手、二号施瞄手、挑水员6～10人，抬龙身（帆布水管）8人，拉储水桶4人，照灯8人及其他辅助人员、接替人员等。水龙队员在救火时穿上用余杭土布做的龙衣，龙衣的前后都写有黄色的龙字，头上戴铁皮帽或藤帽，水龙队队员都是身体强壮的男子。

如果哪里失火，水龙队的人即紧急奔向水龙房，以最快的速度把水龙车拉到救火现场。二号施瞄手即吹响号瞄，吹出"呜—呜—呜……的号子声，其他人就敲打锣鼓、破脸盆，加水员以最快速度向水龙车加水，8位抬龙身的进行挤压活塞，做到出龙快、出水快。此时，一号施瞄手骑在挤压扛上实施扑救，一切都进行得紧张有序。

民国以前，水龙队都是商家出资，民间管事，后来由政府出资、管理。1958年，余杭镇政府购入消防水龙设备，安民街、千秋街、新生街、人和街等都设水龙房，水龙房的管理主要是直街上的几个厂家，如木器厂、竹器厂、米厂、酒厂、航运店、磁土矿等，水龙队队员就是这些厂家的年轻工人。每年进行一至二次演练、比赛。每当演练、比赛，各单位都要拉出水车、水龙去参加，水车车轮声和人的呼喊声震天动地。

20世纪70年代初，直街上还有3个消防水龙房：木香弄口、白家弄东边白铁店边上、戏院东边米厂宿舍门口。为确保消防水龙房的水车、水龙在紧急时能正常发挥，余杭镇

政府经常在大操场组织全镇各厂矿企业工人进行水龙演练、比赛。那时没有专业的消防队，火灾防范落实到各相关工厂、单位。1980 年前后，余杭有公安消防队入驻，水龙车退出历史舞台。

街巷市井趣事多

物资交流会

新中国成立后至改革开放时期经常有物资交流会，一般都开在坝潭桥、通济街观音弄口等地方，路口都要用毛竹、青松搭牌楼，张灯结彩。交流会期间还有舞龙、舞狮、庙会等，像过节一样热闹、隆重。

物资交流会上一些物品平常时间不大看到，所以群众对物资交流会很期待，平常省下来的钱在交流会上购买物品。

抛西瓜

坝潭桥北块的汇成水果行正门（南大门）有一个河埠平台，外地来余杭的水果、蔬菜船一般都停泊在这个河埠平台，上货、下货都十分方便。这个河埠平台与岸上地面约有七八米落差，西瓜船到水果行，卸西瓜的人一般就直接从船上把西瓜抛给地面上接西瓜的人，这个方法既快又好，是方便、快捷的搬运方法。每到西瓜季节，天天都可以看到"抛西瓜"的情景。另外，胶菜也是被抛上来的，享受与西瓜同等待遇。

挖防空洞

为响应毛主席"深挖洞、广积粮、不称霸"的号召，20

世纪70年代，各单位、街道、家庭都要求挖防空洞。孙家道地上挖的防空洞，因先挖了一口水井，再挖防空洞时洞内没有积水，解决了一个难题，大家都来参观，学习挖防空洞的经验。

此时我正读小学六年级，我们教室边上也挖了一个防空洞。我们两个人一组，早上上学就要带上扁担、土箕，放在教室后面，放学了就去挖。我们自己家里也挖了一个，记得挖下去有一米多深后再挖出一个站人的地方。因有泥土掉落，我母亲用毛竹、木板撑在防空洞的顶上。后来镇革委会组织演习、拉警报，大家都躲到防空洞里面去。

送喜报

"文化大革命"时期，街上常有敲锣打鼓、高喊口号、肩扛红旗的各种游行队伍。游行队伍从东门头到大操场，或从大操场到东门头，整条街道都热闹沸腾。特别是北京有重大会议召开，无论白天晚上，各单位、街道，都要写好喜报、敲锣打鼓送到镇革命委员会去报喜。

大约1970年，镇上各单位敲锣打鼓，迎接从北京开会回来的王三毛，王三毛是余杭仇山矿的工人，他从北京带回来的芒果是毛主席送给他的。

总工会和灯光球场

1958年10月，余杭总工会地址从县前街搬到直街50号，这个地方原来是一家酱酒坊。总工会后门有一个篮球场，因白天工人都要上班，篮球比赛大多在晚上，晚上的球场灯火通明，大家就叫成了灯光球场。

"文化大革命"期间灯光球场非常热闹，余杭造纸厂、余杭仇山矿、余杭仪表厂、国营部店、合作商店、医药商店

第四篇 往事传说

等篮球队经常进行篮球比赛。灯光球场曾是一代人的集体记忆，当年龙腾虎跃的投篮高手，记得有西药房的"阿司匹林"、点心店的"烧饼"等，现在都已是80岁以上的耄耋老人了。

缴公粮和卖茧子

20世纪七八十年代，农民收起夏粮后要向国家交公粮，向粮管所卖余粮，缴公粮、卖余粮都由粮管所接收。原永建公社是粮产区，每到缴公粮的时间，永建农民拉着双轮车过通济桥很累，一人拉，三四个人推，上桥走S形；下桥时虽然用力压住车尾，但还是会冲跑一段路。炎炎夏日，农民们真的很辛苦。

收茧时节，农民挑着箩筐向茧社卖茧子。农民卖茧子时，总有小孩趁机到箩筐边沿去捞茧子玩耍。

帮农民割稻

20世纪70年代初，逢夏季"双抢"，镇上居民要去附近宝塔、凤凰、溪塔等农村帮农民割稻，每户居民都要轮到一到二次。那时我十二三岁，好几次代母亲随邻居一起去割稻。镇上居民去农村帮助割稻，农民很感激，每到上午九十点钟就会送来油条、烧饼、糯米饭等点心。那时农村是集体经济，买点心的钱都是小队里开支的。

破篮头排队

20世纪六七十年代至八十年代初期，社会物资相当匮乏，吃、穿、用的物品都是凭票供应，买肉、买豆腐等都要排队。为了排在前面一点，有的人天不亮就到店门口排队了，从开始排队到店家开门要站好几个小时。后来大家就用不值钱的破篮头代替人排队，约定成俗，这种代替人排队的破篮头都被认可为"有效排队"。但有时破篮头会被人踢掉，排的人就在破篮头里放几块石头。那时我家有二三只破竹篮是专门用来排队的，一只排在豆腐店门口，一只排在肉店门口。那些年我们这些八九岁、十来岁的小孩都是早上排队的"积极分子"。

三轮车踏嫁妆

20世纪八九十年代，结婚仪式都很简单，男方来接新娘子，准备几辆三轮车到女方家中接嫁妆。女方如果条件好一点的，还有电视机、缝纫机、棉被和马桶、脚盆等，一般就要五六辆三轮车。接嫁妆的人踏上三轮车在街上绕一圈，街上看热闹的人往往看新娘子棉被多少来议论嫁妆的多少，一般都是6张棉被，但是多的人家也有陪嫁8张的，少的是4张。那时结婚仪式很简单，酒席大都办在自己家里。

跨街晾衣服

直街路面窄，而临街店铺大都是二层楼，二楼比一楼要向街面伸出一尺多，两边一伸出，对面人家的窗口几乎伸手可及了。那时候住在街面上的人家在晾晒衣服时，常常将晾衣竿的一头搭在对面人家的窗台上，那个时候还没有衣架，都是直接把竹竿穿入衣袖、裤管晾晒的。逢久雨初晴，大家都跨街晾衣服，满街、满弄都是晾晒的衣服、被子等，有时衣服洗得多的人家，常常要问邻居借竹竿，邻里相处十分和谐。跨街晾衣服有点像万国彩旗，那样的情形也是别有风味，古镇居民也就见怪不怪了。

捡古钱币

每到涸水期，余杭段苕溪往往"底朝天"，这个时候，很多男孩就到苕溪的沙石中翻找钱币，有的还捡到过鬼脸、秦半两、五铢钱等。我哥哥也是捡钱币男孩之一，他捡了很

多古钱币，但大多数是清朝的。

那个时候的男孩以在苕溪淘宝感到骄傲，他们会经常交换钱币，余缺互补，在今天看来这是一件多么愉快的事啊！

买米往事记忆深

尽管现在的大米身价倍涨，但对大米的爱惜、珍惜之情并不因为大米的身价而增加，大米已从粮食紧张时期的定量供应变成现在的可随意购买的平常之物，超市、米店、副食品小店和农贸市场等地方随处可买，品种繁多，应有尽有。我经历过粮食紧张的年代，对大米很是珍惜，常常记起一些有关买米的往事。

50多年前，我才十二三岁，经常帮妈妈去买米，那时买米叫"量米"。家里米快要吃完了，母亲会对我说："你放学了去量点米来"，然后就把钱、粮票、购粮证和米袋交给我，还要再关照一声"购粮证不要忘记带回来"。我家有只专门"量米"的白颜色布袋，我印象很深，能装三四十斤米，但母亲总是叫我量10斤或15斤，一是我年纪还小，多了拿不动；二是家里没什么钱，有时要量米了，但钱还没有着落。那时的米价是籼米0.08元一斤，粳米有二三种，一般的是0.11元一斤，稍好一点的是0.138元和0.152元一斤，价格计算到厘。那些年大多数人家都是买籼米的，因为籼米的胀性好。我家很少买粳米，有时买点粳米也是备做特别用途，有时外婆身体不好想烧点粳米饭、粳米粥吃才会用点粳米。

那时余杭镇上只有上务弄口和南门头人和弄口两家米店，我们叫它粮管所，其实是粮管所所属的粮站，我家住在孙家弄口，属千秋街，千秋街划在上务弄口那家粮站。那时买米，先到窗口开票，将开好的票交给称米的人。我记得那家粮站很大，有很长一排柜台，柜台上面有好几只很高的放米的白铁皮管子，管子上接二楼，下接米斗，米斗上大下小，米斗连接磅秤，底部一块活动的放米板，按买者数量将二楼的米放下来称，称好后拉开活动的放米板，大米便从米斗底部一只漏口接到柜台外买米的人的米袋上。秤米的人在磅秤上秤好重量，然后问一声"接牢了吗？"买的人回答"接牢了"，秤米的人就用手拉一下活动的放米板，大米"哗啦啦"倾泻下来。等漏斗上的米放完了，秤米的人还会用力重重地拉一下漏斗的门，漏斗门发出一种撞击的声音，算是告诉你米放完了，买米的人就把米袋移开扎好。接口下面有一只四四方方的大木盘放在地上，是给买米的人摆放米袋的，接米的人不小心把米撒出袋子外面也不要紧。我每次去买米，虽然听到漏斗里的米放完了，心里总还想着能再掉下些米来，常常要过一会才肯把米袋移开漏斗口。

　　米买回家后要倒在米桶里。我家那只米桶能放七八十斤米，桶盖是两个半圆合在一起的木头盖子，量米时（烧饭前到米桶取米也叫量米）只要打开半个桶盖就可以了。米桶里面有一只量米的升箩，我家那只升箩是木头做的，约是一斤半米的容量。母亲常叫我到楼上去量米，她总是这样对我说："到楼上去量点米来"，我就问："量多少？"如果母亲说："一升箩半。"我就说："噢，晓得了。"如果母亲说"一升箩"，我往往还会问一句"满点还是浅点？"

母亲就反问"要不要给你称一称？"我也就翘着嘴巴去量米了。

那些年还常有这样的情况：快要烧饭时才发现米桶里已经没有米了，而一下子又没有钱去买米，只好到隔壁邻居家借一碗，也有隔壁邻居上我家来借的。那时借米、借饭之事常有发生。

我家在烧饭时都要放一点"饭娘"，饭娘就是冷饭。母亲说："不要烧光米饭，光米饭不经吃的。"那时候没有冰箱，如果夏天饭篮里的饭馊掉了一般是不会倒掉的，有时连饭篮拿到河里去出出水，有时用开水泡一下后烧泡饭吃。我家还有一个规矩：开饭时第一碗饭要盛给长辈。

因为米，我还想起那时的粮食定量和粮票情况：粮食定量供应时，小学生每人每月18斤，初中生每人每月24斤，高中生及成人每人每月28斤。粮票由粮管所和街道派人按季到居民小组长家里来发，粮票有半两、一两、二两、一斤、二斤、伍斤、十斤、二十斤等几种。半两、一两、二两的，是点心店里买点心用，一斤、二斤的，一般都是买面粉、赤豆、黄豆、绿豆等，伍斤、十斤、二十斤的是买米时用，购粮证上有户名、家庭住址、人数等。

大约从1980年开始，有议价粮买了，最初议价粮的价格是早米0.58元一斤，粳米0.80元左右，购议价粮不需凭粮票。1985年、1986年左右，粮食紧张情况有所缓解，但常有临安、富阳等地的山农来镇上用笋干换粮票。"谁知盘中餐，粒粒皆辛苦"，虽然现在粮食充足，但对粮食还是要珍惜珍惜再珍惜啊！

传统名吃有几家

说起余杭的传统名吃，当数天丰园的全家福、四丰馆的烫面饺、管氏的米饭饼、陆伍泉的馄饨、朱宝南的甜酒酿。

天丰园是一位姓钱的安徽人开办，是余杭较早的饭店，约在直街小弄东20米位置。天丰园的"全家福"是老余杭的名菜。

"四丰馆"是余杭一位王姓人开办，位置在通济桥南堍桥头。"四丰馆"的"烫面饺"是余杭传统名点。

还有一家沈悦昌酒店比较有名，位置在直街吴家弄对面，是一家较具文化气息的酒店，晚清举人蔡叔平、名中医单懋清、文人王润庵、杭州笕桥航空学校的文书姚石痴等都是这家酒店的座上宾。

另外，鸿兴馆、复兴馆、得胜馆、三元馆、叙乐园、杨春斋、经济饭店等也较有名气。

余杭的点心店有近三十家，常规的点心为烧饼、油条、麻球、条头糕、方糕、豆浆、包子等。

南渠街的"管春园"是衢州人管世荣开办，"管氏米饭饼"是老余杭特色风味小吃，店主管世荣被人称为"油条大王"。

陆伍泉的馄饨店在直家64号（弯弄东面20米），20世纪70年代后期，陆伍泉馄饨名声渐起，生意最好的时期是20世纪70年代后期至20世纪90年代中期，余杭附近农村都有人慕名前来。

家住尹家坝的朱宝南老伯从20世纪50年代初二十几岁

时开始做甜酒酿，卖了六七十年。大约 2017 年下半年，我还看到他推着一辆双轮车上街叫卖。

　　他在家制作，然后摆摊、挑担或用一小车推到街市上卖。甜酒酿都用小钵头盛放，有二两、三两、半斤等几种。他每天走的路线基本上是固定的，买的人在家听到他的吆喝声，就拿一个碗站在门口等着。他推着车到你面前，等你选好了，他就用一根扁的小竹棒在盛甜酒酿的钵头里一搅，甜酒酿就倒进买的人的碗里了。

第五篇　五大名品

两百年余杭纸伞

纸伞是余杭的传统产品，余杭"董九房纸伞"开办于清乾隆三十五年（1770），在杭嘉湖一带享有盛名。

余杭纸伞的主要原料是纸、油、柿漆、发线、竹、木等。纸一般都用於潜产的桷树皮制的桃花纸。此纸光滑色白，质地细韧，有二四、三千规格之分。二四纸如同薄的白细布，三千纸比二四纸更薄。用这种纸制成的伞，色泽白嫩透明，经烈日久晒仍柔软如常，坚牢不裂。油料采用桐油和青油六四比例相掺的混合油，这种油产于龙游。龙游的桐籽老，熬煎以后香气扑鼻，光亮如镜，质地厚重。熬煎到一定程度时（油温280度左右）更是光亮无比。漆为柿漆，产于江苏太湖的洞庭西山，这种柿子当地农民大批种植，六七月收获制漆。洞庭西山漆比本地漆黏性强，能保存三五年不变色，且色红、黏性好，若放在手心，用另一只手的手指一搭，手指就被牢牢黏住，拎不起来，故有"拔千斤"之说。伞骨采用余杭杨桥的苦竹、紫竹和富阳鸡笼山、大麻山的毛竹。鸡笼山和大麻山的毛竹大而且肉头厚，韧性好，是做伞骨、伞盘头的上乘材料。发线用人的头发制成，采购于绍兴等地。发线不易霉，牢度好，时间长久纸伞也不会散骨。纸伞制作时有几道工序：做坯子、结骨、糊伞、糊头、打焙、上油，每一道工序都很重要。伞头要做得圆稳、正足；上油要光、滑、亮；打焙用白炭火焙半天，焖过夜，使各种材料凝结牢固。这样的伞不吃水，雨点落在上面就会滚落。纸伞工场一般有七八个人，四人湖伞，二人上油，其他做些杂活，产量一个月千把左右。

余杭纸伞有大似帐蓬的渔船伞，有小如斗笠的儿童小伞。种类一般有平头伞、尖头伞、文明伞等，规格一般为大、中、小三个号子。此外，还有拔秧伞、放鸭伞等。拔秧伞是姑娘出嫁必备之物，因选料优良、做工精巧、美观大方、经久耐用，深受姑娘们喜爱。

余杭纸伞主要在杭嘉湖一带以及南京、安徽等地销售。每年蚕季，余杭蚕农到外地销售蚕种，若带几把余杭纸伞去，当地人如获至宝，招待也特别客气。

新中国成立后，余杭纸伞更是发扬光大。1951年，浙江省有关部门选择余杭纸伞为全省手工业合作化的试点，把原先各自为政的余杭雨伞作坊组成"雨伞生产合作小组"。1952年底，在"雨伞生产合作小组"的基础上建立"余杭雨伞手工业合作社"，成为全省第一个手工业生产合作社。1954年，余杭纸伞在嘉兴地区产品评比会上被评为第一名。1956年到温州参加全省同类产品评比获第三名。评比中，余杭纸伞经受了各种破坏性试验：用电动机带动撑伞不破损；将伞打开倒转来放水至与伞口平，过夜不渗水；伞撑开后放进焙房，在一定的温度中烘焙，四小时内不破；用机器拉住伞两角，两边拉，在一定的力度内不破；试验吃风程度，伞柄上面挂牢，伞骨上面压分量，伞不翻不破。另外，还目测光亮度、做工等。1965年再次赴温州参加全省同类产品评比时仍名列前茅。当时《人民日报》《工人日报》都作了报道，余杭纸伞更在全国出名。

随着帆布伞、尼龙伞、自动伞等新颖雨伞产品的开发，纸伞逐步退出市场。但自清中期开始至 20 世纪 70 年代初，余杭纸伞都负有盛名，享誉 200 余年。

清水丝绵出余杭

余杭是蚕桑之地，农家擅长养蚕，又有得天独厚的苕溪水源，为制作丝绵提供了有利条件。余杭丝绵素以光亮洁白、无绵块、无绵筋、无杂质、弹性好、拉力强、手感柔滑、厚薄均匀而驰名中外。

余杭丝绵有两个传说。一是相传很久以前，余杭县城东南边的狮子山山麓有一个很大的潭，余杭人叫它狮子池。池水清澈见底，游鱼可数。附近农家用池水制作丝绵，绵色奇白起玉色。从此，四面八方汲水者趋之若鹜，狮子池畔热闹非凡，余杭出产的丝绵声名渐起。二是相传通济桥桥洞下有一块又长又厚的青石板，溪水急流。清代一位苏姓商人深谙"清泉石上流"的道理，就在桥边开起了作坊经营丝绵。苏氏在得天独厚之优势下苦心制作，在世代相传的制作过程中积累了丰富的经验和工艺，总结出一套制作丝绵的独特方法，打出了清水丝绵的牌子，使清水丝绵成为余杭名品。

宣统二年（1910），余杭苏氏家族苏晋卿手工制作的优质清水丝绵在江宁举办的"南阳劝业会"上获奖；民国十八

119

年（1929），获西湖博览会特别奖。余杭清水丝绵成为民国时期中国实业界的一块响亮的牌子。

丝绵的制作极有讲究。蚕丝是一种蛋白质，由丝素和丝胶构成，但是丝胶会使茧丝光泽暗淡，手感粗硬。在制作丝绵时将蚕茧加以炼煮、剥翻、漂洗、扯绵，就是要去掉丝胶净留丝质。丝胶愈少，丝绵质量愈好，而在技艺上需要掌握分寸。除精细的工艺还需要天然清冽的水质，苕溪清水流经余杭，使余杭拥有清冽、丰沛的水资源，促进了丝绵业的发展。

20世纪50年代初，余杭几位女工在观音弄内办起丝绵工场，后来加入的人数越来越多，观音弄内的场地太小了。1965年，余杭镇组织五十几位女职工在余杭镇孙家弄底苕溪堤塘边办起了丝绵加工场，制作传统产品清水丝绵。

余杭丝绵加工场的女工们，她们以娴熟的技巧做出了光亮洁白、手感柔滑、无绵块、无绵筋的优质丝绵，畅销国内，远销海外市场。余杭的清水丝绵，柔软润滑、洁白光亮，用作衣絮、被絮，既轻盈又暖和，是人们喜爱的御寒佳品，在国内外市场享有盛誉，成为余杭的老字号传统名品。

2007年，余杭清水丝绵手工生产技艺被列入浙江省非物质文化遗产名录；2010年，被列入国家级非物质文化遗产名录和联合国人类文化遗产名录。

历史悠久余杭纸

余杭南乡（现中泰街道）是天目山余脉延伸山区，溪流绕山，盛产苦竹，苦竹可以做纸；余杭普遍植桑，取之不尽的桑皮是做纸的上等原料；苕溪水源充足，拥有大量的造纸用水；山林多，柴火取之不尽；河道多，水路运输便利。这些条件造就余杭的造纸优势，余杭的藤纸、皮纸、土纸成为余杭传统名品。

由拳山藤纸

由拳山藤纸出自余杭南乡由拳山麓（今称牛肩岭），早在三国时期已盛产。

藤纸是皮纸中的上品，为我国传统书画用纸之一。藤纸以野藤皮、桑、谷等为原料，与石灰一起煮烂经数十道工序精制而成。它以洁白莹润、纤维均匀、纸张细密、柔软坚韧、受墨耐温、不易虫蚀等特点而誉满天下。唐开元年间，由拳山藤纸被列入贡品，入贡历史逾千年之久。

由拳山藤纸的崛起还有一段佳话：晋明帝太宁元年至三年（323—325），葛洪任余杭县令时对藤纸饶有兴趣，对纸农十分关心，常涉足由拳山麓一带，在制作藤纸的小纸槽边回旋。葛洪对化学很有造诣，见藤皮天然腐烂成浆周期甚长，造纸又不得法，纸质较为松脆，就教纸农用石灰淹制和舂捣方法制浆，用细竹帘操造。为解决浆料不匀，探索出用阳桃藤浸渍出的汁液做造纸的药料，使纸浆均匀地淌上竹帘，更使藤纸洁白光滑、细密结实、拉力增强、质地坚韧。葛洪还用医药知识教纸农采用黄蘖汁染色，制成世上第一张用天然颜料染成并可以防虫蛀的纸。因此，由拳山藤纸也叫葛洪纸，葛洪被后人尊为由拳山藤纸鼻祖。

东晋咸安元年（371），经学家、散文家范宁为余杭地方官后，改旧制、兴学堂、养生员，远近至者千余人。那时，

藤纸已初负盛名。为适应教学事业上的需要，他不仅在学员中积极倡导应用藤纸，而且还给属官颁发"教令"："土纸不可以作文书，皆令用藤角纸。"藤角纸就是藤纸。藤纸纸质良好，深受人们欢迎。

《隋书地理志》载："余杭有由拳山"；《元和郡县图志》载："由拳山，晋隐士郭文举所居，傍有由拳村，出好藤纸"；《太平寰宇记》载："余杭由拳山出好藤纸"；《嘉庆余杭县志》载："以由拳山所造纸，每张三文，免户役。"官府给槽户"免户役"的优待，促使纸农积极生产，促进了藤纸的发展。

由拳山藤纸为文人所喜爱，名人世家慕名纷至沓来。宋梅尧臣在《送杜君懿屯田通判宣州》诗中说："日书藤纸争持去，长钩细画似珊瑚。"寥寥数语，点绘出由拳山藤纸的品优与妙处。

清朝后期，由拳山藤纸日渐稀少，抗日战争时期更无产出。最终，由拳山藤纸在历史中湮没。

皮纸

皮纸以桑、谷等皮为原料，加入石灰煮烂，舂捣极细操成。明代以来，余杭以出产皮操纸著称。

民国初年，余杭林牧公司开始采用桑皮原料制造"仿东洋皮纸"，纸质甚佳。后国内抵制日货，便称其为"爱国皮纸"，销路更畅。后仿制者有十余家，称极一时。民国九年（1920）以后，由于桑皮原料价格激增，工厂亏损甚重，纷纷倒闭，仅剩余杭林牧公司一家维持局面。

土纸

余杭土纸在南宋时期已负盛名。余杭附近山区和浙西北山区盛产毛竹、木材，有极其丰富的土纸原料，且余杭水资源丰富，原料和动力就地可得，土纸生产十分兴旺。据《中国实业志》记载，抗日战争前，余杭有土纸槽户两千余户。余杭既是土纸的生产地，又是土纸的集散、经销地，在杭嘉湖一带享有很高的声誉。

土纸品种有元书、京放、土报、总表、黄表、海放、熟表、大连八种。按用途可分实用纸、文化纸和祭祀用纸三大类。元书、京放属文化用纸，多数作帐簿及普通书画用纸；土报纸属日用纸，为包装用纸；总表、熟表、黄表、海放、大连属祭祀用纸（大连纸也可作包装用纸）。

余杭纸行十分兴旺。较早时期的纸行主要是经营黄烧纸，当时因迷信盛行，黄烧纸需求量很大，杭州、桐乡、上海等地商人都来余杭进货。黄烧纸来源基本上是余杭南面的泰山、中桥及富阳等山区。泰山、中桥、富阳多为竹山，是制作土纸的好材料。山农或商贩经销原纸，售卖给纸行老板。为节约成本，有的纸行老板到山里租房、买竹地开工场。

民国期间余杭有纸行四五十家，主要聚集在后河头的葫芦桥、马家弄、弯弄一带，规模较大的有日新昌、蔡万顺、鼎昌、王永裕、孙同昌、吴仁泰、嘉来、潘恒昌、公源等。

经营土纸行号根据产地收购习惯，分细货、尖屏、本山、坑边四类。细货行号以经营闽产玉扣、六五边、毛太和赣产连史、白关及皖产宣纸为主的文化用纸；尖屏行号主要经营产于金华、衢州等地的祭祀用纸；本山行号主要经营临安、富阳和本地的泰山、石鸽、中桥等地出产的各类土纸；坑边行号主要经营坑边纸，俗称毛纸、手纸、卫生纸。后来纸业发展，从土纸生产发展到光纸、白纸、六千纸等。

抗日战争前，余杭土纸产销两旺。后受抗日战争影响，土纸生产下降。至新中国成立前夕，余杭的土纸生产日渐衰败。

新中国成立后，人民政府为发展土纸生产，于1951年由浙江省手工业改进所派工作组下到余杭指导土纸生产。1966年，试制机制平板坑边纸获得成功。至此，土纸生产由机械化代替手工操作。

1976年，机制平板坑边纸改为机制皱纹坑边纸。这一年，浙江省在余杭镇召开土纸生产现场会，推广机制皱纹坑边纸生产新工艺。以后，机制坑边纸和箱板纸、瓦楞纸生产逐渐代替了土纸生产，手工生产土纸成为历史。

誉苏沪余杭笔管

余杭南乡盛产苦竹，苦竹细长而均匀，因材制宜，是制作笔管的最佳材料。名闻遐尔的湖笔基本上都用余杭笔管，余杭笔管在湖州、嘉兴、苏州、上海一带很有名气。据传，唐宋时期，湖州、嘉兴、苏州、上海的笔庄，每年都要到余杭来看货、定货，明清时期，余杭笔管业务非常兴旺，很多笔管庄开到了苏州、上海。

每年秋天，竹农将苦竹砍下山来，用细砂带水将每一节表皮砂去，漂清后晒白，用笔管刀把竹杆一节一节切下来，除去节头，然后量材选料，按质分类。高低档次可分为栋、选、元、亨、利、贞六等；按粗细要求分为上正、上上、上匀、小楷、指全五个品种；按长度分为细全、青方、粗全、甲全、平管、筒管、三料、四料、短套、长料10个规格。细全、青方是主品，长度分为17厘米和14厘米，三料和四料的长度分别为22厘米和24厘米。细全、青方是用来制作各种规格的中、高档毛笔的；粗全制低档毛笔；甲全用来制算盘杆，有的则用来制圆珠笔杆；平管制纱筒；筒管制烟管、短箫；三料作戏曲用的鼓棒；四料作纱厂的篦儿；短套制笔管套；长料制箫和麻筒。

笔管经挑选、分类、分档后打捆，每捆数量4000支。余杭笔管的特点是：节长形圆，颜色白净，厚实坚韧，不易破碎、不易虫蛀。因余杭笔管质地优良，品种齐全，除在本省销售外，还远销吉林、辽宁、黑龙江、河北、河南、北京、上海、山东、江苏、安徽等省市。余杭多家笔管行与湖州、嘉兴、上海等地的店家、厂商挂钩。

民国时期，余杭笔管产销两旺，大大小小的笔管庄有数十家。竹竿做成笔管要用细沙擦洗、切段、晒干，余杭很多人为笔管行做这些配套行当。在南渠河的河埠头、苕溪河滩上经常看到擦洗竹竿的人，天气晴好，孙家道地和新成弄道地上，都是晒满笔管的。

随着毛笔使用的减少，笔管的需求量也减少，最后淡出市场。

余杭笔管也随文房四宝一起，成为民族文化、传统物产的一种记忆。

余杭蚕种大出名

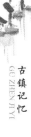

余杭的蚕种培育在明清时期已形成相当规模，在杭嘉湖一带有很高声誉。在长期的蚕种培育中，余杭蚕农培育出了"白皮""多化余杭""余九""余杭青""余夏""龙角""余杭二化"等优良品种。又按其形态性状不同，分为玉蚕、白皮、按盐种、存盐种、大茧、龙角、泥蚕、黑蚕、黄脚蚕、柘蚕十个品种。

余杭蚕种最为繁盛时期是 1925 年至 1937 年。当时余杭人口十三万，而以蚕种为业的就达五六万之多，有登记牌号的蚕种商家有一千三百余家，制种家有八千多户，年产蚕种达一百万张。1937 年因日寇入侵，蚕种业荒歉。

新中国成立后，人民政府十分重视蚕种培育，经多年的调整、巩固、提高，已具备较强的技术力量，培育出了秋丰、白玉等无毒、易养、高产的优质蚕种。

蚕种生产每年繁育二至三期，生产要求十分严格。随着蚕业科学技术的进步，余杭蚕种至今仍是遗传工程研究、选育良种的宝贵亲本，受到国家保护。

余杭生产的土蚕种是产在纸上的，因此人们便把蚕种称为蚕纸。有一次，余杭西门外上湖西赐谷庙前一位叫吴福卿的蚕农到海宁等地去卖蚕纸，当地蚕农看了有想要买的，便开始讨价还价，而吴福卿讲的是一口价，不还价。因蚕农对蚕纸质量心存疑虑，无人敢买，吴福卿带去的蚕纸一张也没有卖掉。吴福卿一气之下把带去的蚕纸点火烧了起来，旁边的蚕农看到觉得实在可惜，便在火堆中抢蚕纸，并把这不花钱的半面糊焦的蚕纸拿回去孵。不料这半面糊焦的蚕纸的结茧率很好，蚕农发现蚕纸上的地址是余杭西门外上湖西赐谷庙前吴福卿，吴福卿蚕种名气大振。第二年，海宁蚕农托人捎信来要买吴福卿蚕纸，而吴福卿在海宁卖蚕纸遭遇的郁气还没有消退，这一次他便卖起关子来了。吴福卿告诉他们，要买吴福卿蚕纸，请到余杭西门外上湖西赐谷庙。果然，海宁等地的蚕农纷纷来吴福卿家买蚕种。

当蚕农来到吴福卿家，吴福卿用一种特别的方法卖蚕纸：他不与买蚕纸的人见面，而是在自家的楼板上挖了个洞，一只篮子挂下来，要买蚕纸的，先放白洋，一张蚕纸两块大洋，要买几张蚕纸就放上相应的白洋，然后再把蚕纸放下来。即使这样，楼上的人还是数白洋都来不及，生意好得不得了。据《中国实业志》（浙江卷）记载，余杭蚕种商营业额最大的是吴福卿。吴福卿卖蚕纸赚了一大笔钱，后代在原地建造新房子时还挖出好几氅大洋。

家住余杭澄清巷的杨乃武在遭受冤案前不但是诗书文人，也是蚕桑农家，在余杭西门头上湖村有桑地数亩。岂料后来冤案缠身，杨家无奈抵押田地，倾家荡产，状诉京城。1877年杨乃武昭雪出狱后在红顶商人胡雪岩的资助下，赎回桑地数亩，劳作蚕种生产，培育良种出售。功夫不负有心人，1881年，杨乃武培育的蚕种名声大振，杭嘉湖及远地蚕农客商纷纷订购，成为浙江主要蚕区选购的蚕种。

附言：本人与吴福卿曾孙吴百新先生是朋友，多次到过他家（上湖9组吴福卿老宅）。2013年5月2日，本人再赴上湖村采访吴百新先生。

第六篇　资深老店

纸伞元老董九房

　　"董九房"纸伞店开设于清乾隆三十五年（1770），店址在余杭镇新生街 47 号（今直街 78 号）。据 1950 年工商登记资料，店主是董立人，董立人是董九房纸伞店最后的店主。

　　"董九房"纸伞是余杭纸伞中的名品。选料讲究，九道九线制作，精良美观轻便，牢固耐用，赢得很大的信誉。

　　"董九房"纸伞还有一个民间故事。相传清乾隆末，一个江洋大盗因官兵追击逃到余杭宝塔山上的宝塔顶层，官兵追上宝塔，江洋大盗情急之中打开纸伞从宝塔顶层跳下后扔掉雨伞夺路而逃，追杀他的官兵从宝塔上逐层急速而下，但那个江洋大盗早已不知去向。追兵们看到的是一把刻有"董九房"字样的油纸伞。从此"董九房"纸伞因江洋大盗的故事而名传四方。

　　清末以后，余杭又有多家纸伞店开出来。如咸丰三年（1853）胡锡贵（胡阿九）开办的"胡九记"纸伞店、民国十三年（1924）王甫明开办的"正记"纸伞店、民国十四年（1925）张镛鑫开办的"九号"纸伞店、民国二十三年（1934）吴尚德开办的"元记"纸伞店等。余杭纸伞业相互竞争，促使余杭纸伞的质量日渐提高。在第一届"西湖博览会"上，余杭纸伞得了金奖，余杭纸伞的名气越来越大，销路也越来越好。

笔管魁首董恒昌

董恒昌笔管庄是余杭望族董家产业，创办于清光绪二年（1876），两间店面，门口有"董恒昌笔管庄"店牌，地址牌楼街 170 号至 172 号，即今直街下务弄南口左右，店主董润卿是余杭商会会员。董恒昌笔管庄是余杭牌子最老、资历最深的笔管庄。

民国十八年（1929），董恒昌笔管庄所产的中长锋羊毫获"西湖博览会"一等奖。董恒昌笔管庄在上海开设总部（因余杭笔管多为湖州、苏州、上海毛笔配套，所以余杭几个大一点的笔管庄都在上海、苏州等地开设总部）。抗日战争前笔管庄有制笔工 40 多人，生意最为兴盛。1937 年 12 月 20 日，日军侵占余杭后商家逃难，工坊停业，余杭笔管产量锐减，随之日渐衰落，勉强经营，新中国成立初期董恒昌笔管庄关闭。

恒昌合记笔管庄也是董家所开，据 1950 年的工商登记，店主是董佩卿，地址也是牌楼街 172 号。恒昌合记笔管庄位置就是董恒昌笔管庄位置，我猜想，董润卿、董佩卿应该是兄妹吧？

蔡氏开创蔡恒昇

蔡恒昇酱园是余杭酱酒业巨头，规模最大。

清道光二十五年（1845），蔡锡昌在余杭留仙阁开设蔡恒昇酱酒店，至同治十三年（1874），已有资本两三千两（白银），成为余杭县城的殷实商号。光绪十三年（1887），酱园迁到邵家桥西侧下务弄，前店后坊，占地6亩，有店员、伙计25人。酱园生意兴旺，在观音弄口开设第二门市部，称蔡恒昇南号。民国二十年（1931），蔡恒昇酱园被载入《中国实业志》。

民国后期蔡氏家道中落，逐渐入不敷出。蔡锡昌之子蔡仰眉要重振"蔡恒昇"这块老牌子。为解决开办资金，经再三思考，他决定向叔公蔡叔平先生求助。蔡叔平是秀才，博览饱学，精通书法，在蔡宅设立私塾，远近闻名。蔡叔平知道蔡仰眉诚实可靠，慨然应允。他向自己的学生、三墩"朱泰和酱园"店主朱泰和借款。蔡仰眉得到借款后重振旗鼓，业务逐渐扩大。蔡仰眉又在三墩开设"蔡恒昇"分店，在杭州清泰街开设"蔡恒昇"乾丰烧酒行，"蔡恒昇"的知名度越来越大。

蔡恒昇酱园讲究质量和信誉，产品都由老师傅把关，一丝不苟。制作酱油、腐乳等，务求采购大连或牛庄的黄豆，其次用河南商丘的，其他产地一概不用。产品行销萧山、临安、富阳、於潜、昌化、安吉、孝丰、武康等地。蔡仰眉年岁渐大，把酱园交给儿子蔡赤诚管理。

1937年12月22日，日寇侵占余杭后杀人放火，蔡恒昇酱园工场房屋被日军烧毁。几经周折，蔡赤诚把酱园搬迁到上务弄口，重起炉灶。上务弄口是前店后坊，酱园大，酱缸多，工场一直到上务弄底，苕溪南塘下都是蔡恒昇酱园晒酱的酱缸和缸瓮堆放场地。

新中国成立后，蔡恒昇经营不断扩大，成为余杭酱酒业的领头厂家。1956年1月1日，蔡恒昇、鼎和隆、人和茂、恒泰源4家私营酱园联营开办"余杭县大华酿造厂"，20天后，即1956年1月21日，更名为"公私合营余杭酿造厂"，厂址就是上务弄内蔡恒昇酱园工场，鼎和隆工场为其中的制作车间。

绍兴人办鼎和隆

鼎和隆酱园开设于清光绪十四年（1888），是绍兴人来开办的，位置在通济街。鼎和隆酱园有总店一家，分号三处：通济街的鼎和隆新号、鼎和隆分号和葫芦桥头的鼎和隆南号。最盛时有员工200余人。民国二十年（1931），鼎和隆酱园被载入《中国实业志》。

鼎和隆制酱，采用传统工艺，手工操作。洗净的黄豆在水中浸8～12小时后蒸煮，蒸煮后待其冷却即用手工拌和面粉，摊于竹匾中，然后放入黄粢开始制曲，俗称"发黄粢"。气温高时大约8～9天即出黄粢，气温低时大约20天方出。黄粢发后干燥3～4天便下缸制酱，将黄粢、盐和水按一定比例盛入缸中。下缸后约两星期至一个月后开始人工翻拌，称为"翻酱"。由于旧时酱油酿制均靠太阳晒，故在发酵时

须勤翻拌，使其均匀，3个月后方停。酱油的种类因其压榨的方法不同，可分为伏油、头油、泰油、套油、双套油、三套油等，整个过程时间长达8个月之久，操作均是手工，甚费劳力。酱油价格最好的三角一斤，次之二角、一角，最差的仅五分、六分。酱的价格最好的一角七分，次的仅四五分。

以前开酱园根据酱缸数量由官方配额用盐，鼎和隆规模大，酱缸多，老百姓便把鼎和隆叫成"官酱园"，这足以说明鼎和隆的财力、物力。

1956年1月1日，蔡恒昇、鼎和隆、人和茂、恒泰源4家私营酱园联营开办"余杭县大华酿造厂"。1956年1月21日更名为"公私合营余杭酿造厂"，厂址就是上务弄内蔡恒昇酱园工场，鼎和隆工场为其中的制作车间。

元茂南货声誉好

郑元茂南北货栈是余杭著名的百年老店，开设于清光绪年间，地址在通济街李家弄口。货栈颇具规模，坐西朝东，砖木结构，风火墙、石库门，前店后坊。风火墙上方有"郑元茂"三个大字，左墙上有"南货"二字，右墙上有"腌腊"二字，字体一米八见方，十分气派。门面有十几间，进大门，过天井，左为南北货店堂，右为腌腊店堂。商品达千余种，南北干货、山珍海味，闽广洋糖等应有尽有。店堂后面是工场，有糕饼、蜜饯、腌腊、皮蛋房、炒货、蜡烛6个作坊，工场后面至弄底有80多间材料仓库，大小货缸1500多只。

最早开办"郑元茂南北货栈"的是一位叫郑兰的安徽休宁县人，原住杭州状元弄，太平军攻打杭州时迁居余杭孙家弄。郑兰创办货栈有个坊间流传的故事。有一年清明，郑兰陪母亲来余杭上坟，在五昌南北货栈买一对供烛，店主给他一对无法点燃的抽芯蜡烛，双方发生争吵。对方还出言不逊，郑兰为赌气，决心自己开设南北货店。不久便在五昌南北货栈对面开设一家十几间门面的南北货栈，店号"郑元茂"。为把生意做好，特地从安徽休宁老家请来行家吴家贵任经理主持店务，并聘请徽帮糕店师傅制作糕点。郑兰注重质量，经营有方，生意十分兴隆。开店十余载，已有雇工伙计百余人，有相当规模。

郑元茂南北货栈的传统产品有麻枣、绿豆糕、云片糕、麻酥糖、各式月饼等糕点十多种及火腿、腊肉、黄鱼鲞、白鲞等腌腊制品，细沙月饼尤为出名。除经营南北货外，还经营茶食、蜜饯、蜡烛等。俗话说，名不徒生，誉不自来。郑元茂制作糕点非常讲究特色，选料严格，采购原料如绿豆、赤豆、芝麻、白糖、食油、面粉等务求新鲜纯正。工艺精细，聘请徽帮、宁帮糕点师傅把作，一丝不苟。各式糕点粉细油足，皮子薄、馅料多，甜度高，色泽好，外观美。如绿豆糕，在紫色的细沙上面加一条白色的新鲜板油，使绿、紫、白三色色泽鲜艳，比其他店家要薄一些，体积稍小一些，看上去小巧玲珑又方方正正，棱角分明，绿里透黄，皮薄馅厚，油光晶亮，质量上乘，往往一上柜就销售一空。在包装上，都用厚的土纸给顾客包装物品，一般都包装成上窄下宽的扁平梯形状，上面再贴一张红纸，十分体面。

清末民初，郑元茂生意兴隆，富阳、临安、昌化、於潜、

安吉、孝丰、武康等地客商常赶骡拉车前来批发购买绿豆糕、麻酥糖和细沙月饼、火腿月饼等糕点食品。郑元茂的火腿月饼更是质量上乘，购买者需提前预约定制。据说那时杭州的几家大商店和一些达官贵人、巨贾富商常来定购，少则数十斤，多则百余斤。店方接到定单便日夜赶制，专车运送，到杭州时月饼尚有余温。入口品尝，清香四溢，鲜美无比。每到中秋时节更是人来车往，师傅们做都来不及。

清宣统三年（1911），余杭建立商会，首任商会会长段金葆当过郑元茂南北货栈经理，后来第五任会长洪鉴平、第六任会长金长炎都当过郑元茂南北货栈经理。

1931年农历七月，郑元茂南北货栈在孝丰的当铺失火，货栈抽巨资赔偿损失，郑元茂南北货栈从此衰落，后以13500元银洋盘给金长炎，改名源茂南北货栈。1937年12月22日，日寇入侵余杭，放火焚烧余杭城，源茂南北货栈的店面、工场等十余间房屋被焚毁，损失惨重，一名管店的伙计被日本人枪杀。

抗战胜利后，源茂南北货栈迁到原址斜对面恢复营业，但因货币急剧贬值，市场萧条，亏损严重，生意一落难起。

1949年5月2日余杭解放，人民政府十分关心老字号的经营，当时临安专区领导亲临源茂视察，商讨扶持措施，使源茂获得生机。1956年，源茂南北货栈组建为余杭食品厂。

从郑元茂到源茂再到余杭食品厂，历经百余年。老余杭人总是把余杭食品厂的糕饼称元茂糕饼，这也许就是人们对百年老店的记忆，对传统老字号的肯定吧。

八百茶锅公懋行

公懋茶行创建于清咸丰十一年（1861），地址在南渠街（后河头）弯弄南口。房屋座北朝南，门面八间，五进深。公懋茶行规模很大，在杭州、塘栖等地开有茶行数家。据说仅炒青茶的铁锅就有800多只，是余杭茶行中著名的老字号。

公懋茶行的老板叫周彭年，徽州人。茶行的经事、帐房、行销、验茶等重要管理人员都是徽州人。每到春天采茶、做茶季节收购青茶，雇人现炒，有专职的炒茶师傅，再临时雇佣采茶工，挑叶、晾干、烘炒、纸包、装袋、缸储，人数最多时有300多人，茶行内热闹非凡。收货出货，茶香扑鼻；现炒现卖，围观者众，是南渠街一大景观。

公懋茶行每年收青叶近5000担，采购的茶叶大体出自余杭附近的山乡，如泰山、娘娘山、径山、五郎山、紫荆山等。公懋茶行还与茶农签订收购茶叶的合约，承包茶山，请茶农代为管理。茶行主营绿茶，有炒青、毛尖、旗枪、烘青、末茶等，通过南渠河、京杭大运河营销京沪和北方各地，茶叶包装上均有公懋茶行标记。

公懋茶行对茶叶制作十分讲究，把茗和荈（带露采下的茶叶叫茗，黄昏采下的叫荈）分别制作；采茶时不能用指甲掐；制旗枪不留白毛，一旗一枪分明。因怕茶叶香味走失，不在雨天采摘炒制；晾茶叶的扁、筛、笼、箕等工具都是竹制品，确保茶叶不走质。新茶上市时，茶行设有长桌，让客商品茶、论茶。夏天备两桶茶水供过路人解渴。因此，茶行

的名声很好，生意十分红火。每年4月至6月，是公懋茶行最忙碌的季节。公懋茶行对茶叶的储存也十分讲究。梅雨季节余杭多雨水，炒成的茶叶不能受潮，采用缸、瓮储存和垫上生石灰防潮。春天两次、秋天一次更换石灰。

公懋茶行开在杭州的"大成""鼎兴"两家茶行生意兴隆，以后又在塘栖开了两家茶叶分行，茶叶生意连续几年全县夺魁。

民国二十六年（1937）12月22日冬至夜，日军侵占余杭，南渠街、直街的房子几乎烧光。公懋茶行虽然没有烧尽，但也被洗劫一空，只剩下几间空仓。沦陷期间，公懋茶行被日本人控制，还派兵下乡强制收购茶叶，成为日军经济掠夺的手段之一。抗战胜利后茶行曾一度恢复，但已元气大伤，其后业主几经变更，也难经营，最终泯息。

我母亲家住弯弄，她从小常在公懋茶行门口玩。抗日战争胜利后公懋茶行恢复营业，我母亲常跟着邻家大人去余杭周边山上采茶叶卖给公懋茶行，也在公懋茶行内做过"挑叶"的活，就是挑去生叶中的烂叶、茶叶梗子等。我母亲今年90岁，她记忆力好，常常和我说起"公懋行"的故事。余杭的老辈人都称公懋茶行为"公懋行"。

糕点名号泰昌栈

泰昌栈位于老余杭坝潭桥千秋街，创建于清光绪十一年（1885），主营腌腊南北货。老板陈正惠是萧山临浦人。

泰昌栈三间二层楼房，门面座北朝南，砖木结构，石库台门。马头墙高耸，梁柱刻有吉祥四季花卉纹。门面正门上端是黑底金字、刚劲有力的"泰昌栈"三个大字，字体为官格体，堂中悬挂"不二价"横匾。货栈库房进深30米，另有250平方仓库一间。前店后坊，有店员20多人。泰昌栈主要制作糕点，五仁月饼和百果糕很有名，是古镇余杭的传统名点。

民国二十六年（1937）5月陈正惠病故，其子陈华根继承父业，继续经营泰昌栈。是年12月22日冬至日，日军杀进余杭县城，泰昌栈被抢劫一空，陈华根弃店逃难。抗战胜利后泰昌栈重振旗鼓，集资复业。1956年公私合营，并入余杭合作商店。

1992年个体经营放开后泰昌栈重新开业，由其后人陈昌妙经营。2004年5月，禹航大桥建造后因房地产开发拆迁停业。

中西合璧泰山堂

泰山堂是一家中药店，创建于民国三十年（1941），老板金嘉寿（1900—1972）浙江东阳人。金嘉寿二十几岁挑着铺盖从东阳来到临安斜阳做篾匠，民国十二年（1923），在余杭、富阳、临安三县交界的铜岭桥（今属中泰街道）开了一爿小药铺，兼卖杂货。当地有位名医叫黄鼎鸿，金嘉寿拜他为师，学了些中医中药知识。民国十七年（1928）春，金

嘉寿到余杭县城来买米，得知南门米行转让的消息，他便筹措资金2万元购得南门米行，改名"金茂昌"。1937年12月22日，日军焚烧余杭县城，金家逃难离开余杭，1941年回到余杭。

1941年冬，金嘉寿在通济路玉台弄口造了两间二层砖木结构的门面房子，开设泰山堂药店。金嘉寿施药行善，生意很好。抗战胜利后，金嘉寿为扩大业务，于1945年8月在通济路中段东面街购地4亩另建泰山堂药店，1946年11月底建成。泰山堂乔迁仪式十分隆重，请了堂会唱戏二十几天，非常热闹，金嘉寿还在乔迁盛会上送十滴水、六神丸、仁丹等。

乔迁后的新泰山堂药店门面宽20米，前店后坊，进深200米，内设露天500平方米晒场，自制丸、丹、散、膏等，有十全大补丸、小儿回春丸等，药店代客煎药送药。药店有伙计5人，学徒6人，煎药师3人，送药2人，配方药师1人。

1946年，金嘉寿长子金孝仁在上海中医学院毕业后回到余杭帮助父亲管理泰山堂药店，次子金孝俭在杭州华德药房学成西医之后回店行医。两个儿子的助力使泰山堂药店如日中天，四邻八乡都慕名前来，其"接方送药"（为患者煎药、送药）的举措受到百姓的称赞。

为保证药材的质量，泰山堂一般都在杭州各大知名药行采购药材，许多重要事项老板都是自己亲自动手。泰山堂药店的名声越来越大，老板金嘉寿后来担任金华八县同乡会会长，同乡人到余杭无着落时，皆到泰山堂落脚。

1955年，泰山堂药店与济民药店、华达药店、新大洽药房等联合经营，合并为"六联国药商店"，1956年公私合营后为国营药店。虽然不再用泰山堂这块牌子了，但老余杭人始终叫这爿药店为泰山堂。

祝阿毛承天大生

抗日战争前，余杭有一家有名的铁匠铺——天大生铁匠铺，位置在余杭镇直街吴家弄口对面。铁匠铺只有四十来个平方，中间是一个打铁的墩头，最里面是一只烧铁的炉灶。店铺虽小，却创出了名牌"天大生"。

天大生铁匠铺打得一手好铁器，打制的羊草刀、裁纸刀、菜刀、桑剪、木工刀等各式刀剪都是上品，店铺里打制的每一件刀、剪、斧及其他铁具都打上"天大生"印记。因质量好，天大生的产品远近闻名，且远销杭嘉湖等地，特别是羊草刀，很多嘉兴、湖州的人都来天大生定制。

说起天大生这家铁匠铺，还有一个故事。清末，余杭孙家弄孙家道地上有位姓沈的打铁师傅在直街吴家弄口对面开了一个打铁铺，名号是"天大生"。沈师傅没有子女，将一位叫祝阿毛的学徒收为儿子，并把祝阿毛改名为沈寿祺。

给师傅做了儿子后，沈寿祺更加勤劳，打铁、做工很是用心，起早摸黑都在店里忙碌，做出来的刀、剪用具质量地道。天大生铁匠铺的名气越来越大，成为余杭打铁行业的名号。

沈寿祺对贫苦人很同情，有时遇到来买刀的农民差些钱的，他就不收了，有时为农民修修农具、刀具等，也不收钱。

1937年12月22日，日本鬼子侵占余杭，日本兵要沈

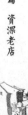

139

寿祺做工具，沈寿祺不愿意做，被日本兵抓去当人质，尝尽艰辛，吃了不少苦头。抗战胜利后铁匠铺恢复生意，沈寿祺心想可以做点生意了，不料国民党也来抓人，沈寿祺又被抓了去，费尽周折才被放了回来。

新中国成立后，铁器行业组成了生产合作社。沈寿祺因打铁技术过硬成为打铁合作社的带班师傅。当时铁器社经常要为物资交流会做牌楼，往往是时间紧、任务急，沈寿祺总会想出一些好点子，按时完成任务。

沈寿祺一生娶过三个妻子，共有子女十二个。因他本来姓祝，过继给沈家才取名沈寿祺，所以他给子女取名时，均有沈祝二字，如沈祝根、沈祝琴、沈祝健、沈祝华、沈祝娟等。由于子女较多，生活相对困难，有时甚至要变卖家产来维持生计。沈寿祺一直住在孙家弄孙家道地，他的几个孩子我都熟悉，如沈祝娟、沈祝琴、沈祝健、沈祝华等。老大老二老三都在打铁店里学过打铁，大儿子沈祝根（小名大兔）后来到粮食部门工作。

沈寿祺为人正直，待人和气，从不欺负人。他生性好学，性格喜乐、开朗，喜欢唱京剧、舞龙灯，积极参加铁器社的各种活动。因他的本名叫祝阿毛，大家都叫他铁匠阿毛。1997年7月他因病去世，终年72岁。

附言：笔者与铁匠阿毛家是弄堂邻居，于2019年10月9日、2019年12月13日两次采访沈寿祺长子沈祝根先生。

万华银楼分三家

清中后期，老余杭的银楼业很是兴旺，最为有名的是"万华银楼"。万华银楼的创始人姓郑，是临安人。咸丰年间，郑氏从临安迁来余杭，在千秋岭西直街北面街开设万华银楼。万华银楼生意兴旺，誉传四方。同治四年，万华银楼分出三家：郑万华银楼、方万华银楼、九万华银楼，方万华规模最大。抗日战争前，郑万华银楼、方万华银楼、九万华银楼和永源昌银楼是余杭县城的四大银楼。1937 年 12 月 22 日余杭沦陷，日军烧杀抢掠，四家银楼无一幸免。抗战胜利后，方万华、郑万华两家复业，1949 年停业。

郑万华银楼

郑万华银楼在直街大夫第弄口，坐北朝南，两间店面。郑万华银楼家族代代相传，最后传到郑子韶手里。郑子韶十五六岁时拜中医名家莫尚古为师学习中医，成为名医叶熙春的同门师弟，但是祖上的家业又不能抛弃，郑子韶就边开银楼边行医，左边是银楼店堂，前店后坊；右边是穿堂、客厅兼诊所。"郑万华楼"四字招牌由书法名家孙慕唐书写。1937 年 12 月 22 日余杭沦陷，郑万华银楼迁至武义，抗战胜利后回余杭在原址复业重开，新中国成立后取缔私人银楼，之后歇业。

银楼歇业后，郑子韶全心全意做医生，名列当时老余杭四大名医之一。 1979 年郑子韶病逝，享年 81 岁。

郑子韶尚有亲戚在临安，听郑子韶女儿郑佩宪讲，她小

时候去过临安木梳弄的亲戚家。郑佩宪读中学时笛子吹得很好，在余杭镇上颇有名气。1973年，郑佩宪从余杭中学毕业后进入余杭卫生院工作，她刻苦钻研，认真学习父亲的医术，尤其擅长儿科，成为余杭知名女中医师。

附言：2020年9月17日，本人采访郑万华银楼后人郑佩宪女士，她说，她爷爷是跟曾祖爷爷从临安来余杭的。现在临安还有郑家后人在，她小时候去过临安木梳弄姑姑家。

方万华银楼

方万华银楼位置在直街5号至7号位置。两间门面，石库门，起初资金为黄金三十两。店主方德生从其父亲手中接下来的，方德生传给儿子方锡炎，方锡炎传给儿子方尔炽，方尔炽即方遐亮的父亲。

方万华银楼专制金银器手包饰，擅长凤冠霞帔的九连环制作，合则成为一块"饼"状，挂时环环相扣。凡方万华加工的饰品，均有"方万华云记"标志。

还有一家以"万华云"为牌号的"万华云金银首饰"店，根据民国三十六年（1947）的工商登记，"万华云金银首饰"店主方慎哉，地址在中正街452号，大约方家弄位置。"方万华银楼"与"万华云金银首饰"店都是方姓人开的店，与方家弄也应该有渊源吧，旧时方姓是余杭大户。

1949年新中国成立后私人银楼歇业，方万华银楼最后的经营者方遐亮进入余杭县人民银行工作。

附言：作者于2011年6月29日采访方万华银楼后人方遐亮先生。新中国成立后，方遐亮先生进入余杭县人民银行工作。本人1978年参加信用社工作后，业务上得到方遐亮先生指导。

九万华银楼

九万华银楼位置在通济街鼎和隆酱园对面，民国年间改名为九华银楼。店面两间，坐东面西，前店后坊，曲尺柜台。听九华银楼后人吴玉昌先生讲，九华银楼的横匾"九华银楼"四个大字，每字都用一钱金叶子贴成，熠熠生辉，为真正的金字招牌。除金字招牌外，九华银楼还有一块青龙直匾。

1937年12月22日，日军占领余杭后杀人放火，九华银楼被战火烧毁，再无复业。

附言：吴玉昌先生是九万华银楼的后人，本人与吴玉昌先生是作协、诗协的文友，吴玉昌先生的书法、诗词水准都很高。

劳动巷内

溪塘下台门

第七篇　世家望族

望族孙董鲍赵邹

　　余杭历史悠久，文化厚重，有过很多名门望族。我们的先人、祖上、前辈，曾经生活在古镇的街巷里弄，曾经是古镇上鲜活的身影。他们或官或商，或文或武，奕叶相承，科第显用，非同凡响；他们有的是主政一方的朝廷命官，有的是救死扶伤的名医，有的是传授知识的先生，有的是富甲一方的商贾，更多的是普通平民。虽然，有的家族在历史的长河里湮灭，有的家族后代无承，有的家族残存无几，但在街巷弄坊、路桥地名中，还有遗痕尚可寻踪。

　　当我在往回找寻故事、踏寻痕迹、探索遗存的时候，发现余杭这个亘古及今的双千年古镇是那么宏大，那么深悠。古镇街巷走过了千千万万的人，发生过多多少少的事，留下了深深浅浅的脚印。

　　人是历史的基石，流传的本质是生命的繁衍和家族的延续。这些人和事或遗存，或文字，或传说，总被流传下来。"孙、董、鲍、赵、邹"是余杭县城世家、名门望族，在史料记载和人们的口头流传中，都有他们深刻的印记，有孙家弄、董家弄、鲍家祠堂、赵家弄、邹府弄为他们作证。如今，这些余杭望族的后代、后人，有的仍在余杭故土生活、繁衍，有的散居他乡异地，也有的已在国外定居。

144

孙 家

孙家是余杭望族之首。《余杭历史文化研究丛书》记载：余杭孙家二世祖孙咏被宋太祖封为余杭郡王，可见孙家在余杭非同一般。

根据民间流传，较早时期来余杭的孙姓是富阳龙门坑的孙氏。余杭孙氏后人多有科第登榜、履职官场。孙姓名人有孙晔、孙鼎、孙纮、孙濂、孙桂枝、孙奕美、孙有禄、孙有勋、孙士俊、孙光裕、孙扬美、孙应龙、孙誉赓等。其中，官职较高的是明永乐年间任四川按察司副使、陕西按察司副使的孙鼎；明成化十六年（1480）任合肥知县的孙纮；明万历年间任归安县训导的孙桂枝；明万历四十一年（1612）任武昌府推官的孙有禄；明天启四年（1624）任麻阳县知县的孙士俊；清顺治四年（1647）任山东德州知府的孙应龙等。宣统二年（1910），余杭县劝学所总董孙誉赓捐资设立养正初等小学。

董 家

董家是明清时期余杭县城望族，民族英雄于谦的岳父董镛是余杭董氏之祖。

明末，余杭城乡连年灾害，董钦开董氏家族义举之风，将祖父遗产全数奉为族中公产。他因运漕粮入京都，循例授将仕郎，被授广东古耶司巡检。万历十五年、十六年（1587、1588），余杭饥荒，米价飞涨，董钦拿出家中存米三千石赈济灾民。朝廷下旨发帑八十两，颁"尚义"二字，命地方官建尚义坊褒扬董钦。

余杭安乐山上的安乐塔原为五层，董钦出资修缮，并增高两层，增加了安乐塔的秀气。为祈求文脉昌运，以锁余邑

之秀，县令舒兆嘉在余杭东门外建造文昌阁，董钦捐钱出资。古时，余杭城北为荒野之地，常有虎患和盗劫发生，董钦之子董汝洲在那里建凉亭，使行人有所庇护。董汝洲还浚筑龙潭，让百姓汲水饮用。董钦族侄董汝泾也多行孝道和义举，万历三十六年（1608），苕溪洪水泛滥，董汝泾出资雇请渔船数十只救援灾民，救起落水者数百人。董钦之子董汝瀛、董汝洲、董汝源、董汝漳等都是国子监贡生。

董氏后代多人入朝为官。董治，顺治恩贡（秀才），任七品文职官员；董钦曾孙董宗城，顺治八年（1651）任陕西甘泉县知县，政声显著；董宗原，康熙壬子副榜贡元；清雍正七年（1729），董三锡被保荐任兵部职方司额外主事，奉命任职陕西，为官秦川；乾隆二十五年（1760），董钦六世孙董锡福授馆京师，当时雍正尚为王子，一次看到董锡福的诗大为欣赏。董锡福年老后回家乡余杭讲学，主持苕溪书院数年。董锡福之子董文溥以孝闻名，以行善为乐。乾隆三十九年（1774），董文溥之子董作栋考中举人，乾隆四十三年（1778）考取进士，名列二甲，授直隶庆云（今河北庆云县）知县；乾隆五十七年（1792），董作栋任鲁山任知县，在鲁山任知县时，董作栋纂修《鲁山县志》。嘉庆十年（1805），余杭知县张吉安主修《余杭县志》，董作栋是参与修撰的主要人员。

家住余杭木香弄董家台门的董大本是民国时期余杭教育界的重要人物。抗战时期，他不忘民族仇恨，向学生宣讲中国必胜的信心。1962年，董大本退休，1971年病逝于杭州。

创始于清中期的"董九房"纸伞是余杭县城的百年老店，经营时间长达二百余年。余杭木香弄、混堂弄、董家弄三条弄内都有董家台门，留仙阁的董家台门还有一口董家家井。在余杭中南村南湖北塘下，曾有董家家庵——准提庵。此外，著名的"董恒昌笔管行""董慎昌百货号"等都是董家产业，可见董家枝脉之广，无愧名门望族之称。

鲍　家

鲍家是余杭县城世家望族，在木香弄、山西园、坝潭桥一带都有鲍家宅院。清初，余杭县城安乐山西有座"怀榭山房"，是名闻大江南北的余杭才子鲍庭坚的居所，余杭山川坛小学东边还有鲍家祠堂。

历史上，鲍氏族人登科及第，贤声流传，有鲍以仁、鲍恭、鲍升、鲍奇谟、鲍之汾、鲍之澶、鲍之沆、鲍栻、鲍楹、鲍志周等。官职较高的有明洪武年间任安溪县知县的鲍以仁；明景泰年间任连城县训导的鲍恭；明万历四十七年（1619）后任陕西道御史、巡按河南的鲍奇谟；任临章知县的鲍之汾；任恩平知县的鲍之淇；清康熙二十九年（1690）任昆明县丞和江苏吴县知县的鲍栻；康熙十四年（1675），任浙江西安（今浙江衢州）训导，后移任淳安训导、江苏宜兴知县的鲍楹；清雍正、乾隆年间授淳化知县，后调任浚县知县、祥符知县的鲍志周。乾隆二十七年（1762），鲍志周卒于任上，灵柩归葬余杭义桥暮紫山。

鲍庭坚是清康熙至乾隆年间的余杭才子，对经史、天文、地理、医卜、星算深加研读，学识丰富。他曾以浙江秀才的身份参加两江文士在苏州春风亭的会文，名列第一。

赵　家

南宋时余杭为畿县，余杭赵家为宋之宗室。赵氏名人辈出，有数十余人荣登进士，达官仕途。

第七篇　世家望族

赵汝谈，相传是宋太宗赵匡义八世孙，卜居余杭县城南门外龙德通仙宫。赵汝谈自幼聪颖过人，年十五以祖父荫补将仕郎。淳熙十一年（1184）考取进士，曾从朱熹订《疑义》十数条。朱熹对他的才学很是欣赏，与他结为忘年交。赵汝谈后佐丞相赵汝愚定国家大策，历任温州知府、湖北提举常平、江西提举常平、秘书少监、礼部尚书、代理刑部尚书等。赵汝谈著作丰富，大多是阐发儒家经典，有《周礼注》《尚书注》《论语注》《荀子注》《庄子注》《礼记注》《周易说》《易注》等，他还爱写家乡诗，有《游洞霄宫》《翠蛟亭》被收入《康熙余杭县志》。

赵汝谠，赵汝谈之弟，南宋嘉定元年（1208）考取进士，历任泉州市泊务、利州大军仓属、温州知府，后任湖南提举常平、江西提点刑狱。

赵汝谈、赵汝谠两兄弟均文才出众，有"韩篇杜笔"之誉，被称"天下二赵"。赵汝谈、赵汝谠有合辑《坤鉴》，记载历代皇后事迹。

赵善湘，相传是宋太宗之孙赵允让的后裔，赵善湘父赵不陋随高宗南渡迁居余杭。南宋庆元二年（1196）考取进士，以皇室近族转秉义郎、承事郎，任金坛县丞。赵善湘先后任职多地：庆元五年（1199）任余姚知县；开禧元年（1205）任婺州通判；嘉定元年（1208）因平定茶区骚乱有功，提辖文思院，任无为军通判兼淮南转运司判淮西提点刑狱；嘉定四年（1211）改任常州知府；嘉定八年（1215）主管武夷山冲佑观；嘉定十年（1217）任湖州知府；嘉定十二年（1219）任和州知州，迁知大宗正丞兼权户部郎官，后改知秘阁，又任淮南转运判官兼淮西提举常平、兼知无为军。后进直徽猷阁，主管淮南制置司公事，兼知庐州，又兼本路安抚、判官、提举常平；嘉定十四年（1221）进直龙图阁，兼镇江知府；嘉定十七年（1224）荣升大理事少卿，进右文殿修撰；宝庆二年（1226）进集贤院修撰兼大理事卿、代理刑部侍郎，又进宝章阁侍制、沿海制使兼建康知府、江东安抚使兼主管行宫留守司公事，进封子爵，赐御仙花金带，又进为龙图阁侍制，兼江东转运副使。

绍定元年（1228），赵善湘创立防江军、宁淮军，因平定楚州流寇有功，进焕文阁直学士、江淮制置使；绍定三年（1230）进焕章阁直学士，封伯爵；绍定四年（1231），赵善湘升任兵部尚书；绍定五年（1232），赵善湘收复泰州、淮安、盐城、淮阴四县，进授端明殿学士。又因收复盱眙军和泗、寿二州有功，进资政殿学士，宋理宗赐予手招和金器等物。嘉熙二年（1238），授四川宣抚使成都知府，但尚未就任又改授沿海制置兼庆元知府，后又改绍兴知府兼浙东安抚使。淳祐二年（1242），宋理宗手诏求赵善湘诠解《春秋》著述。

赵善湘文韬武略，对古籍书典有很深的研究，去世后追赠少师，葬于常熟乡东林西扇宋宗室墓地（今余杭区瓶窑西），《嘉庆余杭县志》有赵善湘墓址记载。

赵善湘之子赵楷传承家学，在治学上硕果累累，宋理宗时官至户部侍郎。著有《周易问》六卷、《易雅》一卷、《筮宗》三卷，此三书合为《易叙丛书》，清乾隆时被列为《四库全书存目提要》。

赵希馆，庆元二年（1196）中进士，历任汀州司户、推官，后调任主管夔州路转运司帐司，改任玉山知县。赵希馆

上疏陈述大宁地方盐井的利弊得失，向宋宁宗进谏"民力困于贪吏，军力困于欠饷；国家之力则外困于归附之卒，内困于浮沉之费"等，切中时弊，深得宋宁宗嘉许，授为大理寺丞、权工部郎官。赵希馆又进言，揭露官员不持主见，不负责任，办事缺乏干练之人，指出弊病在于"择选未得其道，器使未当其才"。赵希馆的政见在今天看来都值得借鉴。他因敢于建言受到重用，升任成州团练使，赐金带，后又升任和州防御使。

宋理宗即位，赵希馆为潭州观察使，又以宗室近族特别加恩，授安德军承宣使，后又升任节度使。

赵希馆一生俭朴，品行高洁。虽居高位，衣食只求足够而已。为人坦荡，急人之难，扬人之善而不记人之过，别人的点滴之恩他始终牢记不忘。赵希馆去世后，宋理宗看到他的遗表震惊痛惜，暂停朝事，追封赵希馆为信安郡王。

赵必愿，赵汝愚之孙。开禧元年（1205），赵必愿被任命为平江府粮科院监，后调常熟县丞。嘉定七年（1214）中进士，初任崇安知县。在崇安任上，他勤政亲民，救济饥民，又革除胥吏卖盐的弊政，使百姓少受盘剥。崇安任满，调任湖广总领。后任两浙转运使主管文字，历任全州、常州、处州、泉州、台州知府，后迁户部侍郎，权户部尚书。赵必愿卒于福州府任上，被赠银青光禄大夫。

赵与懽，相传宋太祖次子燕懿王赵德昭八世孙。嘉定七年（1214）进士，历任会稽尉、代理浦城知县、福建建宁司户参军、中明法科、安吉知州、临安（今杭州）知府。赵与懽善于领兵，向朝廷提出不少防边之策，深得朝廷器重，升任户部侍郎、淮东总领、代理兵部尚书、迁吏部尚书。

正当节节高升之时，赵与懽却力求归田。当时钱塘江潮汛冲损江堤，他的还乡之请未能获准，被授端明殿学士，并再度出任临安（今杭州）知府，兼浙西安抚使，负责督修钱塘江堤。工程竣工，赵与懽提举万寿宫，任侍读兼修国史、实录院修撰。当时临安（今杭州）一带灾荒，饥民纷纷投水自尽，赵与懽临危受命，第三次出任临安（今杭州）知府。他涕泪奉诏，劝励灾民保全生命，又吁请朝中公卿、民间富户协力救灾。

赵与懽贵为宗室又位高权重，但他以清贫自守。他官至安德军节度使、开府仪同三司、万寿宫观使，皇帝每月发内帑赏赐，赵与懽都辞而不取。理宗亲书"安贫乐道，植节秉忠"相赐。去世时，皇帝所赐的金腰带还因借钱押于民家。

明崇祯十三年（1640），余杭遇饥荒，路有病贫和亡者，赵瑞壁虽然家贫，他仍捐施具棺，埋葬尸首。但因尸体太多，无法人人备棺，赵瑞壁就购席子埋葬尸体。乡人见了，便和他一起挖土埋尸骨，使无一尸体暴露荒野。后来，他的两个儿子赵最、赵昕都荣登进士，乡邻们都说是上天给他的福报。

赵昕，顺治十八年（1661）进士，康熙八年（1669）任嘉定县知县。康熙九年（1670），嘉定县连连受灾，面对灾情，赵昕率先出俸银购米施粥，又向社会人士劝募，抚慰民众，抗灾救灾。灾事过后，赵昕着手疏浚浏河、吴淞江，加强嘉定县的防洪功能，并将兴修水利与赈灾救民相结合。

赵昕对嘉定的文化十分重视，明崇祯以后嘉定未修过县志，赵昕于清康熙十二年（1673）主持编修，时人称赵昕为韩愈再世。赵昕因积劳逝于任上。

赵昕热爱家乡，对余杭南湖情有独钟，有《三贤祠新筑池塘记》《游南湖和宋浣亭明府》等存世。

余杭文化名人赵焕明先生也是赵家后人。

邹　家

邹家是余杭县城名门望族，世居余杭邹府弄。

明洪武十五年（1382），年方25岁的邹济官任余杭训导（相当于现在教育局副局长），升迁国子监学录、助教，永乐初参与《太祖实录》编修。后又迁升山东平度知州，后再升礼部郎中、左庶子，所属詹事府左春坊，教授皇孙经事济世之学。

邹济教育士子很是严格，门下多有成就。明洪武十八年（1385），有个叫夏止善的门生考中进士，后来也参与编修《太祖实录》，又在文渊阁编修礼仪制度，并参与《永乐大典》编纂。后来夏止善奉旨出使交趾国（今越南），相当于现在的特使之类。邹济不但教育、培养了出类拔萃的栋梁之材，他自己也在征讨安南（今越南）时，在军中担任文务要职，战事结束后任广东右参政，成为从三品高官。

邹济为人随和，心地坦诚，虽然位重权高，却待人谦和，无论贵贱，一视同仁。永乐二十一年（1423），邹济去世，葬于余杭城南凤凰山。

邹干是邹济之子。永乐七年（1409）邹干出生后，其母带着襁褓中的邹干入宫庆贺皇后做寿。皇后十分喜欢这个婴儿，亲手抱着他亲昵，待小邹干睡着后，皇后把他抱到自己的御床，用御衣盖上，真是恩宠有加。

邹干自幼聪慧，年方十五便被太子朱高炽（后来的明仁宗）安排入应天府学习。正统四年（1439），邹干考中进士，后历任兵部职方司主事、武选司郎中。邹干为官廉洁刚正，当时云南有两名武官争官位，都持金携银求邹干疏通，被邹干严正拒绝。正统十四年（1449），明英宗北征时被瓦剌所俘，举国震惊，都城戒严。邹干善于用兵，被兵部尚书于谦越级提拔为兵部右侍郎，披坚执锐，往来军中维持秩序。瓦剌首领带兵入侵北京，北京的九处城门都被迫关闭。城外的百姓呼号于城下，请求入城躲避，众官不敢打开城门放百姓进来。邹干坚决地说，城本是用来保卫百姓的，怎么可以弃民于敌！他下令打开城门，安排军队从左出，民从右入，秩序井然，救了许多百姓。当时天气寒冷，军中缺粮，邹干一面奏报，一面果断动用太仓粮米救急。他亲自总督三营粮草，分兵于宣武、彰义两门迎战，敌人知城中有备而退。

景泰元年（1450），邹干升任礼部左侍郎，奉命考察山西官吏，罢革布政司以下渎职官员五十余人。后去山东、河南、凤阳等地察看水灾，奏免税粮千万石。邹干建议建立纳粮入国子监的制度，规定生员纳粟米、输良马可以入国子监学习。这在一定程度上缓解边事吃紧而军费短缺的困境。邹干倡导的纳粮入国子监之策后改为纳钱，并一直延用至清末，由捐纳入国子监者称为"例贡"。

天顺元年（1457），邹干抚按京郊各郡，行事不阿权贵。成化二年（1466），受命赈济畿内饥民，受民拥戴，次年升礼部尚书。他废除礼部多种宿弊，罢度僧道十多万人，还免去浙江被摊派的花木万余株。邹干后来加封太子少保官衔，成为正二品高官。成化十六年（1480），邹干辞官还乡，成化二十三年（1487），进阶荣禄大夫。

弘治四年（1491）浙西饥荒，邹干上疏请求赈灾，明孝

宗对他关心民生甚为嘉勉，派布政司主官携带礼物去邹家慰问，并下旨称赞："邹干致仕，年老心切，为国忧民，俱见忠爱。"弘治五年（1492），邹干病逝于余杭，安葬在余杭城南的下凰山。

邹干爱民爱乡之情影响了他的后代。邹干之子邹煜安于家乡，不求仕途，做了许多有益于余杭的事。天顺年间（1457—1464），邹煜在通济桥南买地开广新街市，使苕溪南北新旧城区联为一体，形成"溪北为城，溪南为市"的格局。邹煜开创新街市后，通济桥下直街折东五里至东关，农商百姓的物贸交易逐年红火，四时茶纸盐米毕集，皆成贾区。

古时，余杭以通济桥为界，桥北称城里，桥南称城外。邹煜开广南市新街后，城南居民浩穰，富庶繁华，城北的兴旺逐渐南移。通济桥南的横街（今通济路）、沿南渠河的南渠街、直街上的小珠弄口、与邹府弄对面对的留仙阁、坝潭桥、邵家桥、步伍桥等，都是城南交易兴旺的集市。这个格局，一直维持到20世纪70年代初。

明成化年间余杭修葺南安寺，建造钟鼓楼，邹干捐铸铜钟，邹煜捐设法鼓。弘治年间，邹煜在城东后王界重建后王庙。正德年间，邹煜又将南渠河边的广福李王庙修葺一新。邹氏祖孙三代的爱民善举，深得百姓称道，并载入史册。朝廷为了表彰邹干的功德，在余杭县城为他立"为国忧民坊""荣禄坊""上卿坊""少保坊"等坊表，封赠邹济之父邹寿之资政大夫。

名门章严褚汪吴

我们的先人、祖上、前辈，曾经生活在古镇余杭的街巷里弄，虽然他们都已作古，但他们的名字在流传中延续下来，他们的背影并没有走远。

余杭章、严、褚、汪、吴五大家族是余杭的五大名门，章王村、严家牌楼、吴家弄、大夫第等都是他们留下的历史痕迹，是余杭历史文化不可缺少的部分，也是余杭宝贵的文化遗产。他们不但官至上品，最主要的还是他们勤政、廉政、爱民、抚民，存善心，做善事，积善德，他们虽然远去，但是在历史的长河里，他们仍然闪耀着光芒。

章　家

余杭章氏是章太炎的祖上，于明初自分水（今属桐庐县）迁居余杭。溪塔北岸有一个叫章王村的自然村就是章氏祖先居住之地。

章太炎的曾祖章均生于清乾隆三十四年（1769），曾任海盐训导。章均在安乐山北、沙河之西一带捐田建义庄，庄田租米用以接济章氏族中孤寡老弱，族中贫困者逢婚丧大事，也用此项收入给予资助。章均还在仓前开设义塾，使合族子弟都能受到文化教育。章氏家塾弦歌延绵，族中子弟补入县学或考中举人，章均都给予资助。余杭地方官员奏请朝廷旌表章氏义举。

道光八年（1828），章均与其侄盐大使章锦，承祖遗命捐钱三万缗在余杭县城建苕南书院，构筑讲堂、考棚、官厅、卧室等，余资存入典当行生息，作为每月初一、十五考试生

员膏伙之费。章均、章锦又在书院前置田六亩，收入用作书院工役伙食开支。县署报请巡抚，在书院前建立"乐善好施"牌坊，旌表章均、章锦叔侄的兴学义举。苕南书院很有名，许多读书人都慕名前往。

余杭邹府弄内有一口名为"盐运司井"的古井，便是盐运司官员章锦的家井，章家在余杭东门一带有田产七百余亩。

清同治七年（1869）一月，章太炎在仓前出生，自幼受家庭及外祖父海盐名儒朱有虔传统文化教育。清光绪十六年（1890），章太炎入杭州诂经精舍，师从经学大师俞樾。清光绪二十一年（1895），章太炎加入上海强学会，次年应梁启超邀请主笔《时务报》。后章太炎加入同盟会，任《民报》主编。他反对袁世凯称帝，积极讨袁，在反清革命和讨袁斗争中，曾七次被追捕，三入监牢，数度流亡日本。

章太炎对国学、医学都有精深的研究，其著作有《章氏丛书》《章氏丛书续编》《章氏丛书三编》等。周恩来总理评价章太炎为"一代儒家、朴学大师，学问与革命业绩赫然，是我们浙江人的骄傲"。

1936 年 6 月 14 日，章太炎在苏州去世。

2006 年 5 月，国务院将仓前章太炎故居列为全国重点文物保护单位。

严 家

余杭严家为中医世家，也是诗礼传家的望族。20 世纪 60 年代前，余杭直街上务弄至邵家桥左右位置有一个"严家牌楼"，传说是由皇帝恩准建造旌表严氏的。虽然今天此牌楼已无痕迹，但这一地段曾被叫作牌楼街。清末民国时期，登记为"牌楼街"的店铺、商号有几十家，如牌楼街 73 号的同和粮号、牌楼街 139 号的王源顺豆腐店、牌楼街 165 号的五丰碾米加工厂等，"牌楼街"镌刻了严家之印记。

关于严家的故事要从明朝讲起。明嘉靖年间，严元跟随父亲严籽上京诏选为御医，以精湛的医术深得皇帝信任，参与朝廷编修《袖珍珍方录》，明世宗赐赏金银，任为扈从。

嘉靖三十七年（1558），严元之子严大纪顺天乡试中举，嘉靖三十八年（1559）考取进士，授行人司行人一职（主管传旨、册封等事务机构）。当时严嵩为宰相，非常赏识同姓又富有才华的严大纪，有意加以笼络，派人暗示愿以高官相待，被严大纪坚拒。严大纪后任礼部曹郎，升江西佥事，带领军队驻守鄱阳湖西。当时江西吉安发生兵乱，严大纪冒生命危险查明兵乱为首者并处死，并开导劝说参与者，妥善平息了事态。以后严大纪又升任河南参政，歼灭盗匪。后来江西鄱阳湖一带盗匪猖獗，严大纪又移任江西，作出剿匪方案，肃清武宁洞、鄱阳湖一带匪患。朝廷了解了严大纪的才能，令其到井陉率领军队、整治兵备，防守险要之地。以后严大纪升任山东按察使、光禄寺卿、太常寺正卿。严大纪之父严元也因为严大纪的功迹被封部郎，赠方伯。

严大纪长子严调御爱好读书，博综今古，多才多艺，书法、音乐、医药、数学无所不通。他说"医药可用来利人，书法可赖以修身养性"，撰有《易解》《四书释》《圣学宗传》《废翁集》等，可惜都亡佚无存。严调御宽厚仁爱，对异母弟弟关爱有加，深受街坊四邻称赞。

严大纪次子严武顺自幼聪慧，七岁时作《咏蚊》诗，被誉为"江夏黄童"，十五岁赴县试，文章惊人。

崇祯十四年（1641）杭州灾疫，全城惊惶不安。严武顺主动请求为地方安定效力，劝说里中大户捐粟赈济，谋划实施方案。由于他的协助，朝廷耗力不多，灾民普遍得到救济，挽救了无数人的生命。

余杭所临山区常有民变，严武顺建议知县组织百姓修整武备，富家出粮，壮者编队，请人训练。实施这一措施后，余杭得以安宁，更主要的是大大减少了参与起事的劳民、乡民，四郊平安。

严武顺撰有《诗说》《易说》等多部书作，刻印《水经注》40 卷。严武顺三世同堂，家庭和睦，兄弟友爱，孝亲至善。

严大纪三子严敕聪明好学，刻苦读书，但屡应乡试不中。了解他的人为之叹息，严敕却并不在意。他说："士各有志，何必一定要取得荣名。先父的藏书可读，两位兄长的德行可为师表，上天对我不能说不厚。"人们都佩服他的敦厚和卓识。严敕多作诗文，有《枕上诗》《枕上荒言》《百忆吟》等。

严敕把两位兄长作为老师，恭敬犹如待父。严武顺去世时，他作《百忆吟》悼念。严敕七十寿辰时大家举酒庆贺，他拿出兄弟三人合绘的《三逸图》，表达对兄长的思念。他不忘手足之情，终身如一。杭州知府、余杭知县多次将他请为上宾，作为乡人楷模。顺治十六年（1659），严调御、严武顺、严敕三严并祀"乡贤"。

严调御长子严渡，儿时气宇超异，不屑与时俗伍。二十岁时已博览群书，通晓明义，声名鹤起。严武顺之子严渤，少年时便对家书博览无遗，文章天下。

严大纪之孙、严武顺之子严沆，顺治十二年（1655）考取进士，清初御史。书香门弟的严沆自幼聪慧过人，被选为

158

翰林院庶吉士，顺治帝临轩御试，选拔为第一。历任兵部、吏部、户部、刑部给事中、太仆寺少卿、佥都御史、宗人府府丞、左副都御使、户部右侍郎等职。

顺治十四年（1657），严沆奉命典山东乡试，他一向以文章声教自命，虔诚焚香告天，表明秉公选贤心志，发榜后被取的士子均有真才实学，先后都考中进士，这在山东省是从未出现过的事情。

严沆担任言官，其职责主要是向朝廷建言。严沆提出，朝中大臣廷议时要提出自己的见解，不得推给地方总督、巡抚。顺治帝十分赞赏，命大臣照严沆的建议办理。这套廷议程序影响深远，一直沿用至清末。

严沆虽位高权重，却不喜张扬，与一般平民无异。他的子女也才华横溢，两个儿子成为政绩斐然的官员，女儿严曾杼也因诗文而名闻杭州。严沆的诗文、丹青都很有造诣，名动京师，为"燕台七子"之一。他著作等身，有《少司农集》《五经翼》《北行日记》《皋园集》《醇发堂诗文集》《燕台诗集》《古秋堂集》《奏疏》三卷及《疏草》十卷等。

严沆长子严曾榘，少时入国子监读书，顺治十四年（1657）考中举人，康熙三年（1664）考取进士，授翰林院庶吉士，后升任广西道监察御史，历台谏二十年，所言多有建树。

严曾榘后来升任通政使、都察院副都御史、兵部侍郎。严曾榘虽身居高位，却无私财积蓄。他吸纳人才、奖掖后学不遗余力，经常接济困难者，俸禄收入往往入不敷出，多次靠抵押解决与亲朋会聚的费用，但他照样饮酒赋诗，毫不介意。他去世时家属无力将棺柩还乡，同僚故吏深为悲痛，纷

纷资送奠仪。

严曾榘著述丰富，书法亦佳，尤善行、楷，有《燕台诗草》《德聚堂集》《西台奏疏》等。

严沆次子严曾业，二十岁时为国子监贡生，选任江山教谕。后授交河知县。严曾业在交河重教兴学，热心捐资修葺校舍，设立义学，还时常勉励学生，办学很有成就。

严锡绶、严锡统是两兄弟。清雍正十三年（1735），严锡绶考中举人，由教习出任安邱乔县。乾隆二十一年（1756），严锡统考中举人，次年连捷进士，授建始知县。

褚 家

余杭褚姓可追溯到唐朝大臣褚遂良。隋朝时，褚遂良的先祖迁居杭州，有一支在余杭居住。传说清朝以前，余杭澄清巷东有条褚家弄。

余杭褚氏先祖褚敬塘自萧山迁钱塘，褚敬塘之孙褚国俊（褚耀寿之子）自钱塘迁余杭。褚国俊之孙褚锡珏（褚承恕之子）曾任建德县教谕，余杭褚氏踏入仕途自此开始。

褚锡珏之子褚运鲲是清嘉庆时余杭廪生，历任桐乡、石门、会稽、镇海县学训导，海盐县、建德县教谕。受杭嘉湖道员林则徐之命督修海塘，褚运鲲督修的堤塘坚固，巡抚特别信任，将他督修的堤塘工程的保固期定为 30 年，比平常一般为保固期 20 年的多 10 年。很多年后，其他堤塘屡有塌圮，褚运鲲督修的仍保持完好。当地百姓很是感激，在障海楼为他设立长生牌位。

道光三年（1823），褚运鲲受命勘查乌程（今湖州吴兴）水灾，当时县民莫殿玉煽动闹市，同勘委员王凤生准备大作究治，褚运鲲主张只惩治为首者，对一般参与者做疏导劝告，保全了很多人。褚运鲲后来又奉命到石门（今属桐乡）勘灾，发现有不少官员冒领救济，褚运鲲亲历各乡确查，使真正的灾民得到救助。

道光十三年（1833）余杭大旱，道光十五年（1835）建德大旱，褚运鲲都致力募资赈济灾民。褚运鲲还热心教育，他在石门、建德为官时，募资建造学舍。

褚运鲲有五子：褚维垲、褚维培、褚维硅、褚维㞩、褚维堡。

长子褚维垲生于嘉庆二十一年（1816），咸丰辛亥（1851）与子褚成绩同时考取举人，成为美谈。褚维垲长子褚成烈性格潇逸，书法秀劲，才艺横溢，集篆刻、金石、丹青、音律于一身。褚维垲二子褚成栋少年有志，工诗书，精书画，也是篆刻、金石、丹青高手。

褚维垲曾官安徽候补道、直隶州知州。擅诗文，有《人境结庐诗稿》。光绪十二年（1886）辞岁。

褚运鲲二子褚维培生于清道光二年（1820），清光绪十二年（1886）春褚维培等捐资，在县城创建育婴堂，以满足抚育弃婴之需。褚维培精医术，广研方书，著《医学笔隅》八卷。

褚维培有六子：褚成宪、褚成达、褚成亮、褚成博、褚成式、褚成昌。褚维培长子褚成宪为江苏候补知县。褚维培六个儿子中，长子褚成宪精篆书擘窠，尤能铁笔。三子褚成亮、四子褚成博还编修了《光绪余杭县志稿》《光绪余杭县志补遗》。

褚运鲲四子褚维㞩是清末的水利官员。褚维㞩出生于清道光二年（1822），十八岁时入余杭县学。二十三岁，经过

岁考和科考成绩优秀，取得廪生。咸丰十年（1860），太平军攻占杭州，褚维垿随他的二哥褚维培避居上虞。咸丰十一年（1861）冬，太平军进攻浙东，褚维垿兄弟二人携全家到上海避难。

在上海，褚维垿得李鸿章赏识。同治十二年（1873）春，褚维垿从家乡启程到达北京，随后他到天津拜谒了李鸿章。当时北京周边地区发生了大水灾，褚维垿被分发去治理北河（指直隶境内的河道）；光绪五年（1879）六月，褚维垿卸任邢台知县，升为知府。在返回天津的路上疾病缠身辞世，他的家人扶棺南归，葬于杭州西湖三台山。

褚维垿广闻博学，著有《古文效礜》《师石堂家约》《杂记》《尺牍》《讱庵遗稿》《苕水居吟》《虎林客咏》《始宁寓草》《申江旅唱》等。他为人敦厚，诚信尚义，秉性耿直。他自己生活很节俭，待人友善，遇他人有急事、难事求助，他必解囊相助。

褚成博，光绪六年（1880）考中进士，授翰林院编修。光绪十五年（1889），褚成博任江西道监察御史，后历任礼科堂掌印给事中、广东惠潮嘉兵备道，还担任过乡试、会试的考官。

褚成博思想先进，参与早期的维新活动，是戊戌变法中北京强学会成员，担任强学会的邀集者。中日甲午战争爆发，褚成博反对割地求和，力主一战。褚成博对当时兴办洋务有自己独到的见解，他反对照搬西方体制，认为"中国文物制度迥异于西洋，自有其致治保邦之法。行之西方而治之，未必行于中国而亦治"。褚成博对洋商影响民族工商业发展有清醒的认识，这在当时的大潮流中实属难得。

光绪二十二年（1896），褚成博上奏朝廷："洋商制造土货，括我利权，请饬筹抵制，下所司仪。"在筹办实业中，褚成博对洋人勾结买办控制国家命脉很警惕。光绪二十二年（1896），褚成博上奏朝廷："中国仿造铁路，应将筑路地方划分段落，官督商办。由商股助成，但不准商人干预事权。商人利心最炽，一为外人所诱，后患不可胜防，故路成以后必归官办。"

清光绪二十九年（1903），褚成博任广东惠潮嘉兵备道，与当地绅士共倡新学，倡办新式学堂，把韩山书院改为惠潮嘉师范学堂，成为广东省第一所师范学校，也是我国最早专门培养师资的学校之一。清光绪三十年（1904），褚成博巡视通商口岸汕头，发现当地华洋杂处，治安混乱，便致函洋务局，要求附同地方筹建巡警。

嘉庆十一年（1806），余杭县令张吉安感于余杭县志一百二十年"未有续初继业者"，决心修订《余杭县志》。因当时担任编修工作的朱文藻病故，张吉安延请海盐文士崔应榴和余杭致仕官员董作栋续纂。董作栋的曾孙女是褚维培的妻子，是褚成亮和褚成博的母亲。同治、光绪年间，褚维培二子褚成亮和四子褚成博，致力于余杭乡邦文献整理，先后编纂《光绪余杭县志稿》《光绪余杭县志补遗》，是很有建树的余杭地方史志专家。太平天国覆亡后，褚维培率全家离开余杭，定居杭州联桥小福清巷。

除仕途达官外，褚家还有一位金石、书法家。清宣统年间，直隶总督端方幕中有位精于古物考证、鉴定的余杭师爷褚德彝。褚德彝出生于清同治十年（1871），原名德仪，晚清余杭贡生。因避宣统帝之讳更名德彝。褚德彝年幼丧父，随祖父读书，17岁成为秀才，21岁中举人，民国时从余杭迁居上海。

褚德彝楷书、行书师法褚遂良，又擅长汉隶，字体秀劲渊雅，善工画，画梅以寒香冷绝著称。他书写、画画极其认真，下笔一丝不苟。

精篆刻，取径浙宗，广涉古玺，笔力、刀工遒劲挺秀，边款短峭入古，精美堪比古物。南社的沈禹钟在《印人杂咏》中诗咏称赞褚德彝："文物千年考订真，汉廷老吏是前身。雕虫却费周龙手，款识精微亦绝伦"，称其篆刻"冠绝当世"。

褚德彝自己并不追求闻名于世，所治之印非知交而不能得。1943年，西泠印社早期社员、著名篆刻家秦彦钟想方设法搜集褚德彝所治之印，合为百纽，编成《松窗遗印》二册，仅精印40部，艺苑视若拱璧。

褚德彝嗜古好学，富收藏。晚清张祖翼以收藏珍碑版闻名于世，1917年张祖翼病逝，所藏绝大多数归于褚德彝。褚德彝精于文物鉴赏和金石考证，端方礼请他入幕，端氏《陶斋吉今录》《陶斋藏石记》等书大体出于褚德彝之手。金石学者王昶著《金石萃编》160卷，以精博著称，对一些字无法识别，只能以方框代替。见多识广、博闻强识的褚德彝为之填补了许多空缺。与褚德彝同住沪西襄阳路颐德坊的金石篆刻、字画名家马公愚，见后咋舌惊佩，赞叹不已。

在金石书画领域，褚德彝著述丰富，有《金石学录续补》二卷、《拾遗》一卷以及《竹人续录》《武梁祠画像补考》《龙门山古验方校正》《松窗金石文跋尾》《香篆楼胜录》《角茶轩金石谈》《弄玉丛话》《散氏盘文集释》《云峰山郑氏摩厓考》《石师录》《续古玉图考》《元破临安所得书画目校正》《汉刻甄微》《学隶浅说》《松窗书画编年录》《审定故宫金石书画日记》等。《金石学录续补》于民国八年（1919）出版，宋慈抱在他的《两浙著述考》中称这部著作为"殆补李遇孙《金石学录》、陆心源《金石学录补》二书，亦考订金石家履历及著述之作"，《审定故宫金石书画日记》更对故宫的文物保护起到了重要作用。

擅长书法、篆刻的褚德彝，与吴昌硕、黄土陵、黄牧甫、赵叔孺、王福庵等书画家、篆刻家都有深交。著名的文物收藏家张石铭、奚萼衔等非常信赖褚德彝的学识和经验，凡购藏书画、金石版拓，鉴定中均以褚德彝之见为是。金石字画界褚德彝一言九鼎，一些无良古董商和掮客出重金请求将兜售之物随便定为珍品，褚德彝均严以拒绝。

抗日战争时，苏、沪沦陷，民不聊生，褚德彝的字画润资已难周给，生计维艰。有人出重金求其墨宝献媚日伪，褚德彝以年老手颤不能作书为由加以拒绝。为避免遭受这些人的报复，他取消润例，求其作品一概不应。失去收入来源的褚德彝，为全家生活只得经常割舍藏品易食。他将居处题额为"食古堂"，自嘲"吾之食古堂，昔以自况食古不化，今则赖鬻古物以充食耳"。身心两瘁的褚德彝贫病交加，1942年去世。去世后家人急欲以居室顶于人，褚德彝许多心爱之物廉价售给旧货收购者，连珍贵的《金石萃编》填补本也论斤出售。数日后褚德彝故友马公愚闻讯赶去，已无从求索。乱世学人境况凄凉，令人感叹。

褚家后人还是余杭开办邮局的先行者。清光绪二十八年（1902）十二月，大清杭州邮政局在直街兆佳桥设余杭县邮政分局，铺商（管理者）就是褚记香。

汪 家

清朝，余杭汪家出过一位大官汪元方，官至左都御史，历经道光、咸丰、同治三朝。后赠太子少保，是清朝余杭籍官员维一获太子少保以上头衔的人。

道光十三年（1833），汪元方考中进士，改庶吉士，授翰林院编修，充任武英殿纂修。道光十七年（1837），汪元方大考列二等，任顺天乡试同考官。道光二十年（1840），授山东道御史，充河南副考官，转掌广东道御史。后因父年老患疾，汪元方请求归家，侍父床前。

道光二十七年（1847），汪元方丁忧服满，补授江西道御史。他上疏反映各省州县讳盗为窃，势难禁止，应设法改变。汪元方借鉴前闽浙总督刘韵珂、云贵总督林则徐"外府盗犯就近解道审结"的建议，提出遇重大盗案，近则解省，以符合定制；远则解道，以示体恤。对于一般偷窃案，或不至死罪，或视情节从轻，准令按具体情况变通，分别惩办。请求朝廷下旨采纳，获朝廷"下部议行"。

对于江浙水灾，汪元方认为重要原因是流民开山种植所致。汪元方请求朝廷下令浙江巡抚，未开之山一律禁垦。这项建议也被朝廷采纳。咸丰三年（1853），汪元方疏言京师内城内盗窃案件处理缺乏实效，要求酌情变通，建立就近应急和各部门协同的机制，朝廷予以采纳。

咸丰九年（1859），汪元方升任奉天府丞兼学政。咸丰十一年（1861），调任鸿胪寺卿。同治元年（1862）督顺天学政，擢太仆寺卿，迁通政使。同治三年（1864）任都察院左副都御史，擢礼部右侍郎。同治四年（1865）充会试知贡举，十月赐紫禁城骑马，调户部左侍郎，充经筵讲官，升都察院左都御史，入值军机处。同治六年（1867）京察，上谕以汪元方"同心赞划、谨慎和衷"下部议叙，充顺天乡试副考官。同治六年（1867）十月，汪元方逝于位，赠太子少保，照尚书例赐恤，赐祭葬，谥文端。

相传汪元方先祖是从徽州来到余杭县城南乡汪家埠（现中泰）的，现在汪家埠一带姓汪的人不少。古代徽州汪姓商人来到杭州、余杭等地，据传杭州的汪庄就是徽州商人所建。杭州还有汪氏文化研究会。

吴 家

余杭吴家是名门世家。如唐朝的吴公约、宋朝的吴喜南、元朝的吴国、明朝的吴英、清朝的吴景祺等。虽然在历史的长河里，吴家已经散落，但总有一些痕迹可以找到，如直街上的吴家弄，方井头的吴道台宅第等，都是吴家留给历史的印痕。

在《康熙余杭县志》中，有吴喜南、吴公约两人的传记。西晋初年，余杭吴喜南就是文武双全的骁勇战将。他带兵平乱，深得晋明帝、武帝赏识，官至河东太守、殿中御史、浔阳太守、东兴县侯、右军将军、淮阳太守兼太忆左卫等。

唐末的吴公约也是有名的战将。吴公约祖籍徽州，后迁居余杭。唐末黄巢起事，杭州一带建立八都武装抗击黄巢兵，吴公约应募西征，以勇敢、有胆识、精通兵略为郡县推崇，因功授西桂镇遏使。后随董昌在西鄙（今临安东乡）抗御黄巢兵，被加以御史中丞之职。朝廷增置都额，扩为十三都，吴公约率领其中一都，改以海宁硖石为屯兵之所。钱镠平定越州（今绍兴），吴公约骁勇果敢，受到钱镠赏识。战事结束后，吴公约被任为千牛卫将军、肃政台长。

光启三年（887），镇海军将刘浩发动兵变，吴公约参与讨平刘浩，以功授散骑常侍。光启四年（888），钱镠讨伐苏州，以吴公约为北面诸军行营招讨使。攻克苏州后，吴公约率部回师，谦让军功。从此钱镠对他更为欣赏，兼授其义和镇遏使、本军水陆游奕使。是年冬，淮寇南扰，吴公约合诸军捍御疆域，屡挫淮军，升为大冬卿（工部尚书）。吴公约为将三十年，在外督励将士，在家训诲弟子，清廉自守，不积私财。

据光绪二十一年（1895）刊印的《余杭承善堂吴氏家乘》载：吴公约生于唐会昌二年（842）八月，卒于光化三年（900）三月，葬于桃源山之阳，即今余杭街道狮子山南坡。吴公约去世后，罗隐作《吴公约神道碑铭》，钱镠亲自篆写碑额。

除吴喜南、吴公约两名战将以外，还有元朝的吴国、明朝的吴英也在《康熙余杭县志》中有记载，吴国曾任海州判官，吴英曾任进贤县知县。

清末，余杭的吴景祺及其父亲和兄弟数人，都是余杭的名人雅士。

吴景祺出生于清道光十九年（1839），家住余杭县城北面方井头。吴景祺出生于书香人家，父亲吴鼎彝为岁贡生，以试用训导候选。咸丰初年，吴鼎彝倡捐重建先蚕祠、节孝祠。咸丰七年（1857），余杭胡万成起事，居民纷纷逃离。吴鼎彝力主举乡兵、添团练，事平以功列名。

吴景祺兄弟五人，长兄吴寿祺为贡廪生，六品衔试用训导；次兄吴庆祺为咸丰辛酉年（1861）拔贡，朝考以七品小京官签分户部云南司，后官至四品衔主事；三哥吴缙祺盐提举衔，选用直隶州州同；吴景祺排行老四，清同治十三年

（1874）举为拔贡；五弟吴懋祺为光绪壬年（1882）举人，任定海厅训导。

光绪十六年（1890），朝考二等的吴景祺以七品小京官赴任礼部仪制司，又继升四品衔主客司郎中。后升任总理各国事务衙门总办、记名海关道。光绪二十四年（1898）十二月至二十七年（1901），任芜湖海关道，加二品衔，其后转任徽宁太广道。

光绪二十六年（1900），吴景祺采用西方先进技术，在芜湖宁渊观码头左侧建造利涉桥，是芜湖历史上第一座近代风格的桥梁。光绪二十七年（1901），芜湖初开埠，英国怡和、太吉洋行急欲获地以立租界，通过英驻华公使与清政府交涉，要求芜湖海关道迅速办理。海关道吴景祺、童德璋与驻芜湖英国领事往返磋商，巡抚聂缉规命吴景祺拟订《芜湖通商租界章程》。光绪三十四年（1904），吴景祺等与英国驻芜湖领事商议制定《各国公共租界章程》，芜湖正式开埠，吴景祺是重要当事人。

位于余杭区太炎小学南门东侧方井头的吴道台宅院，是余杭名门望族中唯一一处被保留下来的宅第，目前保存完好。2004年8月被列为杭州市文物保护单位。

名士马盛何方俞

余杭出过许多名士，虽然他们早已在历史中湮没，但在一些地名中仍然留有他们的印记，如马家弄、方家弄、俞家

头等。

马 绰

马绰是吴越时期人，世居余杭县城，最初与钱镠同在董昌门下。乾宁二年（895）二月董昌起兵称帝，马绰闻讯弃家奔告钱镠，后钱镠讨平董昌，成为吴越国国王，马绰任镇东军节度副使、杭州三城都指挥使。天复二年（902）八月，徐绾、许再思在杭州发动兵变，马绰和内城指挥使王荣、钱镠之子钱元瑛顽强抵抗，平息这场危及钱镠大业的叛乱。天祐三年（906），马绰代理睦州刺史；后梁贞明三年（917），钱镠上表请封马绰为两浙行军司马、秦州雄武军节度使、检校太尉同平章事等。

钱镠欣赏马绰的才干和忠诚，将妹妹嫁给了马绰，后来又命儿子元璙纳马绰之女为妃，称恭顺夫人。贞明七年（921）八月马绰去世，终年71岁。

我猜想马绰与马家弄应该是有渊源的吧。

盛 豫

盛豫是吴越国的检校太傅，奉命出使北宋。吴越归宋，百姓平安，有人说"盛太傅无忧色，吾属安矣"。盛豫被赠太师，盛京、盛度是盛豫的儿子。

盛 京

盛京是咸平元年（998）进士，康定元年（1040）为谏议大夫，出守江宁，后诏移海州，仕终工部侍郎。盛京以民为重，受老百姓拥护。后来盛京的儿子盛遵甫也任海州通判，有一年海州大旱，盛遵甫拿出家中粮食分发灾民。盛遵甫的儿子盛仲孙仕朝奉大夫，又守海州，并把海州治理得很好，当地百姓有"盛使君家儿，世世循吏"之称。

盛　度

盛度是盛京的弟弟，北宋端拱二年（989）进士，奉命出使陕西。盛度参照汉唐时期陕西的土地疆域，绘《西域图》送给真宗皇帝，后来又根据山川地貌再绘《河西陇右图》，受到真宗皇帝的高度重视，称赞盛度的博学。盛度被推为翰林学士、史馆修撰，并出任光州知州，天圣元年（1023）出任瑞州知州，后任虔州、徐州、苏州、扬州、泰州的知州。盛度向皇帝建言设"贤良方正科"选用人材，后来又建言设"教化科""体用科""将帅科""章覆科"，四科取士，选用人才。盛度又复为翰林学士、史馆修撰，并为龙图阁学士、授承旨兼端明殿学士、翰林侍读学士、拜参知政事、知枢密院、拜武宁节度使。罢为尚书左丞，知扬州、泰州、应天府，以太子少傅致仕。逝后赠太子太傅，谥文肃。

盛度才华横溢，特别在教育、人才培养等方面有理论建树，著有《愚谷集》《中书制集》《银台集》《翰林制集》等。

盛度有三个儿子：山甫、申甫、崇甫。

何　铸

北宋政和五年（1115），何铸考取进士，历官州县，入宫任王宫大、小学教授，后又任秘书郎。御史中丞廖刚向宋高宗推荐何铸，以备选拾遗、补阙之类谏官，何铸受高宗召见。何铸提出"动天之德莫大于孝，感物之道莫过于诚"，高宗很赞赏，任用他为监察御史，不久升为殿中侍御史。

当时一些心术不正的官员，徇私以掠名，掠名以谋利，处事言不由衷。何铸上疏揭露这些官场弊病，请求朝廷下令官员处事务须端正心术，不得稍存欺诈。后何铸升为谏议大夫，他建言皇上："天下之事济与不济，在于思与不思。愿陛下事无大小都精思熟虑，求其至当而行。如此，则处事就无过举了。"此后，何铸被任为御史中丞。

秦桧诬陷岳飞的时候何铸时任御史中丞，受命与罗汝楫一起担任主审。何铸看到岳飞背上"精忠报国"四字后深受震惊，审讯中何铸明白岳飞之冤，劝秦桧不要无故杀一大将，转而为岳飞申诉。秦桧大为不悦，托言定岳飞罪是皇上旨意，不能违反。何铸据理相争："铸岂区区为一岳飞哉！强敌未灭，无故杀一大将，失士卒心，非社稷之长计。"秦桧理屈词穷，无言以对，改由万俟卨审理岳飞之案，并向高宗提议，派何铸出使金国。何铸不顾个人安危，毅然前往。出使回国，秦桧指使万俟卨攻击何铸因私交袒护岳飞，罗织罪名弹劾何铸，要求将何铸充军岭南。所幸朝廷明鉴，只是将何铸降为秘书少监，谪居徽州。

后何铸再度出使金国，回国后皇帝许以大用。何铸则请求作祠官赋闲，但还是被任资政殿学士，出知徽州。

何铸为人孝友廉俭，当了大官仍寄居佛寺。死后葬于南渠河龙船头附近田垄边。

方　植

方植是宋朝熙宁年间进士，官至翰林学士，赐中宪大夫。

方植后世儿孙多人考取进士、举人。正德六年（1511）方坤考取进士，历任直隶任丘知县、江西永宁知县、大理寺评事等。方坤之父方祥被封赠文林郎。正德十四年（1519）方云鹤考取进士，方云鹤之父方杰赠承德郎，南京工部都水主事；嘉靖十三年（1534），方长卿乡举，任罗田知县；万历年间方克昌、方文烱均中为举人，方克昌任金华县训导，方文烱任蓝山知县。方相卿是诗人，《康熙余杭县志》中有他的《游径山二律》"空山藏古刹，绝壁下春阴。怪石填成壑，乔松作引林。门开双涧合，塔拥万花深。啜茗同僧话，弥清世外心。""名山万壑里，迢递拂云行。鸟下窥藜杖，僧来问姓名。岩花迎日艳，谷树曳风鸣。深入无人处，相随鹿豕盟。"今天读起来仍是情趣幽默、诗意清新。

余杭县城北有方井头，直街邵家桥北有方家弄，东门文昌阁外有方家兜。余杭二院有位著名的外科中医医师方济洲就是方家兜人。

清光绪二十一年（1895），在余杭盘竹弄开办经华丝厂的方锡炜也是方家人。

俞廷槆

清乾隆年间，余杭俞廷槆从贫寒子弟成为翰林，又赴西南边陲昭通任知府。他在任内革除弊政，崇教兴学，受到百姓拥护。

乾隆四十五年（1780），俞廷槆顺天应试中举，次年考取进士，名列二甲，任翰林院庶吉士，授散馆翰林院编修。后充任乡试、会试同考官，又被保举任御史。乾隆万寿盛典时担任总纂官，典礼结束改任刑部主事。

乾隆五十八年（1793），俞廷槆的弟弟俞廷樟也考中进士，官渭南知县、陕西蓝田知县、代理四川邛州直隶州知州。俞廷槆的二弟俞廷梕为监生，他为了兄长俞廷槆和弟弟俞廷樟能一心进取，无内外之顾，独揽家中事务。

俞父去世，俞廷槆丁忧期满，补刑部广西司任职，后升安徽司员外郎，外补云南昭通知府。他在云南昭通律己爱民，整饬吏治，免除百姓到郡府值日的徭役。遇有公事，常捐出自己的俸金雇车马，不使百姓受扰，公务需用的物件，他规

173

定一律按市价购买，去除官买的弊端。

昭通府成例，用马驮运铜料押至京城，交卸后可载盐返归，以获些利润补偿马匹草料费用。其后官民争利，铜局外又设立盐店抬高价格，官吏从中谋取私利，商贩利益受到损害。俞廷櫆禁止铜局开设盐店自定盐价，以平稳产铜之地物价。昭通乐马一处铜厂向以公用资费之名，在各处取十分之三收益，以备不时之需，但时间一长，管理者就每年拿千两白银作为礼物赠送，年复一年，铜厂经营陷入困境。俞廷櫆力主革除抽取提留之弊病，并形成政令。

昭通有凤池书院，俞廷櫆为书院延请名师，选拨优秀士子在书院修业，政余还亲自到学校考查，宣讲崇教兴学的要旨。俞廷櫆在昭通办了许多利国利民的实事，离任时昭通士民流泪送别。心痛的是，俞廷櫆回到余杭家中仅一个月就去世，终年60岁。

俞廷櫆的节操和精神在今天仍然具有重要的教育意义。

直街盘竹弄段

第八篇 乡贤名士

王氏父子誉西泠

清末至民国初年，余杭金石学家王毓岱、王世父子成为西泠印社早期会员，后来他们又成为杭州安定中学堂（今杭州第七中学）名师，也是余杭文化史上的一个荣耀。

王毓岱（1845—1917），名海帆，字毓岱，又字少舫，别号舟枕山人，家住舟枕竹园畈里山坞。清光绪二十八年（1902），王毓岱考中举人，他知识渊博，工于笔札，游历山川，又于高官之幕后在杭州"八千卷楼"主人丁和甫家当家庭教师。丁和甫是光绪十七年（1891）举人，其父是杭州著名的文史家、藏书家丁丙。王毓岱和丁和甫亦师亦友，地位很高。丁和甫的侄子丁辅之、丁善、丁展庵等都是王毓岱的学生。

丁辅之是杭州西泠印社的创立者之一。由于和丁辅之的关系，王毓岱也经常参与西泠印社的雅集，成为西泠印社早期会员。王毓岱在西泠印社结识了李叔同、柳亚子等南社重要成员，并因柳亚子成为南社一员。柳亚子回家乡吴江，王毓岱以诗相送。后王毓岱将《舟枕山人自述诗》一百四十韵寄柳亚子，柳亚子极为称赞。王毓岱与李叔同友情深厚，成为忘年交。李叔同赋有《赠王海帆先生》一诗并作注，杭州第七中学校史的《百年人物》照录有李叔同原文。

民国初年，王毓岱任教于杭州私立安定中学，1917年病故。

王世（1880—1927），字禹航，号菊昆，是王毓岱的四子，民国初被誉为金石大家，著有《治印杂说》。王世也是西泠印社早期会员，西泠印社有许多印章是王世所刻。王世精通算术，书画、治印艺技精湛。《西泠印社志稿》卷二将他列入"印人"，有其小传。

民国年间，王世也任教于杭州私立安定中学，1927年病故。

方井头姚家父子

余杭方井头在旧县城北，旧时也称方县街，是旧县城内一条民居与店铺合一的街市。方井头街市不大，却卧虎藏龙，不但走出了大官吴道台，还走出了著名的教育界先贤姚仲寅先生和杏林名医姚益华先生。姚仲寅、姚益华父子是古镇余杭一抹灿烂的光泽。

清同治十一年（1872），方县街上姚家出生一个男婴，长得虎头虎脑，父亲给他取名为仲寅。姚仲寅天资聪颖，从小就爱读书，后来考取廪生。此时中国正在掀起维新思想的浪潮，在维新思想的影响下，姚仲寅决心致力于新学，有了筹办新学堂的思想。光绪三十年（1904），姚仲寅先生与鲍俊、金经门、路清士、黄硕平等在城南龟山书院旧址创办余杭县高等小学堂，鲍俊任校长，姚仲寅任国语教员。光绪三十三年（1907），姚仲寅先生继任堂长，后来改称校长，直至民国十七年（1928），任职 20 余年。

姚仲寅先生担任校长期间，注重以身作则，用自己的行为来影响全校师生。他一边处理校务，一边兼教国语，平时和师生同桌进餐，亲如家人，赢得师生爱戴。他言传身教，学校勤教勤学之优良风尚名闻邻县临安、杭县等，慕名求读者甚多。出自姚仲寅门下的不少学生，以优异成绩留学日本、美国。这些学生中，回国后在北京大学等著名高等院校执教的就有 8 人。他的学生陈达、蔡堡、徐承荫等后来都成为国内著名学者。

姚仲寅先生克勤克俭，律己奉公。他离校时将结余经费悉数交割，充作建造苕溪中心小学（今太炎小学）新校舍资金。抗日战争前夕，姚仲寅先生除致力教育，还从事《余杭县志》编修，对各种史料多有补充、批注。抗战胜利后，县府因姚仲寅先生热心办学功绩卓著，奖给银元 200 元，姚仲寅先生以"国家百废待新，此金不能我用"谢辞不受。姚仲寅先生晚年关注水利，对疏浚南湖、苕溪有专门研究。姚仲寅先生治学严谨，手不释卷。晚年因右手致疾不能执笔而苦练左手握笔书写，笔耕不辍。

姚仲寅之子姚益华师从金子久，深研中医，医技精湛，是余杭最早致力于中西医结合的医家之一。余杭木香弄名医汇聚，姚益华是领军人物。民国年间，姚益华担任余杭县中医师公会理事长，又是中国医药研究月报社研究员，曾整理《金子久医案》刊行于世。1947 年，姚益华先生赴上海行医，成为沪上名医。

商会会长段金葆

清宣统二年（1910），杭州商会余杭商务分会成立，地址在直街白街弄 27 号，首任商会会长是段金葆。

段金葆祖籍江西，年轻时来到余杭，在郑元茂南北货栈管理业务，后升为经理，俗称"大伙先生"。

民国十五年（1926）年底，北洋军孙传芳的一个营溃经余杭，营长将段金葆抓到白家弄县商会内，威逼商会出银元 5000 元作开拔费，限三日交齐，否则将纵兵掳掠，焚毁全城。段金葆组织商铺凑得 1000 银元前往，一面陈述余杭困境，一面为"北伐军即将到来，如何应付"大叹苦经，实际上是提醒北洋军已朝不保夕，不要再作恶了。那个营长见风使舵，收下 1000 银元溜之大吉。段金葆有勇有谋，以较小的代价，使余杭城免去一场灾难，保全了县城百姓的财产和生命安全。

清光绪二年（1876），段金葆在赫灵寺内开办复号典当。民国时期余杭建筑公路，段金葆是出资人之一。段家在李家弄内有很多房子，家有长工、佣人，另外还有田地数十亩。

段金葆在世时为人宽厚、仁义，临死前他把家人及佣人、长工都叫到跟前，当着家人的面把长工、佣人救急时借用的钱银字条均当众撕毁。去世时，送葬队伍长达二里多路。段金葆的墓在城南凤凰山，现在余杭凤凰山公墓内有一个"段氏祖先"的合墓。

现家住余杭街道宝林西路 24 幢的何全有先生是段金葆的玄孙女婿。他告诉我一些段家后人的信息。段金葆有两个儿子，大儿子段子敬，二儿子段承敬。段子敬曾在"临余公路"所属的余杭汽车站谋事。段子敬有个儿子叫段嗣臣，曾在戏班子里跑龙套。段嗣臣有三个儿子：段燮元、段燮远、段燮坤；两个女儿：段燮英（锦英）、段燮芝。何全有就是段燮芝的丈夫。段承敬有两个儿子，大儿子新中国成立初期迁居临安，现尚健在；小儿子1949年去了台湾，1988年回过余杭。

附言：2021年9月1日，笔者采访段金葆玄孙女婿何全有先生。

杏林春雨叶熙春

记得是1975年的夏天，我走到木香弄北口的苕溪塘上那个地方，看到塘上围着很多人，还听见有人说"拍电影了"，听到"拍电影"这三个字，我心头一怔，那年月对小镇上的人来说拍电影是件很稀奇的事。我赶紧挤到人群里面去看，正在这时，有几个人将围观者往外推。有个人胆子大，问他们拍什么，有个人回答说拍叶熙春，又有人问叶熙春是谁呀？这时候有位穿旧军装、四十多岁模样的大哥说："叶熙春是个医生，他的房子就在弄堂口头，不过他很早就不在余杭了。"后来拍电影的一帮人又到溪对面的刘王弄里去拍。这是我第一次听到叶熙春这个名字，后来知道他们拍的电影叫《杏林春雨》。

叶熙春祖籍慈溪，1881年出生于杭州武林门外响水闸，幼时随祖母居住在杭州，其父母则在良渚摆小摊谋生。叶熙

第八篇　乡贤名士

179

春五岁时祖母去世，他回到父母身边，在良渚生活。

叶熙春十五六岁时到良渚名医莫尚古处习医，叶熙春勤奋好学，莫尚古见其聪慧过人，认定将来必成大器。莫尚古深恐叶熙春日后医技高超，影响自己的业务，对他定下"满师后必须在距良渚二十里以外行医"的约定。叶熙春随师临诊，没有几年就能独立行医。太夫子姚梦兰为晚清浙北名医，见叶熙春勤奋好学，悟性不凡，破例令其侍诊两年，传授心要。叶熙春研读《内经》《难经》，集姚、莫二师之长，旁及诸家，博采广收。他善于吸取民间验方，验证总结，还钻研近代医学技术，取长补短，自成一格。

仓前名医葛载初在治疗一位湿温重症病人时叶熙春执晚辈礼躬立于后，细心揣摩。正当老先生拟方还在犹豫推敲之际，叶熙春不禁脱声而出："可否用某药？"葛抚掌大悦，称赞说："此后生已尽得医道之要也。"于是叶熙春声名大振，在日后开出诊所后医者门庭若市。叶熙春出名后效法葛老夫子，诊金听任求诊者着量，多少不论。对拿不出钱的贫困的病人，可以拿点谷米蔬菜等实物作为诊金，若贫困者拿来的是不值钱的杂物，叶熙春照样悉心诊疗，一视同仁。对一些连药也买不起的病家，叶熙春知道后还在药方上盖上他自己特别的印章，让病家持方去指定药店免费取药，月底由叶熙春去结账付钱。

叶熙春遵守对老师莫尚古的承诺，起初在离良渚较远的瓶窑行医，后经师兄胡念祖介绍，来到余杭木香弄开设诊所。他还时常出诊，对病人不分贫富贵贱，不论山区水乡，都有请必往，风雨无阻。叶熙春有腿疾，走路一跷一拐，便有人称他"叶跷子"，这倒成了他出名的标志性称呼。叶熙春的医术高，医德好，有人称他是神医"铁拐李"再世。

叶熙春除了免费给贫苦人诊病，还常常施舍、接济穷人。甚至有穷人去世无以为殓，叶熙春知道后就托人送去钱、物或送上一口简易棺材，让逝者下葬。在余杭，叶熙春认识了城内名儒蔡叔平，并与之成为好友。1929年叶熙春前往上海行医，挂牌"禹航叶熙春"。因医术高超，上海不少名流都请他看病，成为上海中医界的红人。但是他仍不忘家乡余杭，凡余杭人到他上海的诊所问诊均不收诊金。每到严寒冬天，他就委托蔡叔平先生，给余杭一些贫困之人送粮米、衣物。

1946年，余杭县修建县卫生院（余杭二院前身），叶熙春出资捐助。院方为表感谢，在院内建"熙春亭"纪念。叶熙春闻知此事，即转告院方："我为乡里民众，岂为自身留名"，并请求改名为"回春亭"。

在上海行医的叶熙春，曾遭遇奸诈小人陷害。1948年秋，他回到杭州，决意不再行医，过隐居生活。1949年冬，浙江省人民政府主席谭震林的夫人葛慧敏患疾，请叶熙春为其诊治，叶熙春手到病除。谭震林邀请叶熙春来家进餐，席间，谭震林劝勉叶熙春重新出山，发挥医术造福人民，叶熙春深受感动，答应恢复行医。

1952年5月，叶熙春与史沛棠、杨继荪等集资创办了杭州广兴中医门诊部，后发展为广兴中医院，即现在的杭州市中医院。他以身作则，带头积极参加门诊，先后在杭州市中医院、浙江省中医院坐堂接诊，常有患者慕名前来，他常常忙到下午一两点钟才吃午饭。

1953年，叶熙春歇医后到上海居住。1954年10月，浙江省委省政府为选拔老中医参加各级政府卫生行政部门担任

第八篇 乡贤名士

领导，派浙江省卫生厅副厅长、党组书记李兰炎专程赴沪，动员叶熙春回杭任职。1955年2月，国务院总理周恩来签署任命状，任命叶熙春为浙江省卫生厅副厅长。以后，叶熙春又当选为第一、二、三届全国人大代表，农工民主党浙江省委员会副主任委员，浙江省政协常务委员。

1968年10月，叶熙春惨遭迫害致死，终年88岁，再也没有回到木香弄2号那间等着他回来的老屋。

教育先驱董大本

余杭董家名人辈出，董大本是旧时代与新时代交替时期一位贤达人士，是民国时期浙江教育界的知名人士。

董大本生于1896年，家住余杭木香弄董家台门。1914年毕业于余杭县师范讲习所，一度进杭州省立甲种工业学校学习。在"教育救国"思想影响下，他转读于杭州的省立第一师范学校，1916年去上海龙门师范学校文史专科学习。

1918年，董大本回到余杭，任余杭县立小学教员、仓前小学教员、校长等。1920年秋应聘去爪洼、新加坡等地华侨中学任教。他因目睹英、荷殖民统治者欺凌侨胞奋起反对而被驱逐出境，气愤之下回到余杭。此次回家后，董大本致力于乡梓教育，任余杭县劝学所劝学员，筹建余杭县图书馆。1924年秋，因不愿卷入国民党地方派系之争，他再度去新加坡等地任文史教员，但1926年就回国了。他去了陶行知创办的晓庄师范参观学习，半年后回到余杭，先后任余杭县、临安县视学，乡村小学指导员等。1930年至1935年，历任建德县、绍兴县教育局长、福建省第十行政督察专员公署教育科长。

抗日战争期间，董大本先后被台州中学、杭余临三县联立初中、浙西第一临时中学聘为文史教员。在浙西第一临时中学时兼任事务主任。1943年，董大本来到国民政府控制的余杭西北山区，受命筹建余杭县立简易师范学校，1944年春主持学校校务，是年8月出任该校校长。

董大本深厚的国学根基和渊博的学识，讲解古文妙语连珠，典故信手拈来，入神时又吟又唱，声情并茂，学生们耳濡目染，对古文兴趣浓厚，全无枯燥乏味之感。他还对学生的生活、安全都非常关心。

董大本痛恨日本侵略者，他在课堂上和周会上愤怒控诉日本侵略者的侵华罪行，坚定抗战必胜的信念。抗日战争胜利后，董大本任浙江大学附属中学文史教员。1947年与叶熙春等在杭州西湖边郭庄共同筹建明远中学，并受聘担任事务主任、代行校长职务。1954年春，明远中学并入清华中学（后为杭州第八中学），董大本任语文教研组组长。1962年董大本退休，1971年辞岁于杭州。

董家是余杭望族，董大本先生是董家后人中一道闪亮的光。

邵家台门出英才

邵焌，又名邵慕雍，1900年生于余杭县城邵家台门。

183

1923 年，邵焌在浙江省立甲种工业学校（浙江大学工学院前身）毕业后到福州市电气公司任总工程师。在福州市电气公司，他结识了早期同盟会会员、著名的爱国兵工专家李承干，并与李承干志同道合，力图实现实业救国。后来李承干调任南京金陵制造局（金陵兵工厂、307 厂）公务处处长，李承干将邵焌也调入金陵兵工厂。

1937 年初，李承干派邵焌赴德国、英国、法国、比利时、荷兰、意大利等国考察，1938 年回国。此时 307 厂已西迁重庆，并改建为第二十一兵工厂，李承干委派邵焌任该厂的重枪厂主任。1943 年 2 月，邵焌负责马克沁重机枪的生产和改进。马克沁重机枪属精密枪械，邵焌带领他的团队仅用 8 个月的时间就设计、制造出 120 毫米口径的迫击炮和炮弹，这种迫击炮与法国同类产品相比，重量减轻一半，而性能更好，被李承干称赞为"攻守战之利器"。邵焌的重枪厂还试制成功了 ZH26 型捷克式轻机枪、反坦克破甲枪榴弹、八二迫击炮弹等兵器、弹药。这一系列武器的改进和研制，提高了中国军队的战斗力。

1940 年至 1941 年，第二十一兵工厂多次遭受敌机轰炸，死伤员工 40 多人。邵焌带领员工同仇敌忾，在敌机轰炸下，钻进山洞日夜赶制军火，源源不断地运往抗日前线。李承干、邵焌为抗日战争的胜利立下汗马功劳，被誉为"兵工国宝"。

重庆解放前夕，邵焌在李承干的影响下坚决不去台湾。李承干派人专门保护邵焌，使邵焌摆脱国民党特务的胁迫纠缠。重庆解放后，邵焌任第二十一兵工厂重枪分厂厂长，并担任重庆市政协委员。1952 年底调山西省长治市国营惠丰机械厂（代号 304 厂）任技术科科长、总工程师。1957 年调至长治市工读大学任教。

1963 年邵焌退休，回到阔别四十年的家乡余杭邵家台门。1969 年 7 月，邵焌病逝于家中。

滇缅线上章兆年

抗日战争中，滇缅公路被称为抗战生命线，余杭籍的空军机械师章兆年奋战在滇缅公路上。

1913 年出生的章兆年是余杭望族章家男儿。他从小受到爱国主义熏陶和传统文化教育，儿童时代父亲向他讲述民族英雄岳飞的故事，带他到杭州岳庙参拜。章兆年很勤奋，从小学到中学，节假日经常去农村亲戚家参与摘桑养蚕、捕鱼捞虾之类的劳动。

章兆年父母与余杭城内的姚家是世交。姚家在杭州、余杭开有木器厂、五金店等商铺和产业，章兆年青年时到姚家的厂里、店里学习木工、五金修理、财会账务等，初步掌握了这几个方面的技能。姚缦卿的儿子姚晋文与章兆年成为好朋友。

后来姚晋文成为一名空军中校。1936 年 6 月，经姚晋文介绍，章兆年考入杭州笕桥航空学校，后来成为笕桥航空学校一名优秀的机械师。章兆年对发动机有一种敏锐的感觉，他晚年有一天和女儿在街上看到一辆汽车驶过，凭声音他就判断这辆车不出一公里必定要出故障，结果真如他所料，没开多少路就坏了，旁人都赞叹不已。他除了有一身炉火纯青

的绝技，还讲得一口流利的英语。

1937年8月14日，日本飞机轰炸笕桥机场，中国空军奋起反击，一架日机被击落。中国军队的浴血奋战，进一步激发了民众的爱国热情和抗击侵略军的斗志，章兆年的弟弟章潮延、章涌泉也丢下在杭州的酒坊、丝绸厂和尚未成年的妹妹兆珍，走上抗日战场。

杭州沦陷前夕，章兆年随航校撤至重庆沙坪坝机场，后又转到昆明巫家坝机场。1940年1月，章兆年随军转至中缅边境黄冲的秘密机场，最初任交通器材库第五十七仓库保管员。滇缅公路抗战物资大抢运开始，章兆年参加了这场艰苦卓绝的战斗。他除了修理飞机和汽车，还冒着被日军飞机轰炸的危险，驾驶汽车在畹町遮放到昆明的千余里道路上翻山越岭，来回奔驶数百趟。滇西尽是高山深谷，许多路段在悬崖峭壁上，汽车行进在滇缅公路犹如走钢丝，一只脚踩在油门上，另一只脚踏在鬼门关。

在滇缅公路上，章兆年用随身所带的奎宁丸救治身染疟疾的战友，后来章兆年自己也不幸感染，但是奎宁丸已经用完，章兆年硬挺着坚持行车，后来才得以治疗。在滇缅公路上，章兆年还看到有的妇女背着幼儿修路，许多民工在筑路时遇险亡命，这都激起了章兆年的愤怒和同情。

1940年4月12日，章兆年目睹遮放西南运输处仓库大爆炸，数十人被炸死。1942年初，日军进入缅甸，并向滇缅公路进攻，企图切断这条中国的战略补给线。后来仰光失守，从缅甸逃出来的车辆、难民越来越多，章兆年的车队从遮放过来，经惠通桥到了怒江东岸，被堵在路边。桥上和东岸的难民、汽车不断涌来，守桥工兵已做好炸桥阻挡日军的准备。此时有一辆商车挤上桥却熄火不能发动，堵住了通道，车老板舍不得车及车上物品，拼命阻止推车下江的宪兵，被宪兵开枪打死。听到枪声，化装混在逃难人群中的日军扯开车篷，架起机枪向桥头猛烈扫射，守桥工兵紧急爆破炸桥，桥西的人群纷纷倒在日军的枪弹下。日军疯狂地向已经过桥的人群开炮，一时火光冲天，血流遍地，惨不忍睹。章兆年亲眼目睹这些悲惨事件，更激起对日军的满腔仇恨。

后来章兆年参加了对日军的大反攻，执行军需运输任务。抗战胜利后，章兆年继续在昆明巫家坝机场的航校工作，还收养了两名死里逃生的航校人员遗孤，将她们抚养成人。新中国成立前夕，航空学校撤往台湾，章兆年坚持留在大陆，用自己的知识、技术为新中国服务。章兆年的弟弟章涌泉（章志伟）也是一位爱国的科学家，后来成为南京长江大桥设计师之一。

政工队长鲍自兴

鲍自兴 1916 年出生，是余杭竹园里山坞人。

抗日战争开始时，鲍自兴正在余杭县政工队担任政工队队长。"皖南事变"后，国民党大肆破坏浙西各县的地下党组织，在双溪、黄湖一带逮捕了共产党员和群众 30 余人。鲍自兴知道后即以政工队队长名义下令将被捕的人全部释放。国民党浙西行署主任贺杨灵为此大为恼火，撤去他的职务，并把他调到天目山一个训练班当指导员，实际上是加以

软禁。不久，浙西行署要撤销省、县的政工队，把部分人员组成"浙西反敌行动团"，鲍自兴重新被委以"浙西反敌行动团"副团长兼第一大队大队长。鲍自兴率领一百余人的行动队在余杭、良渚、瓶窑、吴山、双桥、仓前一带打击日寇黑泽部队和伪军。此时鲍自兴正秘密与党组织联系，根据党的指示，鲍自兴率部至杭州隐蔽，后被编入"汪伪"浙保二大队，任第四中队长。1943年，江苏茅山的华中局在杭州组建了中共杭州特别党支部，鲍自兴秘密加入中国共产党。

因不满伪大队长张华夫的堕落蜕变，鲍自兴率部策反出走，投奔茅山参加抗日，却被人告密，被缴械囚禁。后被党组织营救。经党组织同意，鲍自兴带了几个同志从杭州坐船准备经德清、湖州去江苏茅山。但在德清被国民党德清自卫队扣留。他在起解途中经临安西乡杨桥头时机智出逃，连夜回到竹园里山坞，并迅速与党组织取得联系。党组织派人将鲍自兴送到海宁长安镇。在长安镇，鲍自兴把活动在良渚地区尚未暴露的朱思洪部拉过来，建立起一支抗日武装。

鲍自兴在钱塘江石塘头，负责将弹药、药品、食盐等急需物资送到江对岸，为四明山革命根据地提供物资。抗战胜利后，鲍自兴奉命率队去四明山集结。不久浙东纵队北撤，党交给他负责分批运送北撤人员至海盐黄湾、乍浦一带登陆的任务。完成北撤后，鲍自兴转入山东战场，并参加解放泰安的战斗。此后又转战河南、淮北战场。渡江解放上海后，鲍自兴出任上海警备区军法科长。1950年10月赴朝作战，负伤后被送回国内治疗，伤愈后在二十一军负责保卫部工作。"文革"中受到迫害，后平反。1982年在上海农药厂担任厂长，任上离休。1996年11月22日病逝于上海。

小镇走出大专家

蔡祖泉出生于 1924 年，是余杭县城一位水果摊主的孩子，他从小跟着父亲在上海。在他 8 岁那年父亲去世了，他去上海中法药厂做童工，干的活是脚踩"皮老虎"打气助燃，用喷灯吹制针剂所用的安瓿。

1949 年，蔡祖泉在上海加入党的地下组织。新中国成立后，他进了上海药厂。1952 年，他进入复旦大学，从事高真空玻璃技术工作。他参与制造出我国第一只 X 光管，打破了当时国际上某些国家对中国的禁运。他和同事又接连研制出十多种高真空精密仪器。

1961 年，蔡祖泉进入电光源研究领域，创建国内第一个电光源实验室。1963 年研制成功我国第一只高压汞灯，1964 年研制成功我国首盏 1000 瓦卤钨灯。此后他又陆继研制出脉冲氙灯、氢弧灯、氦光谱灯、超高压强氙灯、充碘石英钨丝灯、超高压强汞灯等 10 余类照明光源，大大缩短了我国电光源研究与国际的差距，其中"长弧氙灯""碘钨灯"分别获国家科学发明二、三等奖。

1978 年，蔡祖泉被破格晋升为教授。1980 年，他主持研究"大功率短弧氙灯水冷钨钢阳极""直流镝秋电影外景灯"获国家科学技术发明三等奖，"H 型荧光灯"获国家科学技术进步三等奖。1981 年 9 月，蔡祖泉担任复旦大学博士生导师。

蔡祖泉和同仁一起，成功研制出 20 世纪 80 年代最先进的高效节能灯，多种产品被送往德国参展。1987 年至 1988 年，

他又完成双 U 和 3U 灯的成果鉴定和推广，并获第三届发明学会双 U 灯金奖。

蔡祖泉历任复旦大学副校长，电光源研究所所长，上海市科委副主任，上海市第七、八、九届人大代表，中国光学学会副理事长，首届中国轻工业学会副理事长，上海市科学技术协会副主席暨照明协会理事长，中国照明协会副理事长等，从 1983 年开始，连续四届担任国际电光源会议组织委员。

2009 年 7 月，蔡祖泉在上海去世。《人民日报》《解放日报》《浙江日报》等数十家报刊纷纷报道他为中国电光源事业作出的杰出贡献，赞誉他为"电光源之父""光源和照明行业的泰斗""跨世纪的光明使者"等。

医学教授姚竹秀

余杭姚家名人辈出，除姚仲寅、姚益华父子外，还有一位姚竹秀在医学界也享有盛名。

姚竹秀出生于 1930 年，1956 年毕业于浙江医学院。他留校在附属二院任临床外科医师数年，后担任组织胚胎学教育工作，曾任医教处处长。为浙江医科大学组织胚胎学教授、硕士生导师。1984 年起任浙江医科大学副校长。

姚竹秀长期从事医学教育工作，在医学科研方面卓有成就。曾从事中枢神经系统胶质细胞研究、临床大面积烧伤病人应用异种（猎皮）代替自体皮研究、胎儿性别预测研究等，论文发表于《解剖学报》《中华外科杂志》《中华医学杂志》

《中华妇产科杂志》《自然杂志》等国家级刊物。此外还编写教材，主编《英汉医学分类词典》，编制教学幻灯片供全国医学院校使用。1989年浙江省医科大学在全国教委评选全国优秀教育成果奖时，荣获国家级优秀教育成果奖，并获浙江省优秀教育成果一等奖。由于姚竹秀对发展我国高等教育事业作出的突出贡献，1993年起，他享受国务院颁发的政府特殊津贴并获得国务院表彰证书。

漫画大师陆秒坤

陆秒坤先生祖籍绍兴小金村，1933年出生于上海南市同心里9号，其父陆尚达是上海一个单位的采购员。陆秒坤先生有兄弟姐妹9个，他排行老四。他母亲信佛，他的名字是他母亲到寺院请一个和尚取的，和尚取的名字是陆妙坤，他长大学习漫画后，把"妙坤"改作"秒坤"，一是有争分夺秒之意，二是陆秒坤的漫画风格是线条型的，有秒针走动的形象。

陆秒坤先生1951年毕业于南京邮电专科学校，1952年至1957年在天津邮电局供职，1957年调到南京邮电局四分局任话务员。因国家精简工作人员随妻来到余杭，家住大夫第15号。

陆秒坤来到余杭时正值国家经济困难时期，很难找到工作。为养家糊口，他给人挑水、劈柴、做泥水小工、卖菜仔、为居民加工磨粉等。1962年，他在直街木器厂东边租房摆

小书摊以维持生计。他一边摆小书摊，一边画漫画。

1966年"文化大革命"开始他的小书摊难以为继，他就边摆小书摊边画漫画。他的漫画有自己的童年经历，有儿童的天真、童趣，有浓厚的生活气息，多描写社会底层生活层面，题材独到，讽趣幽默，笔墨简练却富含生活哲理，别具一格。他画着画着，漫画已经达到相当水平。他开始向一些报刊投稿，全国多家刊物刊登采用。他幽默、诙谐的画风受到大众喜爱。他勤奋、努力，实现了"六秒钟成画"的愿望。1982年他成为中国美术家协会会员。

陆秒坤发表的漫画有一万多幅。1980年，成都出版社出版了《陆秒坤漫画集》，1988年5月，重庆出版社出版了《陆秒坤幽默画集》，并以诗一般的语言评价："这拨开你心扉的钥匙，太多的爱和机智锻铸而成。"正如出版社对他的评价一样，陆秒坤先生的漫画是一把能拨开你心扉的钥匙，他的漫画水平可以和丰子恺先生以及德国的卜劳思先生相提并论。

陆秒坤先生不事张扬，成名前不为己悲，成名后不为物喜，虽为漫画界知名人物却仍很平易近人。余杭镇认识陆秒坤的人不少，这倒不是因为他的漫画，而是他摆了十七年的小书摊，很多老老少少都是他小书摊的常客，大家喜欢叫他"小人书大王"。知道他是漫画家是后来的事了。

陆秒坤的儿子与我同岁，我和他从小学到初中都是隔壁班的同学。我家与陆秒坤的小书摊相距百余米，我少年时期经常在他的书摊看小书，对他印象深刻。他个子高，但是很瘦，我感觉他的脸总是灰灰的。有一次我口渴，因为熟悉，我就直接跑到水缸边上想去拿勺子舀水，陆秒坤走过来说：

"小姑娘，水缸里的水不好直接喝的。"说完就去拿了一只搪瓷杯子，在热水壶里给我倒了开水，并对我说："凉一下再喝。"后来他小书摊不摆了，我就很少再看见他了。

1998年，陆秒坤先生病逝，年仅65岁。

越剧花旦茅桂兰

1935年冬，绍兴戏班子的茅福民带着年幼的茅桂兰从杭州拱宸桥来到余杭，先在木香弄内租房落脚，后来搬到千秋街余杭戏院边上的一条小弄堂内定居。

茅桂兰五六岁时跟父学戏，因天资聪慧加上其父教导严格，12岁时就成了戏班子的主角。1951年，茅福民扩大戏班，和嵊县人筱松生合作组建众艺越剧团，茅桂兰成为团里文武双全的头肩花旦。茅福民把剧团交给茅桂兰，17岁的茅桂兰便带领30多位舞台姐妹闯荡江湖。1953年10月，余杭县进行民间职业剧团登记，众艺越剧团和德清新力越剧团整合定名为余杭建新越剧团。不久更名余杭县越剧团，茅桂兰被余杭县人民政府文教科任命为团长。

茅桂兰很孝顺，演戏所得都交给父母。建新越剧团建立时，把父母为她置办的头饰、服装、道具等让大家使用，后来干脆捐作集体资产。她管理剧团严以律己，送戏下乡吃苦在前。茅桂兰的丈夫1958年受错误处分下放林场劳动，每月20余元的生活费，上要养父母，下要育小孩，生活很是拮据，但是茅桂兰却带头将工资从86元减至57元。

1956 年，浙江省文化部门从全省挑选优秀青年越剧演员集中脱产培训，茅桂兰也被选中。她将出生不久的大女儿交母亲看管便前往杭州参加培训。培训中她克服文化程度低的困难，虚心向老师、同学请教。培训班学期结束汇报演出时，她扮演《孔雀东南飞》主角刘兰芝，获上海戏剧学院老师好评，要她去该院继续深造，茅桂兰担心外出一年半载会影响剧团的生存，忍痛放弃。

1956 年冬，余杭越剧团推出根据本地重大历史题材编写的剧目《杨乃武与小白菜》，茅桂兰饰女主角毕秀姑（小白菜）。她深入采访知情人，考察有关旧址，找到毕秀姑好友董老太太，寻得毕秀姑遗照作形象参考。她还请来上海的老师设计服装、造型和唱腔，努力创新，首次采用幻灯打出唱词，让观众评议。她还邀请杨乃武的女儿杨浚来团观看，受到杨氏后人的好评。1957 年春，越剧《杨乃武与小白菜》公演，盛况空前，并在全国创建"四无粮仓"工作会议上演出，大获成功。省委宣传部副部长、著名文艺评论家林淡秋观后，用"清纯、细腻、情真"六字概括茅桂兰的艺术风格。这个剧目在杭嘉湖一带共演出一千多场。1963 年，《杨乃武与小白菜》在杭州红星剧院连演 30 天，场场爆满。

1965 年古装戏不能演了，现代戏卖不出票，义务宣传演出任务又特别频繁，剧团经济状况陷入困境，茅桂兰遭受不公待遇，被迫到一家合作商店站柜台，挑货郎担下乡。后来终于被落实政策，在当时的余杭文化站担任业余文化辅导工作，兼管图书。

1979 年，余杭县和睦公社组建业余剧团，她被聘为导演。茅桂兰言传身教，排出了《泪洒相思地》《双玉蝉》《九斤姑娘》等 10 多出戏，仅 1983 年春就带领剧团下乡演出 100 余场，足迹遍布余杭、临安、杭州等地。茅桂兰倾情付出，为农村业余剧团建设耗费心血，将一批毫无基础的青年培养成出色的演员，将一个农村业余剧团打造成为杭州市区都来邀请演出的知名剧团。

1984 年，《杨乃武与小白菜》电视剧导演李莉等来余杭与茅桂兰交流，称赞她塑造的毕秀姑形象为电视剧的拍摄提供宝贵素材。但是茅桂兰没有自我满足，还为当年人物心理刻画、音乐、灯光、布景等方面的不足而遗憾。2002 年余杭越剧团重新排演这个剧目，采纳了茅桂兰很多建议。

2009 年 1 月 21 日，茅桂兰辞世。她塑造的艺术形象鲜活地留在人们的心里。

茅桂兰有两个女儿、一个儿子。长女茅小瑛、次女茅小明，儿子茅红伟。我与茅小明是小学同校同届同学。

大书先生李自新

李自新先生 1933 年 5 月出生于杭州，从小喜欢听书，立志要做大书先生，19 岁师从杭州知名说书艺人任兆麟学说书，欲以此为职业。1958 年，举家迁往余杭县安溪乡，1959 年来到余杭镇，先住在邹府弄 27 号，后搬到留仙阁董家台门。

1961 年经文化部门批准，李自新开场说书，1962 年加入余杭县曲艺协会。李自新最初学说《东汉》，后又向郭君

明学习《飞龙传》《杨家将》，常在千秋街茶店、留仙阁茶店内说书。"文化大革命"停止说书后，李自新到运输队拉双轮车。

1978年改革开放后民族文化复兴，李自新进入新成立的余杭曲艺队，并由余杭县文化馆安排参加故事员培训班，他担任辅导工作。在此期间，李自新参加杭州市新节目调演并获演出奖，后又参加浙江省第二届新节目会演，再获演出奖，他与同行创作的《寇准进京》获浙江省文艺创作奖。1983年，李自新进入杭州曲艺团，成为专业评话演员，相继参加杭州市曲艺家协会、浙江省曲艺家协会，是当时唯一能说长篇杭州评话《东汉》的著名艺人，又是该书有据可查的第五代"谢派"传人。

李自新为使该书目能保存和流传，从2009年10月1日起，在杭州一家茶馆每天两小时，连演三个月，文化部门全程录制完该长篇书目，以作传承之用。

李自新在表演艺术上有较高造诣，说、表均见功力。他"做"起来身段刚健有力，"表"起角色绘态传神，展示了杭州评话界传统的"谢派"神韵。李自新1992年退休，现住杭州，为国家级非物质文化遗产项目"杭州评话"的代表性传人。

李自新先生的妻子叫凌永安，他们有两个女儿、一个儿子。长女李曼萍，次女李凌，儿子李德。笔者与李凌是小学同班同学，常常在一起玩。

台胞名人故乡贤

新中国成立前夕，余杭有几位年轻人随部队去了台湾，但是他们在台湾十分想念家乡。在苏展武的努力下，他们联络了在台湾的余杭人，想方设法与大陆的家人联系，并发起建立"台北余杭同乡会"。

苏氏父子

苏家是余杭的名门望族，清中期起经营丝绸布帛和竹木柴炭，开有苏聚昌绸布庄、苏聚昌木行等。民国三十六年（1947），苏子敏担任余杭县丝绸呢绒业同业公会理事长。

苏展武，1923年生。抗日战争爆发后，他投笔从戎，效力救国，后升至国民党中校。余杭解放前夕，他随部队去了台湾。在台湾的苏展武十分想念家乡，早在两岸尚未开放探亲时，他就想方设法与大陆的家人联系，苏展武和儿子苏永昕、苏永钦发起建立"台北余杭同乡会"。1990年，"台北余杭同乡会"成员孙陛麟、徐达仁等回余杭，与故乡父老乡亲团聚。

苏展武和孙陛麟、徐达仁等26位旅台的余杭乡贤一起捐款建造余杭中学子锐图书馆。2001年3月，年近耄耋的苏展武再次回余杭祭祖扫墓，以后又多次来余杭探亲。他在台湾的四个子女都事业有成。

苏展武长子苏起（原名苏永昕），1949年10月出生。1971年台湾政治大学外交系毕业，1975年获美国约翰霍普金斯大学硕士学位，1984年获美国哥伦比亚大学政治学博士学位。1984年至1991年任台湾政治大学外交系副教授，

第八篇 乡贤名士

获台湾政治大学外交博士。1990年至1993年任台湾政治大学外交所教授兼国际关系研究中心副主任，1992年至1993年任台湾"行政院研考会"委员，1992年后历任国民党"陆工委"副主任、"行政院陆委会"副主委、"新闻局"局长、政务委员、"总统府国策顾问"等职。1997年8月被聘为国民党第十五届"中央评议委员"，1997年至1999年历任"总统府副秘书长""国家统一委员会研究委员兼召集人""海峡交流基金会"董事，1999年后分别担任"行政院大陆委员会"主任委员、淡江大学"大陆研究所"教授。2004年12月当选为第六届国民党"立法委员"，2008年5月任"国安会秘书长"，是"国民党智库"召集人。主要著作有：连战和马英九分别作序的《危险边缘——从两国论到一边一国》《九二共识》等，并有译作和多篇中、英文论文。

苏永钦是苏展武次子，1951年3月出生。1972年台湾大学法律系毕业，1981年取得德国慕尼黑大学法学博士，中国国民党党员。历任台湾国立政治大学法律系教授、法学院院长兼法律系主任。1996年担任"行政院公平交易委员会"副主任委员，曾任"行政院新闻局法规委员会""诉愿委员会"委员。2006年，苏永钦被国民党推荐，任"国家通讯传播委员会"主任委员。

原余杭煤制品厂厂长苏永福是苏展武侄子，苏永福生前是余杭台胞联谊会会员。

孙陛麟

余杭马家弄内的孙姓出过不少名人，离我们最近的，就是台胞孙陛麟。

孙陛麟1931年出生于山东，6岁时跟随父母回到余杭。

孙陛麟的父亲孙霆从事航运事业，是余杭县城著名的实业家。抗战胜利后随上海中兴轮船公司赴台湾开辟远洋航运事业，1947 年创办中兴轮船公司台湾分公司。

1946 年，孙陛麟进余杭简易师范学校（余杭中学前身）学习，他聪慧、勤奋，有很强的活动能力，深受同学敬重。1949 年孙霆举家迁居台湾，孙陛麟在台湾成功中学读完高中后考入中兴大学。1957 年，他在台北创办立人幼稚园，1965 年创办私立立人中学、立人小学，成为台湾著名的教育家，其夫人郑惠芝是台湾十大杰出教育家之一。

后来孙陛麟在美国加利福尼亚经营福茂贸易公司，从事电信、纺织、成衣、进出口、房地产等贸易，但仍热心教育。1990 年，他在美国洛杉矶创办私立达人中小学兼幼儿园，这所学校在美国有"小哈佛"的美誉，孙陛麟亲自担任学校的董事长。1998 年，他为学校建造一座具有现代化设施的教学、行政大楼，从他和夫人名字中各取一字，取名为"麟芝楼"。

1990 年春，孙陛麟先生回余杭探亲，与当年的老师、同学重逢。1992 年秋，孙陛麟先生和夫人郑惠芝、儿媳陈小鸣再次回到故乡，并重访母校，受到故乡的热情欢迎。孙陛麟先生和苏展武先生、徐达仁先生等 26 位旅台的余杭乡贤共同捐资 50 余万元，为余杭中学建造图书馆，孙陛麟个人又承担全部工程造价的 60%。1994 年图书馆竣工，命名为"子锐图书馆"，他当场再捐资 10000 美元，后又增捐6000 美元，设立孙陛麟奖学金。在台湾，孙陛麟先生是多个学校、医院的主要捐赠人之一，海峡两岸的教育和慈善事业都倾注了他的心血。

1999 年 3 月 10 日，孙陛麟先生因病在美国加利福尼亚州洛杉矶去世。40 余位台湾地区政要送了挽幛，母校余杭中学也发去唁电，深切悼念这位功绩卓著的校友。

孙陛麟的后代在海外颇有成就，长子孙国泰在美国是一位有影响的医生，也是知名的政界人士，曾当选为美国圣玛利诺市议员、副市长，担任华裔民选官员协会副会长。2012 年 3 月，孙国泰当选为美国圣玛利诺市市长。

徐达仁

徐达仁出生于 1924 年 2 月，世居直街邵家桥。1949 年，徐达仁加入国民党装甲部队后随军去了台湾。在部队，他苦读自修，考取军校，升任军官。1977 年 10 月到台湾阳明山管理处任公职，1980 年阳明山管理处撤销后，奉调到中山楼担任总务组长，直至退休。退休后，徐达仁积极联系在台湾的浙江人、余杭人，历任台湾浙江同乡会常务监事、台北余杭同乡会总干事。

徐达仁对家乡余杭非常关心。1994 年，他和台北余杭同乡会同仁一起为建造余杭中学子锐图书馆捐款，2007 年，余杭镇编修《余杭镇志》，他热心提供一些资料。2011 年，余杭镇政府组织赵焕明、赵大川、叶华醒、曹云、陈冰兰、邵建德编纂《老余杭文化丛书》，徐达仁先生不顾年高体弱，又提供不少珍贵资料，为家乡文化事业出力。

徐达仁先生与余杭陈东渭先生是亲戚，他们常有书信来往。2011 年，本人参加《老余杭文化丛书》编纂，常向陈东渭先生了解余杭往事，陈东渭先生总是向我说起徐达仁先生，还把他与徐达仁先生来往的信件、徐达仁先生的照片与我分享。我虽然没有见过徐达仁先生，但看到照片上他慈祥的面容，觉得很有亲切感。

徐达仁先生的家在邵家桥头。清末民国初，邵家桥头牌楼街 128 号有家徐源兴木器店，不知是否徐达仁先生家的店铺。

江一平

清末民国时期，余杭有很多青年赴沪深造，江一平就是其中之一。江一平出生于清光绪二十四年（1898），在上海圣约翰大学、复旦大学、东吴大学攻读法律和文学，并获复旦大学文学学士、东吴大学法学学士学位。后主要从事律师工作，在"五卅"运动中为爱国学生作辩护律师。1932 年被复旦大学授予名誉法学博士学位，并先后担任东吴大学法学院教授、复旦大学校董、上海政法大学校董、上海律师公会常委、上海公共租界工部局华人纳税会委员和董事等职。1936 年被律师界推选为制宪国民大会代表。

抗日战争爆发后，江一平与上海各界人士联合组织上海难民协会，募捐救济难民。上海沦陷后，以公共租界工部局华董身份，保护政府在租界内的权益。1940 年夏，"汪伪政府"企图迫使他出任伪司法部长，江一平坚决拒决并离开上海，取道香港到重庆。同年应聘为国民参政会第二届参政员，不久又被推为驻会参政员，并一度兼任复旦大学副校长。抗战胜利后回上海，仍然从事律师工作。1946 年任国民代表大会代表，并在南京分设律师事务所。在上海审判日本战犯时，被指定为侵华日军总司令冈村宁次的辩护律师。南京解放前夕去台湾，1971 年病逝。

第八篇　乡贤名士

钱思亮

钱思亮出生于清光绪三十四年（1908），民国二十年

（1931）清华大学理学院化学系毕业，获理学士学位。同年赴美，入伊利诺大学化学系，并先后获理学硕士、哲学博士学位。后回国任北京大学、长沙临时大学、西南联大教授。抗日战争胜利后，先后任经济部化学工业处处长。1949年1月去台湾，应台湾大学校长傅斯年之聘，任该校教授兼教务长。曾代表台大出席巴黎举行的国际大学校长会议。1950年傅斯年病逝，1951年，胡适推荐、"行政院"会议决定，钱思亮任台湾大学校长。他在台湾先后兼任"中国化学协会会长""中国科学振兴协会"理事长、"中央研究院"评议会第三、四届评议员、"国家长期发展科学委员会"委员。在台大10年，钱思亮对改革"教员聘任制度""资送在校教员出国进修""从海外聘请学者来校任教"等诸方面颇多建树。1964年当选"中央研究院"第五届院士。1970年出任"中央研究院"院长，兼"中华教育文化基金董事会"董事长、"行政院原子能委员会"主任委员。1983年5月，由美国文化研究所所长朱炎陪同，带病访问联邦德国，转往美国接受母校赠予的名誉博士学位，并进行多项学术活动。因劳累过度，回台后于9月5日患心肌梗塞去世。

钱思亮之子钱煦也是台湾"中央研究院"院士，父子同为院士是台湾学术界的一段佳话。台湾"中央研究院"在院中建立了"钱思亮纪念馆"。

楼登岳

楼登岳是铜山天井湾（今中泰街道白云村）人，楼家是富商，清末民国时期很有名气。

楼登岳曾是国民党军统的中校译电员，参与破译日军密电。1949年，楼登岳跟随国民党部队去了台湾。1992年冬，楼登岳随"台北余杭同乡会"回大陆探亲，叶华醒先生曾是去杭州之江饭店看望楼登岳先生的成员之一。叶华醒先生说："当时我们坐了一辆红色拉达轿车去之江饭店，我与楼登岳先生还聊了天。"楼登岳这次回大陆给他母亲做了寿，办了三十多桌，楼家远亲近邻都来参加。

2020年6月8日，我去中泰天井湾寻访，一位住在天井湾的大伯说："楼登岳是楼青松的大儿子，1992年楼登岳来余杭给他母亲做寿，我们都去吃酒的，楼青松还有一个小儿子住在后殿。"后殿现在是中泰街道中桥村。住在西坞里11号的沈焕明先生说，他的大奶奶就是天井湾楼家的小姐。

方豪

方豪出生于清宣统二年（1910），他家是基督教圣公会家庭。1922年入杭州神学院预备学校，攻读拉丁文，并自修文史。1929年入宁波圣保罗神哲学院，研究哲学、神学，旁及《圣经》、教律、教史等。1935年起在嘉兴、金华、武义、永康、汤溪等地县传教，并从事宋史研究。1940年起，历任浙江、复旦、辅仁、津沽等大学教授兼系主任、院长等职，抗日战争胜利后任《中央日报》和笔（编辑），1949年2月去台湾，受聘于台湾大学历史系，并在天主教会中任指导司铎、主任司铎。曾任"台湾教育部学术审议委员会委员""考试院典试委员""中华战略学术委员"等职，连任三届"中国历史学会"理事长，先后应邀参加德、法、意、澳、日等国举办的国际学术会议。1969年当选台湾"中央研究院"院士，1982年2月病逝于台湾。

先烈英名印日月

在中国革命的道路上，先烈们在枪林弹雨中冲锋陷阵，在敌人的枪炮中壮烈牺牲。他们抛头颅，洒热血，为共和国的诞生付出了宝贵的生命，有的甚至在胜利的前夜被杀害。今天，我们过上了幸福的日子，这是先烈们用鲜血和生命换来的，我们将永远铭记。

青山有幸埋忠骨，余杭宝塔山上埋着山东南下的沈化贞、王守仁两位烈士的遗骨。

沈化贞

1922年出生，山东沂南县人。1944年参加革命，次年加入中国共产党。1949年4月随军南下到达余杭，任西社乡（新中国成立后的永建乡，现属余杭街道）乡长。

王守仁

1921年出生，山东沂南县人。1944年参加革命，次年加入中国共产党。1949年5月随军南下到达余杭，任西社乡指导员。

1949年7月6日，沈化贞、王守仁参加县委扩大会议，傍晚冒雨回乡政府（洪桐庙），深夜两人还在商讨工作。7日凌晨，匪徒偷袭两人住所，他俩英勇反击，沈化贞当场中弹牺牲，王守仁身负重伤，被增援部队发现后送医院抢救无效身亡。

沈化贞、王守仁牺牲后初葬在当地乡间。1962年余杭安乐山建造革命烈士墓，将两位烈士遗骨迁葬入墓。

于再

于再1921年出生，原名镇华，又名培卿，家住余杭县城。

1937年12月22日杭州沦陷，此时于再正在杭州之江大学附属高中读书，他和同学江腾等人毅然投身抗日。在前往重庆途中，先后做过轮船公司售票员和旅社练习生。1938年，他赴陕甘宁边区，进陕北公学学习。不久受汉口八路军办事处派遣，至国民党军第五十师任政治指导员，参加武汉保卫战。武汉失守时他最后一批撤离前线。在老百姓的帮助下，辗转到达川东奉节。1938年12月，于再加入中国共产党，后至万县河口场小学当教员，任校党特别支部宣传委员，从事党的地下工作。

1940年夏，于再调任重庆八路军办事处交通员，10月，又在郊区煤矿当会计。"皖南事变"发生后，他冒着被敌人追捕的危险，散发登载有周恩来题词"千古奇冤，江南一叶，同室操戈，相煎何急！"的《新华日报》，并和何以端、江腾等同志一起，在三才生煤矿与天府煤矿发动罢工，抗议国民党制造"皖南事变"的罪行。1941年9月，于再考入重庆中国乡村建设育才院，1943年毕业。后由党组织安排进入国民政府国库署工作。1944年冬，于再参加青年远征军，转战缅甸、印度战场，又一次来到抗日最前线。抗战胜利后于再到昆明南菁中学任教，不久又投入反内战、争民主运动。

1945年12月1日上午11时许，国民党派遣大批军警特务包围西南联大，殴打联大学生。于再和南菁进步师生一起，竭力营救被围学生。此时一暴徒拿出手榴弹准备扔向学生，于再奋不顾身扑上去抱住那个狂徒，保护了学生，自己却被炸成重伤，因抢救无效，献出生命。同天被杀害的还有

第八篇　乡贤名士

李鲁连、潘琰、张华昌3人。"12·1"惨案发生后，昆明、重庆、成都、上海、遵义等许多城市举行集会，抗议反动派暴行。上海由宋庆龄、柳亚子、马叙伦、郑振铎、许广平、沙千里、金仲华7人组成主祭团，举行于再烈士追悼大会，上海各界团体、学校2万余人参加。

陈东明

原名陈文灿，1913年出生，家住余杭孙家弄北口凤仪塘。陈东明排行老二，老大陈韵甫、老三陈鑫甫、老四陈天风、老五是女儿，叫陈月仙。父亲陈卯生早年开木行，家境优裕。

1930年8月，陈东明在上海申报馆读量才夜校，期间与中共地下党组织发生联系。1937年抗战全面爆发，陈东明首批加入上海北上抗日队伍，并进入延安抗日军政大学学习，同年入党。

陈东明投身革命，历任苏浙皖联防联队政治部宣传科长，中共苏皖盱嘉地区工委书记、盱眙县委书记、胶东市委宣传部长。20世纪50年代初，任华东局统战部办公室副主任和中华全国总工会华东办事处文教部长。

陈东明终身未娶，1956年11月15日病逝。后由上海市发给革命工作人员牺牲证明书，被余杭县追认为烈士。

附言：陈东明侄子陈维新原住余杭孙家弄，与我家在同一条弄堂。余杭旧城改造拆迁后，陈维新租住于余杭百汇广场2幢。2021年10月14日下午，本人采访了陈维新先生。

郑加玉

1920年出生，余杭街道华坞村人。1945年3月参加新四军，所在部队是苏浙军区一纵队48团6连。1946年秋牺牲于江苏扬州。

单越

原名单本文，1922年生，闲林镇人，系名医单懋清之子。单懋清在余杭木香弄开诊所行医，单越幼年时居住在木香弄。1936年，单越就读于杭州清华中学。1937年抗日战争全面爆发，学校迁金华孝顺镇。1938年，国民党迫害进步学生，单越被迫离校去临安天目山民族日报社任副刊编辑，1940年加入中国共产党。1940年4月在义乌参加新四军金萧支队，1946年北撤时任政治指导员。1946年在鲁南剡城战斗中牺牲。

杨斌

1923年出生，余杭人，家住通济桥北。1947年7月入伍，后任中国人民志愿军步兵135师405团警卫连指导员。1953年6月4日在朝鲜战场牺牲。

杨春木

1923年出生，余杭人，家住南渠街坝潭桥头。1945年3月入伍，后任新四军苏浙军区一纵队特务连战士。1947年7月25日在山东战场上牺牲。

徐雪林

1925年出生，余杭宝塔村人。1945年3月入伍，后加入中国共产党，任新四军苏浙军区一纵队48团6连副班长。1946年10月在江苏涟水战斗中牺牲。

沈荣生

曾用名沈孝先，1926年出生，余杭人，家住南渠街。1946年入伍，华北军区某部战士。1949年4月20日在山西太原南屯战斗中牺牲。

第八篇　乡贤名士

李宝炎

曾用名李崇明，1926 年出生，余杭人，家住通济街李家弄。1949 年 4 月 25 日入伍，任 20 军 58 师 172 团电话员。1950 年 7 月 19 日在朝鲜战场牺牲。

董加新

1927 年出生，余杭华坞村人。1945 年 2 月入伍，任新四军苏浙军区一纵队 48 团 6 连战士，1948 年在江苏失踪。后被追认为烈士。

郑金茂

1928 年出生，余杭上文山人。1945 年 3 月参加革命，任新四军苏浙军区一纵队 48 团二营通信员。1946 年 7 月 15 日，在江苏黄桥战斗中牺牲。

萧守三

1910 年出生，其父萧景元为外科名医。萧守三在上海师从名医葛子谂学习内科，1934 年学成回余杭，在木香弄开设诊所。1937 年 10 月被聘为壮丁基干队义务医官随队至金华。临行前，萧守三将妻儿送回萧家坝家中，他对父亲说："国家兴亡，匹夫有责，我决定随队抗日，妻儿请父亲照顾。"萧守三被编入国民革命军第九军野战医院，后转辗至湖北宜昌。1943 年 6 月医院被日军包围，萧守三突围无望开枪自杀，遗骸葬于宜昌抗日阵亡将士墓。1946 年，国民政府军政部发给其家属抗日阵亡将士证明书和长期抚恤证明书。

赵钢

1928 年出生，家住余杭人和街。1946 年 18 岁时去杭州君毅中学求学。赵钢在校与学生一起，抗议国民党当局迫害进步学生。1949 年 8 月，赵钢参加了中国人民解放军。赵钢在部队给家里的两个妹妹写信，鼓励、引导她们参加革命工作。

　　赵钢在部队的几年时间里，荣立两个三等功，还受到浙江省军区政治部的表彰，并任浙江省军区政治部青年干事、副区队长。1954年调华东军区师范学校教务处，任资料员、文化教员、教务助理员、资料组长等。1958年调南京军区司令部工作，任司令部办公室秘书科上尉秘书。

　　1960年6月，赵钢随南京军区罗副司令员赴厦门出差返回南京前夕溺水牺牲于厦门鼓浪屿，被追认为烈士，葬于鼓浪屿英雄山烈士墓，时年32岁。

陈家弄内老房子

孙家弄

第九篇　经济新风

早期金融邮政业

余杭县是杭州府大县，统领富阳、临安、於潜、昌化、安吉、孝丰、武康七个县的物资集散、调配。金融是经济的基础，较早时期的金融业是钱庄、典当。清末民国时期，通济街、直街上就有钱庄、典当营业，稍后有银行、保险、邮政等开设，为余杭经济发展奠定基础。

钱庄

据《余杭县金融志》记载，民国五年（1916），"余源永记钱庄"开设，位置在中正街白家弄上首。合股经营，经理人曹润绅，资本额三万银元，为余杭县最早的钱庄。曹润绅是杭州人，家住杭州长庆街 2 号。

民国十三年（1924），"开源慎记钱庄"开设，资本额八千银元，民国二十五年（1936）停业（具体位置不详）。

民国十九年（1930），"天源钱庄"开设，资本额一万银元，抗战停业，位置在白家弄南口。

民国十九年（1930），"慎余钱庄"开设，资本额八千银元，位置在小猪弄北口。

钱庄除经理外还设协理、襄理多人。灵活经营是钱庄的一大特色，协理、襄理常跑于工商各户，上门联系业务，俗称"跑街"。钱庄经营讲究精打细算：每天下午打烊前，都要精确计算资金余缺，即"轧头寸"，如物价看涨，则挤出资金购买黄金、棉纱、大米等实物；反之，即将实物抛售，换成货币，不使资金闲置。民间对钱庄的获利称为"啃银边皮"。民国后期，钱庄的过度灵活经营埋下倒闭祸根。

2018年余杭直街区片进行旧城改造，在南渠河北的南渠街原小珠弄与弯弄之间，有一幢老房子的马头墙墙身还较为牢固。据说这是钱庄的房子。

典当业

据《余杭县金融志》记载，光绪二年（1876），孙笠峰在通济路上开设"同和典当"，资本五千银元。光绪三年（1877），段金葆等合资在直街邹府弄南口西侧赫灵寺开设"复号典当"，资本五万银元。临街数间店铺，后院库房占去邹府弄西面一半弄堂。光绪十年（1884），邵恂言等合资开设"鼎泰典当"，资本四万八千银元，位置在千秋岭（约余杭戏院位置）。

典当也叫当店、当铺。典当物品，贵至房宅、古董玉石、字画墨宝、金银珠宝，贱至旧衣旧裤，凡所用之物均可作当。

典当常有到期无力赎回的物品，称流当品，需要庞大的仓库放置物品，故经营典当需要雄厚的资金。

保险业

据《余杭县金融志》记载，民国二十五年（1936），余杭县开办简易人寿保险业务，但在民国二十六年（1937）又奉命撤销，于民国二十九年（1940）复业，局址在中正街246号（今直街51号左右）。1951年，中国人民保险公司余杭支公司成立，地址在小弄4号余杭县人民银行内。

第九篇　经济新风

银行

据《余杭县金融志》记载，民国二十四年（1935）九月，浙江地方银行余杭县公库成立，地址在余杭镇小弄 4 号；民国二十六年（1937）四月，浙江地方银行余杭办事处成立，地址在余杭镇小弄 4 号；民国三十六年（1947）八月，成立余杭县在城镇信用合作社，地址直街 51 号，经理孙慕堂；民国三十六年（1948），成立余杭县银行，地址在余杭县中正街（今直街 51 号附近），董事长吴鼎铭，经理章逊梅。

1949 年 7 月，人民银行余杭县支行成立，地址在余杭镇小弄 4 号。1958 年 7 月，余杭县并入临安县后，人民银行余杭县支行变更为人民银行临安县支行余杭办事处。1961 年 3 月，余杭县又从临安析出，变更为人民银行余杭县支行余杭办事处，1961 年底左右搬至直街孙家弄口。

邮政

邮政业最早称为驿递、邮传，负责官府文告传送、政令送达和警巡盗贼。秦汉时期，十里为一亭，由亭长承担邮传事务。唐宋时期，二十五里设置一递；元明时期，设驿与铺，余杭县有古城驿、岑山驿两个驿站，古城驿在径山镇小古城村位置，岑山驿又名余杭驿，在余杭县城山川坛位置。驿下面设铺，余杭县有"县前铺、横渎铺、灵源铺、丁桥铺、三里铺、邵墓铺、漕桥铺、麻车铺、浮溪铺、松儿铺、古城铺、巡警铺"十二个铺。灵源铺在今仓前灵源村，丁桥铺在余杭西面的丁桥，三里铺在今义桥村，邵墓铺在今邵墓桥，漕桥铺在今漕桥，麻车铺在今麻车头，古城铺在今小古城村。巡警铺在县城内，有四个铺点，巡警铺不管邮传业务，主要是巡防、抓捕盗贼。

据《余杭县邮电志》记载,清光绪二十八年(1902)十二月,大清杭州邮政局余杭县邮政分局设立,后改设代办局,局址在兆佳桥,铺商(管理者)褚记香。

光绪二十九年（1903）十二月，余杭开设邮政兼办储金汇业局，负责人全立本；清光绪三十一年（1905）十二月，大清杭州邮政局派出见习汉文邮务供事陈晋修充任，新设余杭内地邮政局；民国元年，大清邮政改名为中华邮政；民国三年（1914）五月，余杭邮政局在黄湖、闲林、双溪开设邮政代办分局；民国十七年（1928）余杭邮政局有黄湖、双溪、闲林、东狱四个下属代办分局和青山、仓前两个信柜；民国十九年（1930）恢复储金局，民国二十四年（1935）四月，局址在横街（今通济路）170号，有局室五间。

除官办的邮政业务迅速发展外，余杭的民信业也随之兴起，民国初年开办的民信局主要是吴连生的全盛民信局、王阿庭的福润民信局、郑海峰的正大民信局、李大金的林永和民信局。这四家民信局都开在直街上，当时民信局的经营人称铺东。民国二十三年（1934）十二月，国民政府勒令民营民信局限期撤销，迫使民信局停办。民国三十七年（1948）四月，余杭县成立乡村电话管理所。

1951年10月，邮局和电信局两局合并，改称余杭邮电局，局长全立本，地址在山川坛16号。1958年10月，余杭县邮电局撤销，降为支局，隶属临安局。1961年3月从临安局划出，改属钱塘联社邮电局。1961年7月，又改为余杭县邮电局余杭支局，地址在直街7号。

驿站

"驿站"初设始于秦汉，京都至各郡陆路要道沿途设驿

和传。驿有马，传有车，接送官员、使节，传递皇帝诏命及军报。唐代时，余杭有古城驿和岑山驿两个驿站。岑山驿在山川坛位置。

急递铺

南宋时有急递铺，为十里一铺，传报紧急军情和皇帝诏命，日行四百里，一铺接一铺，步行或骑马接力递送。明代以前，余杭西驿道上有七里铺、丁桥铺；北驿道上有三里铺、邵墓铺、漕桥铺、麻车铺、松儿铺、古城铺等。

路亭

路亭也称凉亭，是古代陆路交通重要设置，为邮驿急送人员和路人歇脚或躲避风雨之处，大至驿道、塘路，小至山村出入叉路、渡口，均建有路亭。自古以来，路亭建置多为捐资筹建。余杭有不少路亭，如石凉亭、半路凉亭等。

工匠汇聚兴余杭

明清时期，宁波、金华、义乌、绍兴、东阳、诸暨和安徽、江西、福建等手工匠、商人纷纷来余杭落脚做生意，工匠开办铜铁冶坊、竹木工坊、泥水作坊、油漆作坊、雨伞作坊、鞋衣作坊等；商人开办酱坊、磨坊、油坊、糖坊、染坊、蜡烛坊等。

开办于清道光十七年（1837）的姚志卿木器店、清光绪十二年（1886）的杨德金泥木作坊、清光绪十三年（1887）的李森泰木器店、清光绪二十六年（1900）的王顺兴锣鼓和天大生铁匠店等，都是古镇余杭的著名工坊。晚清至民国初，余杭的手工业作坊十分繁荣，成为百工云集之地。

1937年12月22日，日军侵占余杭，大多数工场、作坊都关停歇业，工匠逃难求生。抗战胜利后，工匠、手工艺人等陆续回余杭，工场、作坊相继复业。民国三十五年（1946）五月，民国政府重新进行登记，余杭有铁匠铺、染坊、造纸作坊、丝绵坊、轧花作坊、竹木工坊、泥木工坊、豆腐水作、笔管行、鞋店等手工作坊、工场百余家，再现古镇余杭手工百业之繁荣盛景。

新中国成立后，工场、作坊都成立了相应的合作生产小组或生产合作社，成为当时一种与时俱进的劳动生产形式，为余杭的工业、手工业发展打下了良好的基础。

炉火通红古县城

古代农耕社会，锄头、铁耙、铁犁、铁锹、镰刀、柴刀、草刀、铁锅等铁器是重要的生产、生活工具、用具。据史料记载，汉元狩四年（公元前119），余杭已设盐铁官主管盐铁，这表明早在秦代余杭农商业已经相当发达了。农耕生产需要和生活需要促进了冶铁业的兴旺，冶铁业的发展又促进、推动了地区农商经济的发展，成为当时社会发展和经济发展的先进产业。

制作铁器的炉子有刀炉、钉炉、小炉之别。刀炉，生产锄头、铁耙、桑剪、叶刀、羊草刀等农具；钉炉，生产铁钉、

蚂蝗攀、铁箍等用材；小炉，生产剃刀、剪刀等。晚清民国初，余杭的打铁铺、冶坊有公益冶坊、天大生、赵永茂、沈立兴、黄万顺、吴同光、沈源光、周顺光、斯顺记、寿德光、沈福光等铁匠铺。在发展与淘汰的进程中，"公益冶坊""天大生""赵永茂"等成为余杭县城冶铁行业的名家，公益冶坊规模最大。

清末民国时期，有个永康人来到余杭邵家桥头开打铁铺，生意兴旺，一时成为余杭打铁业的名铺。新中国成立后成立合作社时，这个打铁铺成立余杭铁器社，后来就是余杭东风农具厂的打铁车间，余杭大大小小的铁匠铺都合并入内。

为何余杭产的羊草刀、切叶刀、桑刀等享有盛名呢？这和余杭的自然条件相关。第一，余杭是粮产区，农具需求很大；第二，余杭南湖野草丛生，余杭东乡及嘉兴湖州等地农民常来余杭南湖割草，割草的农民把船拴在南渠河葫芦桥头，一担割回来倒在船上转身又去割第二、第三担，割草刀磨损很大，余杭几家铁匠铺常常有外乡人购买、定制草刀；第三，余杭是蚕桑之乡，遍野种植桑树，养蚕时需要有质地优良的桑刀切叶；第四，余杭的茶行生意兴旺，有大小茶行四十多家，茶行炒茶叶的铁锅需求量很大。客观因素造就了余杭打铁业的繁荣兴旺。

在社会变革、行业更替的大潮中，虽然余杭冶铁业红火岁月已经远去，但历史一定记得他们曾经的辉煌。

何燮侯兴办冶坊

民国元年（1912）十一月，何燮侯先生被任命为京师大学堂（北京大学前身）校长，后因支持讨袁运动与有关人士政见不和愤而辞职返回家乡诸暨。这个时候正是实业救国兴起的时代，于是，精于矿冶业务的何燮侯先生赴南洋考察，然后回国，在浙江、江西一带筹办开矿，并创建长兴煤矿。

何燮侯先生是中国第一批留日学生之一，毕业于日本东京帝国大学工科大学冶金系，历任学部员外郎，工商部矿务司司长，京师大学堂监督，1912年担任北京大学首任校长。抗战时，为浙东敌后临时参议会副会长。抗战胜利后，两次被国民党政府逮捕。

何燮侯老家在诸暨枫桥赵家镇花明泉村，其父何颂华（字蒙孙）自幼勤练书法，仿效王冕，笔力刚劲又潇洒飘逸，杭州"楼外楼"三字就是他的手迹，这说明何家与杭州有很深的关系。而这个时候的余杭货物充盈，商贸兴旺，尤其是茶行，生意红火。比如余杭的公懋茶行，在杭州开有两家分行，十分需要炒茶叶的大铁锅。何燮侯就是在这样的情况下来到余杭的。

何燮侯在盘竹弄口茧站位置开办公益冶坊，专做炒茶叶的大铁锅。最大的炒茶铁锅约有小的圆台面一样大，需要高超的技术。但是何燮侯一下子找不到这样的师傅。在这为难之际他想到了堂弟何杏林，何杏林此时在绍兴一个锅子厂当大师傅，何燮侯先生立即去绍兴请何杏林来攻克技术难关。何杏林便从绍兴来到余杭，此后就定居在余杭。

制锅需要好的黏土做模型，何燮侯先生在文昌阁（现东门桥以东一公里处）、三里铺（现义桥村）租用泥质好的稻田。冶坊还养了两头牛，用来在稻田踏泥，牛踏过的泥更有韧性。由于长时间挖泥，有的泥田挖成了池塘。挖泥、用泥的事情何燮侯都交由何杏林管，何杏林叫来大哥何万林、二哥何有林专门管理挖田泥的事情。田泥一年只挖一次，挖好了就种田，何万林、何有林就种田，帮冶坊收种稻米。

锅子厂有六七十人，专门浇铸铁锅、犁头、犁壁及鸟枪用的铁砂等生铁制品。盘竹弄内靠近溪塘有两个大池塘，铁匠就在这两个大池塘里洗铁砂。冶坊有只形状像炮仗的熔铁炉，大家都叫它炮仗炉，那时还没有煤，是用白炭烧炉子的，炉子前面有只大的手拉风箱，需三个人用力拉，拉得满头大汗，拉一阵子换另外三个人拉，因为那时还没有鼓风机。

何燮侯有一辆吉普车和两名警卫，气场特大。为办锅子厂还购买了一辆大卡车。大卡车除装货外还起到张扬声势的作用。有一次，几个类似于黑帮的人来锅子厂寻事，何燮侯叫上司机，把大卡车开到警察局，寻事的人再也不敢轻举妄动。

何燮侯在余杭大约有十年时间，后来他到杭州长板巷去办锅子厂，何杏林也跟他去了杭州。杭州长板巷的锅子厂用的田泥仍然从余杭用船装到杭州。锅子厂是杭州锅炉厂的前身，在杭工作期间，何燮侯借住在女婿张启华位于杭州西大街安吉路3号的家中。

何燮侯面见过周恩来总理，担任过新四军浙东抗日根据地临时参议会副议长。1949年9月，何燮侯应邀参加第一次全国政治协商会议并出席开国大典，历任第一至三届全国政协委员、中央人民政府监察委员、华东军政委员会委员、浙江省政协副主席、民革浙江省委主任委员、第一、二届全国人大代表。1950 年 10 月 12 日，参加"杭州市第一届人民就职代表会议"。何燮侯有很高的资历，按现在的说法是身价千万、地位显赫，但何老非常清廉，除了诸暨老家宅子没有其他房产。

1961 年何燮侯病故。1963 年，堂兄何杏林也从杭州长板巷的锅子厂回到余杭，先在余杭镇公所协助工作，后来担任安民街居委会主任。何杏林的儿子何全喜、何全有至今健在。何全喜见过何燮侯先生，何全有少年时也经常跟父亲去杭州厂里，但是没有见到过这位堂叔。

诸暨赵家镇花明泉村是何燮侯先生的故乡，花明泉村何家出了十几位著名人物，何燮侯长子何荣汉是桥梁专家。何颂华（何燮侯父）、何燮侯都被收录在《浙江古今人物大辞典》中。何全有珍藏着从诸暨老家带回来的《花明泉史志》。

杨德金泥木作坊

清末，有很多东阳、义乌等地的泥木工匠来到余杭开设作坊，以"杨德金泥木作坊"的规模最大。杨德金（1866—1953），义乌人，聪明好学，18 岁来到余杭做学徒，20 多岁就出了名。他在余杭镇直街大夫第建造房屋开设作坊，有工匠、学徒一百二三十人，泥、木、石、雕工匠俱全。有个叫乃步的东阳木雕师傅很有名，擅长雕刻戏剧人物，南涧胡

家走马楼浮雕为其代表作，相传有 14 条"牛腿"，图案各不相同，雕刻精致、形象逼真。杨德金泥木作坊曾承建较有名的建筑，如小珠弄口的韩家走马楼、木香弄内名医叶熙春寓所和原泰山乡南涧村的"胡家大院"等。余杭县城著名的杨家花园、钱家花园、沈家花园及一些典当行、会所和大户商家宅院等都是杨德金泥木作坊承建。

杨德金于 1953 年病故。居住在余杭大夫第 43 号的丁美华是杨德金的外孙女。2017 年 3 月 15 日，本人到大夫第拍照，正巧遇见丁美华，她带我来到大夫第几间旧房子门前，指着看上去将要倾倒的危房说："这几间房子是我外公当年的泥木作坊的工场。"看着这些破屋残墙，我想象当年工场师傅们劳作的身影。

俞丹屏初装电灯

民国八年（1919）二月，余杭古县城传来一个振奋人心的消息，实业家俞丹屏先生来到余杭开办普照电灯公司，地址在南渠街西端龙船头。这是余杭第一家发电厂，堪称余杭第一缕工业电光。

电灯公司发电是一台马力不大的柴油机，白天不供电，晚上供电也根据季节的长短来定，夏天日长，供电就晚一些。当时电灯的开启时间由电灯公司掌握,用户家里都没有开关。装电灯的人家只能装一盏灯，由电灯公司发一只 15 瓦的灯泡和一只白壳荷叶灯罩。商店可按店面大小多装几只灯，电费每月按灯收。电灯公司在后河头弯弄口竖起了两根方形的水泥柱子，上面架了一台变压器。

电灯公司的柴油机启动发电时发出"啪啪啪"的声音，声音很大，余杭街上都可以听到。老百姓一听到这个声音就知道电灯公司在发电了。但是，电灯公司的电到晚上就要关掉的，老百姓仍然要用煤油灯。

当初电灯公司人员很少，有个从外地请来姓徐的师傅，名字叫阿三，他身材瘦小，待人和气，大家都他叫"阿三师傅"。谁家的电灯坏了，那家有了故障，都是阿三师傅来修。

民国二十年（1931），杭州艮山电厂输电到余杭，自杭州供电后，余杭普照电灯公司就停业了。余杭普照电灯公司停业后，几个私人磨坊在电灯公司里合作办起了碾米厂，进行稻谷加工。听说阿三师傅就在碾米厂里做工了。

俞丹屏先生是嵊县（今嵊州市）人，出生于1872年。1906年春肄业于浙江武备学堂，后加入光复会，先后参与策划沪杭起义和光复南京之役。曾担任浙江省稽勋局局长、八十九团团长、混成旅旅长、授陆军少将衔，当选为国会众议院议员。俞丹屏先生与朱德、叶剑英、宋庆龄等都有往来。

辛亥革命后，中国军阀混战、民不聊生。俞丹屏开始从军政转向实业，他先在杭州、余姚、海宁、长兴等地创办电灯公司，又在江山、长兴开办煤矿，还在杭州开办武林造纸厂（即杭州华丰造纸厂）、西湖蚕种场、萧山通惠公纱厂等。1934年1月，俞丹屏被任命为全国经济委员会蚕丝改良委员会委员，1942年病故。

纸行合办印刷厂

清末民国初期，余杭纸行业风生水起，有大小纸行数十家。蔡万顺纸行最为有名。蔡万顺纸行开有蔡万顺昆记、蔡万顺玉记分号。较早时期蔡万顺纸行店主是蔡笑僧，据1950年的工商登记，蔡万顺昆记店主为蔡省吾。蔡家弄11、13、15号的几间清末建筑，都是蔡万顺的宅第和纸行仓库。

1951年，蔡万顺（蔡省吾）、胜新（吴如山）、小艺轩（余汉文）三家纸行成立"印刷合作小组"，1955年成立印刷厂，地址在直街小弄4号，为余杭印刷厂前身。

盘竹弄内机器声

清光绪二十一年（1895），余杭人叶涛、方锡炜在盘竹弄内开设经华丝厂，有茧灶40乘，木制缫丝车50台。在当时的情况来讲，还是有点规模的。虽然木制缫丝车比较笨重，声音也很大，但这是古镇余杭最早的机器声，开启余杭工业时代之序幕。经华丝厂经营时期长达五十余年，至民国三十年（1941），经华丝厂仍在余杭镇、仓前镇设灶收茧。

民国八年（1919），盘竹弄内开办协成皮纸厂，有纸槽12具，生产羊皮纸、根纱纸、蚕生纸等，余杭造纸从手工作坊转向机械生产。

开建公路通南北

民国十一年（1922）七月，"承筑杭余省道汽车股份有限公司"成立，八月动工修建从杭州松木场到余杭的杭余公路，翌年九月建成，民国十三年（1924）正式通车，沿线设有观音桥、松木场、古荡、东岳、留下、闲林埠、余杭等7个站；民国十二年（1923）三月，"承筑余临省道汽车股份有限公司"成立，并开筑余杭至临安的余临公路，次年六月建成，设余杭、石鸽、临安等十个站；民国十四年（1925）七月，"承筑余武公路省道汽车股份有限公司"成立，并建造余杭至武康的余武公路。

"若要富，先修路。"杭余公路、余临公路、余武公路的建造，使余杭有了发展工业的前提条件，大大促进了余杭的工业发展。

工业街区最繁忙

新中国成立后，手工工场、作坊相继成立手工业合作社，如扫帚社、雨伞社、竹器社、木器社、综索社等。20世纪八九十年代，直街集中了余杭仇山磁土矿、余杭造纸厂、余杭酿造厂、余杭米厂、余杭航运站、余杭仪表厂（华立集团）、余杭东风农具厂等工矿企业，成为一条繁忙的工业街，也是古镇余杭的核心区块。

1950 年，在牌楼街 165 号（直街邵家桥北塊），几人合伙开办五丰谷碾米厂。1956 年，余杭几家私营磨坊在直街下务弄西面合办余杭米厂，先为公私合营，后为地方国营。余杭米厂基本承担了余杭镇及周边乡镇的碾米生产。

1952 年 12 月挂牌成立的"余杭县在城镇雨伞手工业生产合作社"，是古镇余杭最早的手工业生产合作社，也是全省第一个手工业生产合作社。雨伞社试点成功，其他工场、作坊也纷纷成立合作社，如竹器社、木器社、铁器社、扫帚社、豆腐社、综木社、建筑社、印刷社等。1970 年 9 月，在余杭县委和县手工业局的领导下，雨伞、竹器、扫帚三个生产合作社合并成立余杭镇竹器雨具厂，厂址在直街 181 号，雨伞车间在坝潭桥头。

1971 年 7 月，余杭镇竹器雨具厂组建余杭仪表厂，并生产出第一批单相民用电度表。"余杭镇竹器雨具厂"的厂牌边上又挂出一块"余杭县电子仪表厂"（简称余杭仪表厂）的厂牌，成为余杭地区最早的仪表企业，古镇余杭的手工业生产开始转向轻工业生产，是余杭工业史上的里程碑。1987 年 11 月，以余杭仪表厂为龙头，组建杭州华立仪器仪表集团公司，简称华立集团。

1951 年，余杭县中洪乡在南头创办"工友联营纸厂"，1955 年 7 月更厂名为"中洪纸业生产合作社"。1956 年 6 月迁厂址到余杭镇邹府弄内，为余杭造纸厂前身。公私合营后，余杭造纸厂是国营企业，名气大，职工多，厂区范围东至直街坝潭桥北区片，北至苕溪南塘，当时的余杭人都羡慕造纸厂工人，向往进造纸厂工作。

1952 年，二十多位铁匠师傅合作创办"余杭铁器生产小组"，后来又成立余杭铁器社，地址在直街邵家桥北埭。同时，余杭的木作工坊、棺材铺、油漆坊、圆木社、灯笼铺、箱子店等联合成立木器社。20世纪70年代初，木器社、铁器社组建余杭东风农具厂，厂址在直街75号杨家弄口。其中，煅铁车间在直街上务弄口和直街邵家桥北下务弄口两处。东风农具厂专做稻筒、风谷机、锄头、铁耙等农具。改革开放时期，转产做锁，更名为余杭锁厂。后又转产做摩托车配件，更名为余杭摩托车配件厂，再后来又转产做电缆，更名为余杭电线电缆厂。

20世纪50年代初，几位鞋匠师傅合作成立鞋业合作生产小组，随后又成立鞋业社，为余杭皮鞋厂前身，厂址在木香弄南口东15米左右直街街面上。门面朝南，约有四五间，进深十五六米，店面、工场合一。店面上有一个大的玻璃橱窗，展示样品，这在当时是非常洋派的。

当时还有一些零星的合作生产小组成立合作社，如服装社、轧花社、综索社等。20世纪70年代初，服装社、轧花社、综木社和刻章、修钢笔、修钟表等组建余杭红旗综合厂，厂址在直街陈家弄内。红旗综合厂开办之初生产医用棉花，余杭人称药棉厂，后转产生产丙纶丝等化纤产品，更名为余杭塑料化纤厂。

1956年1月1日，蔡恒昇、鼎和隆、人和茂、恒泰源4家私营酱园联营开办"余杭县大华酿造厂"，20天后更名为"公私合营余杭酿造厂"，厂址就是直街上务弄内的蔡恒昇酱园工场，通济路上的鼎和隆成为余杭酿造厂的制酱车间，里面的大缸有好几百只。余杭酿造厂的名气和规模在全县都是数一数二的，是余杭县酿酒行业中的重要企业。1990年上半年，

余杭酒厂与北京双合盛五星啤酒厂联营,生产"五星"啤酒,后成为浙江省啤酒生产的知名企业。1994年11月,余杭酒厂10万吨啤酒扩建项目开始生产。1996年底,余杭造纸厂并入余杭酒厂。至此,余杭酒厂的厂房面积达到5万余平方米,有职工600余人,年产啤酒达百万吨。当时啤酒的需求量特别大,啤酒生产供不应求,天天看到外地来余杭拉啤酒的大货车排长队等货,坝潭桥一带每天上午交通堵塞。但是,1998年4月广州市珠江啤酒厂收购余杭酒厂,收购后生产珠江啤酒,没有多久就出现经营不善情况。后来酒厂因建造禹航大桥拆迁了。

说到酒厂,还要提一下南湖酒厂。1982年,南湖农场在直街250号创办南湖酒厂,主要生产黄酒。经营10年左右关停。南湖酒厂经营时间不长,但当时在余杭还是有影响的。

余杭豆制品厂在直街劳动巷口,由合作化时期几家豆腐店合作开办,临街是店面,后面是工场。当时豆制品是紧俏商品,1985年前都是凭票供应的。农村里没有豆腐票,周边农民需用黄豆来调豆腐。余杭只此一家豆制品厂,曾经门庭若市,生意红火。改革开放后,农民可以自己做豆腐了,余杭豆制品厂面临困境,后来转产做照相机器材,曾经更名为余杭照相器材厂;再后来又做"真空吸塑包装"的塑料制品,又挂出"余杭县塑料制品二厂"的牌子,最后并入余杭仪表厂。

余杭煤球厂最早办在直街弯弄口,两间门面,一台煤球机。当时居民刚从烧柴火转为烧煤球,煤球厂的生意特别好,几个女工从早忙到晚。20世纪70年代初,煤球厂搬迁至邵家桥东南面余昌路太平庵位置,归属余杭碳化砖厂。至20

世纪 90 年代中期，煤球厂从碳化砖厂划出，归为镇办企业，为余杭煤制品厂。

余杭丝厂是镇办企业，厂址在直街孙家弄苕溪边原余杭环卫站内。1956 年，余杭镇五十几位妇女在余杭观音弄内剥茧做丝绵，1965 年搬迁到余杭镇孙家弄底苕溪边，成立余杭丝厂。余杭丝厂专业生产丝绵、白厂丝、织锦缎，是省丝绸公司定点厂。每年夏季收茧时，茧农车拉肩挑，你进我出，很是热闹。当年余杭丝厂上班的工人有 100 多人。

余杭印刷纸盒厂前身是直街混堂弄西合作旅馆隔壁的余杭花圈店。后来余杭花圈店转产做纸盒，升级为镇办企业，厂名为余杭群艺纸盒厂。纸盒厂后来搬到在直街 49 号，更名为余杭印刷纸盒厂。20 世纪 90 年代中期，余杭丝厂关停，余杭印刷纸盒厂买下丝厂厂房。

余杭环卫站创办之初在直街孙家弄北端弄底。1956 年，余杭镇政府组织一些闲散劳动力成立余杭环卫站，当时的环卫站主要是扫大街和镇上公共厕所清洁管理及居民马桶收粪。化肥广泛使用前，人粪是主要肥料，环卫站收集的人粪主要供给余杭附近农村。余杭环卫站内有好几个大的储粪池。1964 年，余杭环卫站搬迁至新桥路。

余杭建筑工程公司在直街 107 号。1951 年，十几位东阳泥木工匠合作成立建筑小组。20 世纪 60 年代初，有很多余杭人也分配到余杭建筑公司工作，这些年轻人大多数在邵家桥头的锯板车间锯板。这个锯板车间有好几台锯板机，除余杭建筑队自身的业务外，还对外加工。

余杭建筑公司工人最多时有 300 余人。20 世纪 90 年代中期企业转制时，余杭建筑工程公司组建浙江东欣建设工程

有限公司，为省级建筑企业。2013 年，浙江东欣建设工程有限公司搬到城南路。

直街 333 号是余杭航运公司，其前身是新中国成立初期成立的余杭航运站，职工多为在运河中撑船的船民。余杭航运公司有大型木船数百只，船队数十个，还有一个造船车间，有职工 200 多人。得益于苕溪、运河的水路，余杭航运公司业务一度兴旺。但当陆路货运迅速发展后，余杭航运公司陷入困境。1995 年左右转产，组建余杭环保设备厂，厂址在余杭叉路口。

余杭县仇山磁土矿分矿区和加工厂两个片区，矿区在原永建乡西北仇山，加工厂在余杭镇东门宝塔山下。

1954 年 9 月，余杭县人民政府决定建立"地方国营仇山磁土矿"，开发膨润土。1954 年 9 月 13 日，矿长沈淮带领 6 名干部和 23 名工人，挑着行李、背着铁锅，步行来到杂草遍野的仇山安营扎寨。住破庙旧屋，吃粗茶淡饭，席地而寝、露天就餐，不以为苦。经过 3 天的探索，终于在仇山顶端找到了两处矿苗。9 月 17 日开始组织力量进行采掘。当工人们手挖肩挑，用汗水挖出第一批矿石时，大家欣喜若狂，奔走相告，并开始在永建仇山开采磁土。1956 年 5 月 1 日，原良渚"锡山磁土矿"和余杭"天生矿业有限公司"同时并入仇山磁土矿。1957 年下半年，在余杭镇东门建立加工厂。1973 年 6 月 23 日，著名数学家华罗庚来到仇山磁土矿传授"优选法"指导生产。1999 年企业转制，转制前有职工 300 余名。2008 年因拆迁需要，余杭县仇山磁土矿加工厂搬迁。该厂址现为金都西花庭居住小区，原来的厂部大门处，现在是 463、469、477、478 公交线临时车站。

大东门在直街末尾，从直街末尾到文昌阁大约三里路的余杭塘河沿堤是货运码头，码头上的货物驳运主要是余杭搬运站。另外还有余杭小车队、余杭民办小车队、余杭排运站、宝塔运输队等。

余杭小车队在直街 46 号，是早期的镇办企业，运输工具是人力双轮车，后转产开办白铁部。余杭民办小车队在直街杨家弄口，创办于 1956 年，由十几个社会闲散劳动力组成，其中 13 名是妇女。民办小车队全部都是人力双轮车，主要承接短驳业务。1975 年，民办小车队并入余杭搬运站。余杭排运站在直街白家弄北端东侧苕溪南塘下，主要承担苕溪水运，工具多为竹排、木排。陆路交通发展后，余杭排运站购买了手扶拖拉机，从水运转入陆路运输。宝塔运输队在盘竹弄口，是宝塔村的村办企业，主要承接零星驳运业务。

东门码头这一段除了码头喧闹，还有一段"烽火"岁月，在大跃进时期开过不少厂，如炼钢厂、焦油厂、硫酸厂、草绳厂等，但都是轰轰烈烈地开始，半途而废地结束。

1980 年前后，余杭镇及周边乡镇企业兴起，行业涉及制造业、建筑业、建材业、交通运输业、纺织业、电子业、加工业等，余杭镇周边有数十家社办、村办企业为余杭的工业企业配套生产、加工零部件。那时工厂的货物运送都是双轮车、三轮车，虽然还没有汽车出现，但却用得上"车水马龙"这个词。

改革开放前，余杭镇大部分就业人员都在直街区块的企业上班。上班的人大多是步行，从早到晚几千人在直街上来去走动，非常繁忙。后来有了自行车，经常会发生"擦肩而过"的情形。1990 年石鸽乡并入余杭镇，1992 年舟枕、永

建两个乡并入余杭镇，直街上更是你来我往，人气很旺，是余杭工业史上的一个重要章节。

在直街这条老街上，有过工场作坊的百工云集，有过国营工业、手工业（后来的二轻工业）、乡镇企业的热火朝天。从商贸兴旺到工业图腾，我们这一代人的父母、兄弟姐妹，曾经都是这些企业的创始人、工人，有的兄弟姐妹在一个厂，有的一家人都在一个厂。20世纪五六十年代物资匮乏，穿着衣物和吃用物品都凭票购买，在那个年代，能穿上一件工作服就感觉很幸福。我家的老邻居陶师母在东门头的白泥加工场上班，她送给我一件工作服，我穿去上学（初中），感觉很时尚呢。

直街是古镇最繁忙的工业街区，除直街外，新桥路上的余杭农机厂和南湖东面塘下的余杭砖瓦厂也是古镇余杭重要的工业企业。1952年1月，余杭镇29位手工业者创办"余杭铁器生产小组"和"余杭翻砂小组"；1953年2月，又有8位手工业者创办"余杭白铁小组"；1953年8月，另有8位手工业者创办"余杭修车小组"；1958年4月，余杭县水利局抽水机修配站转为余杭县农具机械修造厂，几个手工小组都并入余杭县农具机械修造厂。余杭县农具机械修造厂制造过拖拉机，后来转产制冷机，为余杭制冷机厂。20世纪90年代末余杭制冷机厂拆迁建造金源公寓居住小区。

1960年，在南湖东面塘东岳庙位置开办余杭砖瓦厂。20世纪90年代初，余杭砖瓦厂转产办胶鞋厂，并组建凰顺集团。21世纪初，凰顺集团拆迁建造世贸西西湖居住区。

改革开放后，直街上相关企业逐步关停、兼并、转制，并逐步往南面新区迁移。这些余杭古镇的重要企业后来由于扩展而离开了直街，直街像是完成了她的历史使命，如一块烧红的铁，慢慢变冷，最后成为一种记忆。

追溯历史，我们不但看到了工匠们辛苦的身影，还看到了时代潮流给这个古镇带来的变化。公路开通和机械化生产开启一个新的时代，余杭古镇自从开办丝厂、电厂、米厂、皮纸厂等，标志着这个古镇已经由农耕、农商经济开始转向工业经济。

后河头　　　　　大夫第水井　　　　酱园

直街观音弄口

第九篇　经济新风

231

第十篇　山水美景

芦花夹岸满苕川

　　浙江八大水系之一的苕溪汇天目万山之水流经余杭，使余杭这座美丽的古城多了秀雅与灵动。芦花夹岸，溪水清流，苕溪之美是一幅水墨画。"跂屐溪桥一望中，青山绿水景无穷。芦花两岸晴山雪，苕水一溪春涨红。灯影夜明安乐塔，钟声晓出洞霄宫。白云碧水如泥贱，尚拟重来作醉翁。"宋代诗人陈若虚的《余杭景》描绘了余杭最美丽的风景。

　　旧时余杭县署正门临溪，外埠人进入余杭县城，首先看到的就是美丽的苕溪。城西清水静自来，宛如玉带绕东流。苕溪从余杭县署西面而来，经余杭流入东苕溪，不但风景如画，也养育了世世代代的余杭人，是余杭人的母亲河。

　　20 世纪 70 年代以前，镇上居民的饮用水基本取自苕溪，那时家家户户都有挑水的扁担和水桶，还有专门以挑水为生的人。因河水清爽，流动又快，大家都喜欢到河里去淘米、洗菜、洗碗、洗衣服、洗被子等，有时河埠上人多了，有些人就卷起裤脚趟到河中间去洗。因为水质好，河中鱼虾很多，经常看见钓鱼、捉虾的人。从苕溪里摸上来的黄蚬可直接煮来吃，没有腥味，味道鲜美。到了夏天，人们更是以水为乐，苕溪成为余杭人嬉水、游泳的重要场所。

　　我家住在苕溪南岸的孙家弄，苕溪近在咫尺。我七八岁至十三四岁时经常在河边或河埠上，有时帮妈妈洗菜、洗碗，大部分时间是玩水，那时的河底都是沙子和小石片、小石头。小学三年级那年我开始学游泳，一到暑假，差不多天天都去苕溪里玩。我们在苕溪里玩水，同伴之间在水里玩"抓人"的游戏，几个男孩玩"默渡渡"（潜水），一个猛子扎下去却在远处探出头来。在水里玩时间过得特别快，玩上两三个小时总是感觉没玩够，往往要到爸爸妈妈来叫了才肯上来。

苕溪是以两岸芦花、苕花而名的，以花卉为名的溪河并不多，这是余杭的幸运。余杭是蚕桑之地，苕溪两岸地头田边都是桑树。"轻舟五月下横塘，梅雨初晴正插秧。山外夕阳桥外影，水边芦竹岸边桑。"是清代诗人张良枢《余杭道上》的诗，描写了苕溪边的农桑景色。我十几岁时常常跟着大一点的邻家姐姐去采摘青桑果，晒干卖给中药店。余杭人对苕溪有独特的记忆，我为能生长在这么美丽的苕溪边而深感荣幸。

落日余晖中，苕溪西面的娘娘山为苕溪描画出一幅美丽的画卷。

南湖碧波映群山

余杭南湖群山连绵，湖水烟波浩渺。天晴，青山倒影水中，水涟山动；天雨，云雾雨雾烟霞起，天水相接。

南湖的西南面是中泰乡，中泰乡与临安、富阳交界，南湖成为这些山脉出水的一个汇集处。古人为了治水，总是想

方设法疏浚南湖，以最大容量蓄水。汛期，南湖水面辽阔，一望无边，平常日子，花树绕堤，一片恬静。

从余杭街道南湖东路走上南湖塘向西南远眺，一座座青山雄姿巍峨，这些连绵群山中，有天柱山、九锁山、九曲山、大涤山、青檀山、板桥山、公山、姥山、白泥山、岑山等，原中桥乡九峰村就是因为有九座美丽的山峰而名。

古人在疏浚南湖时，把所挖淤泥堆积成土墩，慢慢地人们把这些土墩与传说、故事联系起来取了名字，如观音墩、野鸭墩、野菱墩、阿姥墩、放牛墩等，加上南湖中间自然的小山包，后来就有了南湖十八墩的风景和传说。

旧时南湖有滚坝、燕子坝等水利设施。滚坝在南湖的东现角，是蓄泄南湖洪水的重要水利设施。燕子坝在南湖北塘中段位置，是一个引南湖水到南渠河上游木竹河的一个设置。燕子坝这个位置，每年春夏季节，都有数以万计的燕子聚集在天空飞翔，场面非常壮观，燕子坝也而此得名。

南湖是水鸟的乐园，有时它们突然从水中窜起，飞得无影无踪；有时飞得很低，掠过水面，然后冲向天空，又突然俯冲下来，仿佛在演练。很多水鸟我叫不出它们的名字，我认识的大概只有白鹭和野鸭。以前，有很多人在南湖里捕野鸭，在街上常看见有人挑着野鸭叫卖。大约是2019年，南湖被列为禁捕区，野生动物得到保护。

1953年，水利部门在南湖的西北面建造南湖分洪闸，1994年7月，拆除了这个分洪闸，并在原址北300米处重新建造了新的南湖分洪闸，于1995年6月竣工。大约2017年，在南湖分洪闸的北面建造南湖锦秀湾居住小区。

近些年，政府加大了对南湖的保护，建造了南湖公园，原在南湖中的南湖农场垦区也成为湖区，蓄洪能力得以加强，南湖群山更为壮观。

但是近年来南湖南面中泰一带高楼群起，群山之下有了现代化建筑，影响了南湖风貌。

娘娘山禹峰独秀

娘娘山在余杭街道仙宅村，正名叫舟枕山，为天目山余脉。这里群山连绵，林木苍翠，水绕山环。

娘娘山山势挺拔峻秀，顶峰巍峨高耸，傲立在群山之上。山中林木参天，十分幽静，景色非常美丽。旧时有娘娘庙、山顶观日台、百丈岩、仙人洞等。娘娘山脚下是甘岭水库，站在甘岭水库的大坝上眺望湖光山色，心旷神怡。

传说大禹治水时，大禹的舟船来到余杭时只见一片汪洋，只有这座山没被淹没，大禹的舟船便停泊在此，这便是"余杭"（禹航）、"舟枕"地名的来历。又传说因"村姑救皇帝"的故事，舟枕山被叫作了娘娘山。娘娘山海拔397米，虽然算不上高山，但是她英俊、秀美，千万年来屹立在余杭西面的群山之上，像守护一方水土的神灵。

我特别喜欢娘娘山。这里山野静谧，林木深幽，甘岭水库像一颗藏在深山里的明珠，波光粼粼，云山入湖；林间小道野菊芬芳，花草依依；野柿子红得特别显眼，像一只只小灯笼桂在树上；银杏树、野栗子树长满果子，时不时地会掉落下来，细心捡一定会收获不小。

第十篇　山水美景

235

走在环湖小路上，会看到白鹭起飞，偶尔还会看到它捉鱼的情形，各种各样的虫子在路边爬行，有些虫子让你看得头皮发麻。湖边小道有许多分岔小路通向山林深处，每一条都像是桃花源的入口。有时候，你的发现就是最美的风景，这样的地方总让人起意，比如，向往有一间山居小屋，过一过采菊东篱下、煮水泡清茶的日子；或者有一块山地，种上果树、草药，过一过斜阳暮草的山农生活。天气晴朗，山风微凉，秋色斑斓的娘娘山更加漂亮。

蓝天被白云映得更蓝，白云被蓝天衬得更白。山脚下的一湖清水，使人充分领略山明水秀的韵味。"巍然昂首耸云端，傲视群山气意轩。若问青峰何独秀？禹公治水枕舟船。"这是我2020年参加余杭街道发起的"余杭十大景观"诗词征文活动中为娘娘山写的一首诗，诗名为《禹峰独秀》。我把娘娘山的主峰取名为禹峰，并在征文中写了这样的说明：娘娘山是余杭的名山、神山，但是娘娘山的最高峰没有名字。此刻，我想把这个美丽的山峰叫作大禹峰，让"禹峰独秀"响亮、漂亮的名字引领余杭山水美景。写到这里，忽有桂花香飘来，沁人心脾。

狮山鸟鸣伴梵音

余杭狮子山与安乐山是相连在一起的两座小山，狮子山不高，范围也不算大，但树木浓茂，是百鸟汇集的好地方，也适合养鸟的人溜鸟。每天天不亮，狮子山早已一片叽叽喳喳了。

我循声往山上去，晨曦薄雾中，见树上挂着一只只鸟笼。每天早晨都有很多养鸟的人带着爱鸟上狮子山，有的用自行车驮着鸟笼来，有的是用扁担挑着来的，最多的人有十几只鸟笼。他们一边放鸟，一边晨练。这些被主人带上山来的鸟，使劲叫着，跳着，犹如竞技，用鸟儿们自己的语言与山上的野鸟对话。笼中家鸟的叫声清脆悦耳，山中野鸟的叫声高亢空灵；家鸟与家鸟的对鸣、野鸟与野鸟的呼应，家鸟与野鸟的喧闹，奏出"声震林木"的狮山鸟鸣曲。记得有一次，一位放鸟的熟人对我说"你好"，他养的那只鸟也对我说"你好"，真的很开心。

现在狮子山东麓的安乐禅寺位置唐朝时是宝轮寺。唐天福三年（938），在狮子山与安乐山连接的山腰上建了一座寺院，名庆善院，宋治平二年（1065）改名安乐寺，历代都有修葺。1937年12月22日日军侵占余杭后，在寺内设立大队部，并在狮子山上建筑碉堡。20世纪90年代末，为发展余杭的旅游事业，经杭州市政府同意，保留、修复、开放安乐寺。1997年12月，在原安乐寺位置南移300米左右狮子山东麓宝轮寺位置新建安乐禅寺。晨钟暮鼓，安乐禅寺让狮子山有了梵音。

塔山初阳照古今

上古时期，余杭之地一片汪洋，安乐山也只是一个无名

小山头。后来余杭这个地方逐渐成陆，慢慢成为人们的栖身之地。秦始皇建立郡县，余杭成为全国三十六郡县之一，这个无名小山头成为余杭县城一处郊外风景。五代吴越国钱王与余杭马家是亲家，钱王之子钱元璙在余杭宝塔山养病，病愈建塔感恩，取名安乐塔。当时建造时的宝塔为五层，明代余杭董钦增至七层，使宝塔更为俊秀。

因为有了安乐塔，这个小头就被叫作安乐山了，但余杭人在口头表达上都叫作宝塔山。宝塔山虽然山体很小，海拔也只有50多米，但是在余杭人眼里视同珍宝，安乐塔是古余杭县城的标志性建筑。

宝塔山不但是余杭的宝山，还是余杭的一座恩山，自古以来凡遇洪水，余杭人就逃往宝塔山，不知道救了多少人的命。我也是受过宝塔山恩惠的人，那是1963年的洪水，苕溪水冲出堤塘，像野马一样冲向余杭镇，我们全家都逃到宝塔山上，当时我5岁，清楚地记得妈妈把一只饭篮交给我。

2009年9月，余杭镇塔山文化公园落成，成为余杭镇有史以来的第一座公园。塔山文化公园占地500余亩，建在宝塔山脚下，与宝塔山、狮子山连成一个整体。在塔山文化公园落成的同时，宝塔山东南面的狮山路东端与宝塔山西北面的余昌路开通并连接文一西路，余杭镇城东与城南连接成通途，余杭镇城区范围扩大了，古老的宝塔山被赋予新的意义。

人们生活越来越好，宝塔山成为余杭人早锻炼的好去处。早晨的宝塔山曙光初照，宁静祥和，音乐声中的太极拳、扇子舞特有韵味。晚饭后的塔山文化公园更像过节般热闹，戏曲表演的、健身跳舞的、溜冰打球的样样都有，进进出出的人流有点像电影院的进场和出场。

　　宝塔山下的塔山公园，多次举办元宵灯会、歌舞晚会、广场婚礼等，已成为人们文化生活、健康生活和休闲生活的聚集场所和活动乐园。走上山顶，放眼远眺，余杭大地尽收眼底。

　　老余杭人都愿意把这座山介绍给来自远方的朋友。无论你从东南西北哪个方向来老余杭，最先映入你眼帘的，想必就是这座峻秀的小山和古老的宝塔。

溪水清流映双塔

　　美丽的苕溪流经余杭向东而去，却在乌龙漤那个河湾处慢了下来，是河水变深了吗？是的，但也不全是，因为溪水被两个塔影迷住了，她便放慢了脚步。这两个塔影，一个是溪南面安乐山上的安乐塔，一个是溪北面的舒公塔。

　　其实这两个古塔实际相距约有二三公里，但妙在这两个古塔正好与苕溪是隔水相望。旧时溪南古城繁华，溪北良田万顷，这两座古塔在溪水的映照中，成为余杭一处特别的风景。如果从苕溪东面进入余杭，不管是坐船走水路，还是步行走塘路，很远就能看到这两个古塔，古人给这道风景取了"双塔耸秀"的好名字，这道风景不知让多少人对余杭这座古城心生向往和崇敬。

　　旧时，余杭段的苕溪只有一座通济桥，而舒公塔与通济桥约有五六里路。溪北舒公塔（现溪塔村）附近的乡人来余

杭，或余杭人到溪北岸乡下去，基本上都摆渡过河，那个渡口离地宝塔不远（余杭人喜欢把舒公塔叫为地宝塔）。我在十一二岁时，常常去地宝塔边的渡船上玩。一条溪，一只渡船，两个古塔，真是比诗歌还要美的景色。

20世纪90年代末，在苕溪溪塔村位置建造了禹航大桥，桥上车流如龙，溪北溪南连成一片。溪水古塔相映的那份神韵、那份静谧被淹没在人海车流中，二三十层的高楼大厦使两座古塔的神威和溪北农桑田野的风貌打了个大折扣。写到这里，我眉头紧了起来，因双塔的倩影是我心中挥之不去的乡愁。

双塔

附 录

安乐塔、舒公塔近年维修记事

1. 安乐塔维修小记

安乐塔是五代吴越国时初建的古塔，至今已1100多年，各朝代对安乐塔都有修缮。据史料记载，原塔高五层，明代时，余杭董钦对宝塔进行修缮，又加高二层，七层的宝塔更为俊秀。

新中国成立后，余杭县人民政府对各类古建筑进行核查、登记。1963年，安乐塔被公布为余杭县重点文物保护单位。1981年，杭州市文管会组织调查了包括安乐塔在内的余杭县19处文保单位，1983年，安乐塔被重新公布为余杭县重点文物保护单位。

安乐塔塔基、塔身牢固安稳，但因常遭大风、雷暴等袭击，塔身、塔顶都遭损毁，出现墙面风化、阶石破损、损毁等现象，门洞、墙洞都有砖头脱落，塔身内外墙、佛龛、石阶也有多处损伤，塔层地面都有高低不平的坑洼。古人在塔顶安置的一个大铁锅，长年累月风吹雨打慢慢移位，斜搁在塔顶似要坠落。塔顶还长出一棵冬青树，树根咬住塔顶泥石，树枝斜长，好像随时都要坠下来的样子，十分危险。塔顶承受不住这棵大树的重量，如遇狂风暴雨、雷电，后果不堪设想，安乐塔维修迫在眉睫。

241

1984年4月18日，余杭镇人民政府向余杭县人民政府报告，要求拨款修缮安乐塔。这次维修由余杭镇负责监修，请浙江省考古研究所负责测量设计，临海古建筑队施工。

从保护古建筑的角度考虑，修缮以修补为主，不改变原貌，所用砖头全部按原样定做，用于塔身的木材，均用质硬耐蛀的酸性木。维修工程于1984年10月开始，对宝塔每一层的地面、顶面、石阶、塔身都进行修补、粉刷，搬掉了塔顶的大锅子，塔顶的冬青树移栽到塔基南边山坡上，维修工程于1985年6月完工。

这次维修最大的工程量是搭毛竹脚手架，从宝塔底层到七层，所需毛竹上千支，都是余杭宝塔运输队用人力双轮车从仓前火车站拉过来的。宝塔村的邬金荣师傅当年是宝塔运输队的队长，他回忆说："1984年底，我们用16辆双轮车从仓前火车站拉回来一个火车皮的毛竹，拉回来后，再一支一支搬到山上。"

2009年4月，安乐塔公布为杭州市第四批文物保护单位。2009年9月，余杭镇在安乐山脚下建造了塔山文化公园，2011年1月，公布安乐塔为第六批浙江省文物保护单位。

安乐塔在1984年维修后，经历近三十年的风雨侵袭，又出现了墙面风化、阶石破损、墙体损毁等现象，特别感到气愤的是人为的损伤。有些人在宝塔内壁上乱涂、乱写，有些污言秽语甚至不堪入目。

2013年5月，余杭区政府决定对安乐塔进行再次保养维修,由杭州华策规划建筑设计有限公司设计保养维护方案。2013年6月，浙江匀碧文物古建筑工程有限公司中标承修。维修主要是修补塔基地面方砖、卵石；修补一至七层塔身脱落方砖及内墙、外墙抹灰；重做防雷、接地装置；新增塔基周围防护栏等。这次维修搭的是钢管架子，也从一层搭到七层，2013年12月维修完工。

保养维修后的安乐塔，不失古朴风貌，更见清秀俊美气质，余杭"双塔耸秀"的美丽风景更加靓丽。

附言：2017年7月2日，笔者采访了宝塔运输队的邬金荣师傅。

2. 舒公塔扶正小记

舒公塔，余杭人叫地宝塔，在苕溪余杭段北岸溪塔村乌龙�堤塘边，是明朝舒兆嘉在万历十八年至二十二年（1590—1594）任余杭县令时建造，至今已有四百年之久。因风雨侵袭，年久失修，舒公塔不仅内外壁破损严重，还出现了塔身倾斜的危状。

1989年上半年，余杭文化局委派余杭县古建筑修缮队对舒公塔进行维修，扶正倾斜危状。当时，余杭古建筑修缮队的胡文荣队长负责修复工作。胡文荣请来了时任浙江省建筑总公司副总工程师曹时中先生。曹时中先生是古塔纠偏专家，他来到余杭察看后，提出要一个懂测量的人当助手，并提出这位助手要面试后才能确定。

胡文荣联系了余杭城建办李国胜。李国胜是退伍军人，在部队是工程兵，主要进行军事工程测量，他退伍后在地质大队工作，仍然从事测量工作，后来调余杭县建设局，在余杭镇城建办做城建规划工作。胡文荣推荐李国胜给曹时中做助手，确实选对了人。

在省军区教导大队的一间房子里，曹时中先生问李国

胜："你有什么建议、方案来测量宝塔倾斜度？"因李国胜在接到胡文荣的推荐后，已对舒公塔倾斜度测量作了思考，当曹时中先生提出问题时，他说可以在宝塔周围三个不同的方向打三个木桩，以木桩为基准点，从不同的方向测量宝塔的倾斜度。曹时中先生一听连声说好。他说："不用面试，就是你做我的助手了。"当即就决定李国胜来配合他做舒公塔纠偏的测量工作。

舒公塔向南倾斜，曹时中先生的方案是在宝塔倾斜的反方向挖两口井。舒公塔的塔基是正方形的，在塔基的西边、北边各挖一口井，其作用是挖出井底泥沙，降低西、北边塔基的高度。

当时地宝塔的维修和挖井的具体施工是孙树建师傅。孙树建的父亲孙高焕是石匠师傅，虽然孙树建当年还只有二十几岁，但是已多次参加古建筑修复，他对舒公塔维修很有信心。孙树建说："1989年底开始动工挖井，虽然挖上来很多沙泥，但倾斜的塔身没有动静。"曹时中先生说往井里灌水，以冲击泥沙流动，但是，灌下去的水很快就没有了，根本无济于事。转眼到了黄梅雨季，苕溪又涨洪水，挖井的工作只好停下来。谁知天来帮忙，苕溪涨水使井中灌满了水，井底泥沙受洪水冲击流动，倾斜的塔身竟出现了还正迹象，大家喜出望外。

塔身扶正后就进行内外维修，维修要搭脚手架。孙树建回忆当年搬运毛竹的情况，很感慨。当时地宝塔边上没有公路，临安运来的毛竹只好卸在苕溪南岸的堤塘边上，维修队的工人先在毛竹上扎紧绳子，然后把毛竹放在苕溪里，搬运的人手拉绳子站在渡船上，把毛竹一根一根拖到对岸，十分辛苦。

缺少的塔砖去海宁购买，与舒公塔本身的塔砖相配合一，看不出修补上去的痕迹。塔身维修用了大半年时间，1989年10月初完工。

舒公塔修好了，端正的身影与安乐塔双塔映照，展现一种不可复制的美丽风景。

附言：2017年5月20日，笔者采访李国胜先生、孙树建先生，他们曾全程参与舒公塔扶正项目工程。

旧时商业模式和行业门类

"行货曰商，居货曰贾。"余杭传统商号、店家因物聚市、以货集商。按经营形式分，有坐商、行商、摊商、牙商四类。坐商是有门面的固定商号，如批发的为货栈、零售的为店铺；行商是以收购农副产品、土特为主的，其产品除少量供应当地外，多数返运外地销售，如竹木行、茶行、丝行、茧行等；摊商为摆摊或肩挑小贩，没有固定的经营场所；牙商是中间代收佣金的客商，在旧时的商贸活动中起着重要作用。

旧时商号的经营模式大多为父子店、夫妻店、兄弟店等，也有不少合股经营的大商号，批零兼营，前店后坊。一般商店，设账房一人，大店有内外二账房。账簿有总清簿、流水

簿和滚存簿三种。每日销货，均记入流水账内；进销货及一切收支均记入滚存账内。晚上歇市后为记账时间。账册格式为从右到左，上收下付。在总账内，老主客都备有专页。

店家用工分伙计与学徒两种，伙计均系学徒出身。雇用伙计，店主除比较了解外，还需要有相对资质的人作保才能录用。店主往往根据生意忙闲，一年分春节、端午、中秋三节决定是否继续用工，常有"老板三节，伙计三急"之说。雇主对伙计不称心了，随时都会解雇。

招用学徒要有"荐头人"。学徒比伙计要难一些，学徒进门先立契约，如"生命在天，生死由己""经济损失，由铺保和荐头人负责赔偿"等句。学徒学制三年，店主供食宿，有一点微薄的"月归钿"，供理发等零用，另无报酬，土话叫"白吃饭无工钱"。如遇小病，客气的店主会支付点药费，生大病了，就卷铺盖走人。

余杭商号大致上有南北货店、腌腊店、酱园、糖坊、糕饼店、山货行、木行、茶行、纸行、笔管行、皮毛行、石灰行、柴草行、蚕种行、丝行、茧行、蔬果行、米行、盐号、药号、绸布店、棉花店、鞋店、染坊、旧衣店、广货店、杂货店、陶瓷店、雨伞店、纸祃店、香烛店、茶店、饭店、点心店、豆腐店、肉店、照相馆、钟表店、旅馆、浴室、理发店、木器店、灯笼店、箍桶店、竹器店、铁匠铺、铜锡店、锣鼓店、戏院、银行、钱庄、银楼、典当等。

除商业以外，早期行业主要是手工业和服务业。手工业主要是制作，有铁匠、铜匠、石匠、裁缝、鞋革、白铁、木器、寿器、棕匠、油漆、弹花、印染、伞工、机面、水作、水磨、造船工、修车工、印刷装订等。服务业主要有补鞋、磨刀、锯板、阉猪、屠宰、砍柴、捕鱼、镶牙、刻章、钟表、制秤、接生婆、瞎子店、材夫、挑夫（人力运输）、挑水、劈柴等，此外还有戏人、说书等。

2018年，作者与家人，告别老街合照

后　记

　　"怀胎"数年的《古镇记忆》终于要出世了，一份欣慰随心而来。在此我特别感谢赵焕明老师，在他的带领下，我和《老余杭文化丛书》《禹航，追忆往昔时光》编辑部的同志们一起，对余杭历史文化进行深入的查考、探讨，使我对余杭这个双千年古镇有了更多层面的了解，唤起我对余杭历史文化探寻的执着与情怀。同时还要感谢叶华醒老师，在本书的撰写过程中，从古文解析、书籍借用到书稿校阅，都得到了叶华醒老师的帮助。叶华醒老师所撰《人物寻踪》的翔实资料，使我在查找历史资料时得到很多帮助。我还要感谢我母亲王淑贞，今年她已90岁高龄，但她对往事记忆清晰，向我提供了很多素材，让《古镇记忆》多了一些细枝末节。

　　在本书创作过程中，我多次去浙江图书馆、杭州档案馆、余杭档案馆查找资料，寻访、走访、拜访余杭老字号后人，聆听他们的故事，得到非常珍贵的资料。在此，特向郑元茂南北货栈经理金长炎长子金福康先生、郑元茂南北货栈伙计卢连生先生、董九房雨伞店后人董华生先生、九号雨伞店后人张松鹤先生、方万华银楼后人方遐亮先生、郑万华银楼后人郑佩宪女士、九万华银楼后人吴玉昌先生、棻昌源米行后人鲍观成妻子王月萍女士、鲍观成儿子鲍道明先生、协泰镛米行后人吕寿贤先生、韩源泰后人韩干甫五子韩仰时先生、韩干甫长孙韩一新先生、昇记磁号吴宏声之女吴远明女士、

248

万林斋糕饼店后人刘加元先生、万隆腌腊南货店后人马慕堂先生、何燮侯侄子何全有先生、吴福清蚕种后人吴百新先生、杨德金（泥木作坊）外孙女丁美华女士、天大生铁匠铺祝阿毛之子祝大兔先生、曹同茂纸祃店曹嗣洪之女曹妙珍女士、董同有豆腐店后人董建良母亲王有珠女士、许慎祥水粉店后人许养养之妻聂毛玉女士、余杭草包厂女工李金花女士、余杭服装厂女工谢月珍女士、李自新女儿李凌女士、陈东明侄子陈维新先生、王子惠外甥洪敏先生和李国胜先生、孙树建先生、邬金荣先生等。还要特别感谢100岁的许琴仙女士。最后还要特别感谢张金鹏先生，由他提供的《晚清余杭古城图》，为本书大大增色，让读者对余杭古城概貌有一个直观、清晰的了解。在此，谨向他们致以诚挚的感谢和敬意！

　　限于本人水平和所得资料的局限性，本书一定存在差误与不足，敬请广大读者见谅，不当之处，恳请指正。

　　此致
敬礼！

陈冰兰

2021 年 12 月 31 日

后记

249